구선모 新무협 판타지 소설

호열지도
酷熱之道

호열지도 14

구선모 新무협 판타지 소설

초판 1쇄 찍은 날 § 2005년 8월 23일
초판 1쇄 펴낸 날 § 2005년 8월 30일

지은이 § 구선모
펴낸이 § 서경석

편집장 § 문혜영
편집책임 § 장상수
편집 § 이재권 · 유경화

펴낸곳 § 도서출판 청어람
등록번호 § 제1081-1-89호
등록일자 § 1999. 5. 31
어람번호 § 제2-0674호

주소 § 경기도 부천시 원미구 심곡1동 350-1 남성B/D 3F (우) 420-011
전화 § 032-656-4452 팩스 § 032-656-4453
E-mail § eoram99@chollian.net

ISBN 89-5831-679-9 04810
ISBN 89-5505-427-0 (세트)

구선모 新무협 판타지 소설

호열지도
號 熱 之 道

14 혼돈(混沌)의 파편

도서출판

청어람

제 1 장

어디, 풀을 수 있으면 풀어봐라!

◆제1장 어디, 뚫을 수 있으면 뚫어봐라!

운영은 마치 자신을 재롱이나 떠는 어린애처럼 바라보고 있는 현원덕호를 향해 힘차게 신형을 날렸다. 운영의 손에 쥐어진 천수검은 전체가 푸른 검강에 휩싸였고, 현원덕호를 바라보는 운영의 시선은 날카롭게 변해 있었다. 단 하나의 허점도 놓치지 않겠다는 굳은 결의가 담겨진 눈빛이었다.

"훗, 좋다. 오늘은 본좌 앞에서 마음껏 재롱을 부려봐라."

슈아아아앙~

캉! 카캉~!

현원덕호의 바로 앞에서 큰 원을 그리며 회전하던 천수검.

하지만 순간적으로 검신이 희미하게 변화하면서 현원덕호의 시야에서 사라졌다. 그러나 사라진 것이 아니라 잔상도 남지 않을 정도의 속도로 현원덕호의 목을 향해 쇄도해 들어간 것이다. 하지만 애석하게도 운영의 바람대로 현원덕호의 목을 떨어뜨리지는 못했다. 운영의 공격이 너무도 빨라 웬만한 고수라 할지라도 당하고 말았을 정도였지만, 현원덕호는 운영의 한 수에 목이 날아가는 웬만한 고수 정도가 아니었다.

"훗! 좋은 한 수였다. 그러나 기를 완벽하게 숨기지는 못했다."

현원덕호의 비웃는 듯한 말투에 운영은 자신의 실수를 깨달았다. 영수들이 마지막 한 수를 준비할 시간을 벌기 위해 자신이 나섰지만, 운영은 현원덕호의 반응을 보면서 쉽지 않다는 것을 절실하게 느꼈다. 단 한 수의 접전이었지만, 운영은 지금 자신의 앞에 있는 현원덕호가 예전 현원세가에서 상대했던 현원덕호가 아니라는 것을 온몸으로 느낄 수 있었던 것이다.

'그때와는 너무도 다르구나. 어떻게 그럴 수 있지? 아니지. 지금 그것을 생각할 때가 아니지 않은가! 무조건 시간을 벌어야 한다. 무조건!'

"이익! 이야압!"

운영은 한순간에 흐트러졌던 마음을 유운선공(流雲仙功)을 일주천하며 다잡은 후 현원덕호를 향해 다시 쇄도해 들어갔다.

슈아아앙!

한 번의 접전으로 근접 공격이 쉽지 않음을 알 수 있었지만, 운영으로서는 원거리 공격보다 훨씬 유리하다는 판단이 들었다. 그러나 유리하다는 것이 우의를 점한다는 것은 아니었다. 그저 나름대로 시간을 벌 수 있는 정도에 지나지 않았기 때문이다. 아니, 오히려 한순간 방심이라도 하면 목숨이 위태롭게 될 수도 있는 위급한 순간이라 할 수 있었다.

'훗, 그래도 상황 판단이 빠른 것 같군. 하지만……'

현원덕호는 운영의 검이 빠르게 쇄도하는 것을 보면서 비릿한 미소를 지어 보였다.

깡! 까강, 까아앙~!

검과 검이 부딪치면서 내는 소리라고는 생각할 수 없는 둔탁한 소음이 계속해서 이어졌다. 도저히 무림팔대보검의 하나인 승천용혈검(乘天龍血劍)과 천수검이 내는 소리라고는 생각되지 않을 정도였다.

"받아라! 이얍~!"

까가가강! 까강~!

숨 한번 내쉬지 못할 정도의 짧은 시간에 운영은 도합 열일곱 번의 공격을 시도했다. 모두 적지 않은 공력을 실은 공격이었는데, 현원덕호는 그러한 공격을 아무런 어려움 없이 받아낸 것이다. 그것도 마치 물이 제 갈 길을 따라 흐르는 듯 거침이 없었다.

'이럴 수가! 아무리 검으로 전설을 만들었던 인물이라고 해도, 이 정도였단 말인가? 어떻게 단 하나의 빈틈조차 없다는 말인가! 어떻게……?'

현원덕호의 완벽한 방어에 운영의 동공이 자연스럽게 확장됐다. 빈틈이라 생각됐던 곳은 순식간에 완벽히 차단되는 것은 물론, 나름대로 빈틈을 만들기 위해 공격하면 여지없이 중도에 검로가 차단됐다. 나름대로 사각이라 생각되는 검로로 공격을 하고, 현원덕호가 예상하지 못한 곳으로 공격을 해도 마찬가지였다. 약간 당황하는 듯한 모습을 볼 수 있었지만, 그것은 순식간에 즐겁다는 표정으로 바뀌기 일쑤였던 것이다. 마치 거인이 어린아이의 앙탈을 즐기는 듯한 모습이었다.

수십 초가 흐르는 동안 이러한 일은 계속해서 일어났으며, 그것은 운영의 평정심을 여지없이 무너뜨리기 시작했다. 아무리 평정심을 유지하려 해도, 쉽지가 않았던 것이다.

"하하, 겨우 이 정도로 평정심이 흩어지면 쓰나. 좀 더 재미있을 줄 알았는데, 오늘은 저번보다 형편없구먼!"

"이, 이……!"

"훗, 만약 더 이상 본좌를 즐겁게 해주지 못하면 오늘의 유희는 이 정도로 만족하는 것이 좋겠군. 더 보여줄 것이 남아 있는가?"

운영을 바라보는 현원덕호의 시선은 한순간에 바뀌어 있었다. 즐기는 눈빛에서 절대자의 거만한 눈빛으로 바뀐 것이다.

운영은 현원덕호의 시선을 정면으로 마주 볼 수가 없었다. 마치 동공이 수십 개의 바늘로 찌르는 듯한 고통이 느껴졌던 것이다.

'안 되겠다. 내 실력으로 더 이상 저자를 상대한다는 것은 무리다. 비록 맹주가 의도했던 만큼 시간을 벌어주지는 못했지만, 여기까지가 한계구나. 책임을 완벽히 완수하지 못했지만 어쩔 수 없다.'

"좋다. 당신의 입가에 걸린 미소가 언제까지 갈지 두고 보겠다. 이 것도 한 번 막아봐라. 이야압! 풍뢰격붕(風雷擊崩)! 잠룡등천(潛龍騰天)!"

드드득, 쿠우우우웅~

운영의 주위로 공기가 급격하게 변화하기 시작했다. 마치 태풍이 생성되는 듯한 모습을 보이고 있었는데, 그 중간에는 운영이 왼손은 지면을 향하고 오른손엔 천수검의 검극을 하늘로 치켜들고 있었다.

"훗, 다소 변화가 있기는 하지만, 그것들은 예전에 이미 보여주었던 것이 아니던가? 그러고 보니 이제 더 이상 보여줄 것이 없는가 보군. 그렇다면……!"

운영의 주변을 감싸고 있는 태풍만 없다면 예전과 별다른 차이점이 없다는 것을 확인한 현원덕호는 운영의 모습을 느긋하게 지켜보았다. 그러나 이내 입가에 머물던 미소를 지우고선 승천용혈검의 검면을 눈 높이에 일직선이 되도록 고정시킨 후, 왼손의 검지와 중지로 검면을 지그시 누르면서 운영을 향해 시선을 집중했다.

'마지막에 펼쳤었던 것을 보고 싶었는데, 아직 저 아이에겐 무리였던가? 하긴, 그때도 완벽하지 못했었으니. 그런대로 재미있었는데, 아쉽구먼.'

한창 절정을 향해 치닫고 있는 운영을 보면서 현원덕호는 차분하게 기다렸다. 비록 숨 두 번 정도 들이마실 수 있는 짧은 시간이었지만, 운영에게는 더없이 길게 느껴졌고 현원덕호로서는 약간 지루한 감이 없지 않았다.

하지만 현원덕호는 운영이 최고의 실력을 발휘할 시점까지 묵묵히 기다렸다. 현원덕호에게 있어 운영은 더 이상 검을 겨룰 만한 상대가 아니었던 것이다. 그저 한순간의 유희 정도에 불과할 따름이었다. 그렇기에 최고의 유희를 즐길 수 있도록 절정의 시간을 기다려 주고 있는 것이다.

"이제 다 됐나? 아쉽지만 유희는 여기까지! 하지만 본좌를 즐겁게 해준 대가로 최고의 죽음을 선사해 주겠다. 하아앗!"

쿠와아아아앙~

운영의 전신이 태풍에 완전히 가려지고 난 후 태풍의 중간에서 푸른 기운이 하늘로 솟구치자, 이 순간을 기다리고 있던 현원덕호의 눈이 부릅떠지며 운영을 향해 힘껏 승천용혈검을 날렸다. 하지만 현원덕호의 손을 떠나 운영을 향해 쇄도해 들어간 승천용혈검은, 현원덕호ㄱ- 자신을 즐겁게 해준 운영에 대한 예우로 십성의 공력이 담겨 있었다. 그만큼 현원덕호의 애정이 담긴 승천용혈검의 검신은 천승검강의 위력으로 인해 더욱더 눈부신 빛을 발하고 있었다.

'마지막 희망마저 하늘이 저버리는군. 역시 실력 외의 운을 바란다는 것은 부질없는 일이었던가? 훗! 그나저나 현원덕호, 역시 천승검이란 명호에 어울리는 무인이로군. 단 한순간도 방심이란 것을 허용하지 않는 철저함이라니⋯⋯.'

운영은 현원덕호의 공격을 지켜보면서 힘없이 고개를 좌우로 움직였다. 현원덕호라면 일전에 현원세가에서 자신이 보여준 적이 있는 초식을 시전하면 방심을 할지도 모른다는 생각을 하였고, 그렇게 되면 혹시라도 자신의 공격을 방어하는 데 최선을 다하지 않을 것이라 생각했다. 하지만 현실은 안타깝게도 운영의 바람과는 정반대로 진행되고 있었다.

풍뢰격붕에 잠룡등천이 더해지고 공력으로 생성된 기의 태풍이 주변과 완벽히 차단하면서 생성된 반발력은 웬만한 고수가 감당할 수 없는 압력이었다. 가히 인간의 상상력을 초월할 정도의 위력이었다.

하지만 운영은 자신의 입술에서 핏물이 솟구치는 순간에도 최대한 인내력을 발휘하며 현원덕호의 행동 하나하나까지 직시했다. 모든 것이 단 한순간에 결정되리라는 것을 너무도 잘 알고 있었기 때문이다. 그렇기 때문에 천승검강으로 인해 검인지조차 구분할 수 없는 승천용혈검이 지척에 이르고, 또한 그 검이 태풍의 압력을 야금야금 뚫고 들어올 때도 미동조차 하지 않았다. 주변에서 비명을 지르며 처참히 죽어가는 사람들조차 운영의 시야엔 전혀 들어오지 않고 있었다. 마치 운영 자신과 현원덕호만이 존재하는 또 다른 세상인 마냥, 운영은 그렇게 자신만의 또 다른 세상 속으로 조금씩 빠져들고 있었다.

쩌저저적! 쩌어억~

"크윽! 으~"

'조금만, 조금만 더 버티자. 이제 얼마 남지 않았다. 조금만, 제발……'

"얼마나 버틸 수 있을까? 후후. 자네의 행동을 보아하니 무엇인가를 기다리고 있는 것 같은데, 이미 한계에 이르지 않았는가?"

현원덕호는 이미 검세를 완성한 운영이 전혀 공격하지 않고 있자 무엇인가를 계획하고 있음을 직감했다. 또한 그 무엇이 바로 자신이 지금까지 기다리고 있었던 것일지도 모른다는 생각이 들었다. 그러나 한편으로는 운영이 아직까지 전혀 포기하지 않고 자신을 공격하려고 한다는 것에 실소를 흘렸다. 당시에도 완전하지 못했던 것을 짧은 시간에 완성했으리란 기대는 그리 크지 않았던 것이다. 비록 깨달음이 한순간에 찾아올 수도 있다는 것을 경험상 너무도 잘 알고 있지만, 현원덕호는 그것마저도 좋다는 생각이 들었다.

운영의 의도를 간파한 현원덕호는 입가에 의미심장한 미소를 지으며 운영이 빨리 자신이 보고자 했던 것을 완성하길 바랐다. 자신이 혹시나 하고 기다렸던 것, 또한 평생 검을 수련하면서 보고자 했던 무엇인가를 보게 될 수도 있지 않나 하는 기대를 가지며…….

"지금이다! 이야압! 신뢰격천(神雷格天)~!"

쾅! 푸아아앙~ 콰쾅~!

운영이 알고 있는 최고의 무공.

하지만 시전할 수 없는 무공이 바로 신뢰격천이었다. 그렇기 때문에 운영은 자신의 부족한 깨달음을 극복하기 위해서 나름대로 무리를 하면서 잔꾀를 부렸고, 비록 완벽하지 않지만 세상에 신뢰격천이 서서히 모습을 보이기 시작했다.

비록 일직선이라 하지만, 천승검강에 의해 균열이 가 있던 태풍은 신뢰격천에 의해 안에서부터 파생된 압력으로 인해 순식간에 부서져 버렸다. 하지만 부서졌다고 해서 그것이 완전히 사라진 것은 아니었다. 운영이 시전한 신뢰격천과 함께 현원덕호를 향해 쇄도해 들어간 것이다.

"크흠! 기다렸다. 이야압~!"

현원덕호의 수중에 승천용혈검이 쥐어져 있지 않았다. 승천용혈검은 신뢰격천이 시전되면서 발생된 반발력으로 인해 멀리 날아간 상태였다. 하지만 현원덕호는 당황하는 기색조차 보이지 않았다. 다만 두 손을 빠르게 합장하며 전신 공력을 장심에 모은 후 운영을 향해 힘껏 앞으로 내뻗었다.

쿠우우우우~

쾅! 콰르르, 콰앙~! 쾅! 콰아아앙~

현원덕호와 운영의 격돌로 인해 무림맹 곳곳이 뒤흔들리고, 병장기를 휘두르던 사람들 중 다소 공력이 약한 사람들은 자신의 귀를 부여잡으며 괴로워했다. 세상에 다시없을 강자들의 격돌로 인해 발생된 압력은 그만큼 상상을 초월할 정도의 파장을 일으켰다.

"크으음."

"큭! 끄으으으~"

격돌로 인해 발생된 여파로 앞을 분간할 수 없는 상황에서 들린 비음들.

하지만 그 비음이 어디서 나온 것인지 주변에 있던 사람들은 모두 알 수 있었다. 너무나 분명하게 들렸기 때문이다. 소란스러운 가운데 어떻게 들을 수 있었는지 자신들조차 신기할 정도였지만, 사람들은 자신의 모든 행동을 멈춘 상태에서 시야를 가리고 있는 먼지가 가라앉기를 조용히 기다렸다.

"아~"

"여, 역시~"

처음과 마찬가지로 굳건하게 자리를 지키고 있는 현원덕호. 그러나 운영은 처음 서 있던 곳보다 일 장 정도 뒤쪽에서 낭패한 모습을 하고 있었다. 하지만 아직 완전하게 전의를 상실한 모습은 아니었다. 그러나 마지막 격돌을 지켜본 사람들은 승패의 향방을 확연하게 알 수 있었다. 언제나 그렇듯 승자와 패자의 모습은 크게 다르지 않았지만, 현원덕호와 운영 역시 그런 모습에서 벗어나지 못했다.

"역시… 크게 기대를 하지 않았지만, 아직 완벽하게 깨닫지 못한 듯 싶구먼."

"크흠~ 분하지만, 그렇소이다. 그러나 이번의 격돌로 인해 당신을 이길 수 있는 일말의 가능성을 확인할 수 있었소."

"훗! 본좌도 자네의 말에 동의한다. 자네가 마지막에 시전했던 무공에 대해서 완벽한 깨달음을 얻는다면 충분히 본좌와 자웅을 겨룰 수 있을 것이다. 그러나 오늘 자네와 다시 겨루어 보니 아무래도 자네가 깨달음을 얻는다고 해도 본좌를 이길 수 있다는 생각이 들지 않는군."

"흐으음……."

"하지만 젊은 나이에도 불구하고 거의 반신의 경지에 이른 본좌와 검을 맞댈 수 있다는 것은 경이적인 일이라 할 수 있을 것이다. 그러니 그렇게 안타까워할 필요는 없을 것 같군. 그렇지 않은가?"

"반신의 경지라… 훗, 스스로를 그렇게 높이 생각하는 줄 몰랐소이다."

운영은 현원덕호의 말을 들으며 순간적으로 호열의 얼굴을 떠올렸다. 자신이 알고 있는 호열의 경지는 현원덕호가 감히 상상할 수조차 없는 정도라 생각되었던 것이다. 아니, 절로 웃음이 나왔다. 감히 자신은 상상조차 할 수 없는 무상의 무공을 소유한 인물을 알고 있는데, 현원덕호는 그러한 인물이 있는지조차 모르는 듯 자만에 휩싸여 있었기 때문이다.

현원덕호는 운영의 표정을 보면서 자신도 모르게 인상을 살짝 찡그렸다. 그러나 언제 그러한 일이 있었냐는 듯 금방 평소의 표정으로 돌아왔다. 하지만 현원덕호의 시선은 한자리에 멈추어 있지 않았다. 마치 시간이 멈추어 버린 듯 모든 움직임을 정지하고 자신을 바라보고 있는 사람들을 훑어본 후, 내상을 입어 서 있기 힘든 상황임에도 불구하고 아직 자신을 뚫어지게 바라보고 있는 운영에게 시선이 향했다.

"지금 본좌를 비웃는 것인가? 하지만 자네만은 예외로 두지. 그러나 말이야, 올해로 본좌의 나이 백팔십이다. 백팔십 년이란 세월을 살아오는 동안 많은 고수들을 만나봤지만, 본좌와 검을 겨룰 수 있는 자는 몇 명이 되지 않았다. 물론 그들 중에는 본좌의 간담을 서늘하게 할 정도로 두려운 상대도 있었지. 하지만 지금은 아니다. 본좌는 인간이 생각할 수조차 없는 극강의 힘을 지니고 있다."

"……."

"흔히 세인들은 너무 극강하면 부러진다고도 하고 도가(道家)에서는 부드러움만 못하다고 하지만, 본좌는 그러한 것조차 무시할 정도로 강하다. 자네는 아는가? 강하다는 것은 다른 사람들에게 부러운 일일 수 있으나, 본좌는 고독함을 느꼈다. 그만큼 이날을 기다렸다고 할 수 있지. 어떠한가? 자네가 깨달음을 얻을 동안 본좌의 휘하에 머물 생각은 없는가?"

"헉! 그 무슨……!"

운영은 현원덕호의 말이 길어질수록 내상을 회복하는 데 주력하고 있었다. 겉으로는 귀를 기울이는 것처럼 보이면서 암암리에 유운선공(流雲仙功)을 시전했다. 그러나 현원덕호의 마지막 말에 그만 주화입마에 들 뻔했다. 너무도 어이없는 말이 현원덕호의 입에서 튀어나왔기 때문이다.

"그런 표정 지을 것 없다. 어차피 무림엔 본좌를 상대할 만한 고수가 없다. 있다고 해봐야 천마 혁무량이다. 혈마 독고신검과 혜정은 본좌의 상대가 되지 못하지. 더구나 그들은 세월이 아무리 흐른다고 해도 본좌를 꺾을 수 있는 깨달음을 얻을 확률도 없고. 하지만 자네는 어쩌면 본좌를 이길 수 있을 것 같다는 생각이 드는구먼. 그렇기에 자네에게 기회를 주고자 함이다."

"더 이상 욕되게 하는 말은 삼가해 주었으면 좋겠소. 아무리 당신이 강하다고 해도, 그것만으로 명예를 훼손하는 말을 계속한다는 것은 그리 좋지 않소이다. 그리고 당신의 제안에 대한 내 대답은 이것이오. 하, 아~ 앗!"

쿠와아아아앙~

운영은 현원덕호의 제안에 대한 대답으로 천수검을 휘두르며 돌진해 들어갔다. 아직 완전하게 공력을 회복하지 못한 상황이지만, 죽으면 죽었지 더 이상 현원덕호와 말을 섞고 싶은 마음이 들지 않았기 때문이다.

"정말 어리석군. 본좌의 제안을 받아들였다면 정파의 명맥은 유지될 수 있었을 것을!"

콰아아앙! 쾅~!

"헛소리 말아라! 그렇게 해서 정파의 명맥이 유지된다고 해도, 그것은 치욕일 뿐이다!"

"인간에게 세월은 유한한 것임을 잊지 말라. 대를 위해서 때론 적에게 고개를 숙일 줄도 알아야 한다는 것을 모르진 않겠지?"

쾅! 콰앙! 콰르르르, 콰아앙~!

운영의 공격에도 현원덕호의 말은 계속해서 이어졌다. 그것은 아무리 운영의 공격이 거세도 마찬가지였다. 그에 운영은 더 이상 현원덕호와 겨룬다는 것이 좋지 않음을 알고는 크게 검을 휘두른 후 빠르게 뒤쪽으로 신형을 날렸다.

"훗, 오늘은 자네를 그냥 보낼 생각이 없구먼. 이곳에서 본좌의 손에 죽음을 맞던가, 아니면 휘하에 들어오던가 해야 할 것이네."

휘이이이잉~

운영은 후문을 향해 자신이 낼 수 있는 최고의 속도로 움직였다. 그러나 불과 얼마 지나지 않아서 현원덕호에 의해 진로가 가로막혔다. 어느 정도 예상은 하고 있었지만 너무나 빠른 움직임에 깜짝 놀랐다. 하지만 운영은 속도를 줄이지 않고 돌진을 하며 풍뢰격붕을 시전했다.

"헛! 이런, 길을 비켜라! 이야얍~!"

쿠우우우웅~

"어림없는 소리! 오늘은 그리 쉽게 놓아주지 않겠다고 말했을 텐데. 하합!"

콰르르르, 콰앙!

"크윽, 으~"

"흐음, 역시 대단한 위력이군."

지면에 뿌리라도 박은 듯, 현원덕호는 운영의 공격에도 불구하고 한 발자국도 물러나지 않았다. 이에 운영은 망연자실한 표정을 지을 수밖에 없었다. 실력 차이가 나도 너무 났기 때문이다.

"정말 아까워. 아무리 생각해 보아도 자네에 대해 욕심이 나는구먼. 마지막 기회를 주겠네. 어떠한가? 자네의 의지가 굳다는 것은 알지만, 세상을 살다 보면 대세를 따르지 않으면 안 될 때도 있네. 그러니 그만 뜻을 접고 본좌의 휘하에 들어오지 않겠는가?"

낭패한 모습으로 자신을 바라보고 있는 운영을 향해, 현원덕호는 안쓰럽다는 표정을 얼굴 가득 지어 보이며 차분한 어조로 말을 이어나갔다. 처음 운영을 대할 때보다 어조가 많이 달라져 있었다.

하지만 듣는 운영으로서는 강압적인 어조에서 다소 완화되었을 뿐, 그리 차이를 느끼지 못했다. 이러한 것을 단적으로 드러내는 것이 바로 운영의 표정이었는데, 현원덕호의 제안을 들은 운영의 표정이 마치 못 들을 소리를 들었다는 듯 얼굴 가득 인상을 찌푸리고 있었다.

"역시 본좌의 말이 전혀 먹히지 않는구먼. 다른 자들이었다면 이쯤에서 본좌에게 고개를 숙였을 것인데, 앞뒤가 꽉 막힌 자들과 함께 있어서 그런지 답답하구먼. 어쩔 수 없지! 그렇다면 본좌도 더 이상 자네에 대한 미련을 버리겠다. 휘하에 들어올 수 없다면, 죽여야겠지."

"죽음을 두려워했다면 이 자리에 서 있지도 않았을 것이오."

"죽음이 두렵지 않다? 정말 그런가? 후훗, 가상하군."

"아무리 당신에 뒤지는 실력이지만, 가상하다는 말을 들을 정도로 약하지 않소이다. 또한 나는 당신이 천하제일인이 아님을 알고 있소"

"후후, 본좌가 천하제일인이 아니다? 어쩌면 그럴지도 모르지."

현원덕호는 운영의 말을 들으면서 순간 천마 혁무량의 얼굴을 떠올렸다. 그러나 비릿한 웃음만 나왔다. 천마 혁무량 역시 무림맹에 도움이 되지 않는 적이었기 때문이다.

"그러나 자네와 무림맹은 본좌 하나도 감당하지 못하고 있지 않나? 그렇다면 이 자리에 있는 본좌가 자네들에게 있어서 천하제일인이 아니면 누구이겠나."

"자신의 얼굴에 너무 금칠을 하는군. 내가 말하는 천하제일인은 따로 있소. 감히 당신 같은 자는 그분에 대해서 거론할 수조차 없을 정도의 분이오."

"호오, 그런가? 본좌도 자네가 호언장담하는 인물을 어서 빨리 보고 싶구먼."

"곧 그렇게 될 것이오. 그리고 당신은 세상에 상상할 수조차 없는 경지에 이른 강자가 있다는 것을 곧 알게 될 것이오."

현원덕호와 정운영.

두 사람 사이에 더 이상의 말은 필요없었다. 이젠 오직 수중에 쥐어져 있는 검과 실력이 모든 것을 말해 줄 것이고, 상대가 죽거나 자신이 죽는 생사의 여부가 가려질 것이다. 그것이 승부고, 오랜 세월이 흘러도 변하지 않는 강호의 법칙이었다.

운영은 다시 한 번 마음을 가다듬고 천수검을 인중 가까이 들어 올렸다. 언제 수중에 쥐었는지 모르지만, 검날 사이로 현원덕호의 애병인 승천용혈검의 검극이 서서히 자신을 향해 겨누어지는 것이 보였다.

붉게 타오르는 듯, 승천용혈검의 검신이 붉은 빛을 띠기 시작했다. 검강이었다. 하지만 단순한 검강이 아니었다. 마치 적룡이 하늘로 승천하려고 꿈틀거리는 듯한 형상이었는데, 보는 이들로 하여금 절로 위축이 되게 만드는 위력이 있었다.

운영의 주변은 이미 모든 것이 정리된 듯, 현원세가의 인물들로 채워져 있었다. 그러나 아직 무림맹 문인들이 모두 빠져나가지 못했는지, 운영의 뒤편에선 병장기가 부딪치는 소음과 함께 사람들의 끊임없는 비명 소리가 가득했다. 그 와중에 현원덕호의 뒤쪽으로 도망을 치는 문인들도 있었지만, 아주 극소수에 지나지 않았다.

하지만 그들의 모습은 처참할 정도로 망가져 있었다. 비록 죽지는 않았지만, 그렇다고 살았다는 말을 할 수 없을 정도였다. 그러나 운영은 그런 사람들을 보면서 전의를 다졌다. 만신창이 몸으로도 살고자 몸부림치는데, 아직 사지가 멀쩡한 자신은 현원덕호의 위세에 눌려 꼼짝도 못하고 있었기 때문이다.

'이미 제갈 맹주와의 약조를 지키긴 글렀구나. 그러나 이곳이 내 생의 마지막 자리가 될지라도, 나는 후회하지 않는다. 비록 고향에 계신 부모님을 뵙지 못하는 것이 안타까우나, 후에 저승에서 부모님을 만나 뵙게 되면 나는 사나이로 태어나서 후회하지 않은 인생을 살았다고 자신있게 말할 수 있다. 그것이면 되었지 않은가. 더 이상 망설일 필요가 없겠지.'

"하얏! 신뢰격천~!"

제갈 맹주와의 약조에 따라 현원덕호를 유인하려 했지만, 운영은 그렇게 하지 못했다. 아니, 오히려 현원덕호에 의해 생사의 고비를 맞이하고 있었다. 그러나 운영은 평정심을 회복한 후 천수검과 함께 현원덕호를 향해 신형을 날렸다. 자신이 할 수 있는 최선을 다하고자 하는 마음이 움직여서 그런지, 운영의 온몸은 천수검에서부터 시작된 푸른 검강에 휩싸여 있었다.

신검합일.

운영은 현원덕호에게 신뢰격천을 시전함과 동시에, 어쩌면 마지막이란 생각에 자신의 전 내공과 더불어 진원진기마저 아김없이 천수검에 쏟아 붓고 있었다.

"어리석은! 완전하지 못한 초식에 본좌가 몇 번이나 당할 것 같은가? 이번엔 본좌의 앞에서 두 번 다시 그 초식을 사용하지 못하도록 해주마. 하압!"

푸른 강기에 휩싸인 상태로 자신을 향해 쇄도해 들어오는 운영을 보면서, 현원덕호는 승천용혈검을 하늘로 높이 들어 올렸다가 빠르게 지면으로 내리그었다. 아직 운영이 접근해 오려면 이른 감이 있었으나, 현원덕호는 그러한 것에 상관없이 검을 수직으로 그은 것이다. 그러나 현원덕호에겐 그것만으로도 족하다는 표정이었다. 그도 그러한 것이, 승천용혈검이 지나간 공간의 전면엔 붉은 용이 불을 토하는 듯 커다란 입을 벌리며 운영을 마중하고 있었던 것이다.

'적룡현신(赤龍現身)이다. 어디, 뚫을 수 있으면 뚫어봐라! 만약 이것마저 뚫는다면 본좌의 진정한 숙적으로 인정해 주겠다.'

슈아아아앙~

꾸워어어어어~

콰르르르르, 콰아앙~!

인간에 의해서 시전되는 무공이라고는 도저히 생각되지 않을 정도로, 두 사람의 격돌은 주변 십오 장 넓이까지 영향을 주었다. 이미 화재로 인해 균열이 가 있었지만, 갑자기 생성된 강기의 폭풍으로 인해 모래와 자갈 및 불에 타던 목재들이 사방으로 날아갔다. 또한 천수검과 승천용혈검이 교차해 있는 곳을 중심으로 사방 삼 장의 땅이 밑으로 움푹 들어갔다.

"이~"

쿠우ㅇㅇㅇㅇㅇ~

운영은 자신의 진원진기까지 쥐어짜며 현원덕호를 뚫으려 안간힘을 썼지만, 좀처럼 마음먹은 대로 되지 않았다. 이미 자신의 한계를 뛰어넘는 실력을 보이고 있었지만, 현원덕호는 철벽이라도 되는 것처럼 요지부동이었다. 그러나 운영은 멈출 수가 없었다. 더 이상 진원진기를 소모하면 생명이 위험하다는 것을 알면서도 어쩔 수 없었다. 어차피 운영에게 있어서 현원덕호를 상대하는 현재가 인생 최대의 위기였기 때문이다.

"하아아압~!"

"와라~!"

쾅! 쾅앙~! 콰르르르, 콰아앙~!

"크어억~!"

"크흠, 호으음~"

"죽어라! 하압~!"

"아미타불~!"

콰쾅! 콰아앙~! 콰앙!

운영과 현원덕호의 격돌이 끝날 즈음, 갑자기 현원덕호의 뒤쪽에서 여섯 명의 인영이 솟구치면서 기습을 하기 시작했다. 너무나 창졸지간의 일이었다. 무림맹의 고수들은 이미 모두 도망친 후라 생각되었기에 운영 외에는 신경을 쓰지 않고 있었는데, 단 한순간의 방심으로 인해 낭패를 당했다.

"크억! 누, 누구냐!"

"누구긴 누구냐! 바로 네 목을 따려는 저승사자다! 제왕검형(帝王劍形)~!"

"여기도 있다. 받아라~!"

"감히 본좌에게 암수를 펼치다니, 용서하지 않겠다!"

"너 같은 악도는 이것이나 받아라!"

무림맹 영수들의 기습에 분노를 느낀 현원덕호는 자신을 향해 합공을 펼치는 영수들에게 신형을 날렸다. 그러나 그때 적하검군 청운 장문인이 수중에서 무엇인가를 꺼내 현원덕호에게 힘껏 던졌다.

"응? 무엇……?"

쾅! 쾅쾅! 콰아아앙~!

"크으으~ 감히……!"

청운 장문인의 수중에서 나온 물건에 대해 잠시 관심을 보였던 현원덕호.

하지만 현원덕호의 관심은 금방 풀렸다.

천뢰구(天雷球).

청운 장문인의 수중에서 나온 천뢰구는 모두 세 개였다. 그러나 너무나 창졸지간에 당한 공격이라 현원덕호는 깜짝 놀랐다. 평상시라면 크게 상관하지 않았을지 모르지만, 운영과의 격돌과 생각하지 못한 기습으로 인해 약간의 내상을 입은 후였기 때문이다. 그에 현원덕호는 영수들에게 향하던 신형을 급히 멈춘 후 최대한 호신강기를 일으켜 몸을 보호해야만 했다.

"지금입니다! 어서 정 대협을!"

"알겠습니다."

팟! 슈아아아앙~

현원덕호가 잠시 주춤하는 사이, 오영 장문인과 현천 장문인이 쓰러져 정신을 잃고 있는 운영을 부축한 후 빠르게 현원덕호의 공격권에서 벗어났다. 단 한순간이라도 머뭇거리면 모든 것이 수포로 돌아간다는 것을 잘 알고 있기에 두 사람은 최선을 다해 신법을 펼쳤다. 또한 소기의 목적을 달성하자, 현원덕호를 상대하고 있던 네 명의 영수들 역시 뒤도 돌아보지 않고 빠르게 후문으로 신형을 날렸다.

"이, 이런! 감히 본좌 앞에서 잔꾀를 부리다니! 거기 멈추어라~!"

슈아아아앙~

뒤늦게 영수들의 의중을 파악한 현원덕호의 분노는 하늘을 찌를 듯 높았다. 그러나 그냥 보낼 수 없었다. 후환이 될 자는 기회가 있을 때 처단해야 함을 잘 알고 있었다. 그렇기에 내상을 입었음에도 불구하고 영수들의 뒤를 따라 신형을 날렸다.

워낙 뒤늦게 추격을 한 것이라 상당한 거리가 떨어져 있었다. 그러나 현원덕호에겐 별로 중요하지 않았다. 다소 시간이 걸리겠지만, 정신을 잃은 운영의 목과 함께 여섯 명의 영수들 목을 덤으로 취하는 것은 기정사실처럼 생각됐다.

"오늘 너희들이 본좌의 수중에서 벗어날 수 있을 것 같으냐? 어림없다! 오늘 명년이 너희들 제삿날이 될 것이다~!"

"조금만 힘을 내십시다. 조금만 더 가면 됩니다."

"아미타불! 석가세존이시여……."

"됐습니다, 청운 장문인! 어서 당 가주에게 신호를……!"

"알겠습니다."

"하이앗!"

무림맹 후문을 빠져나갈 때쯤, 남궁 가주는 급히 청운 장문인을 향해 전음을 시전했다. 그에 청운 장문인은 달리는 와중에도 불구하고 얼른 천뢰구 두 개를 꺼내 든 후, 무서운 속도로 자신들을 따라오고 있는 현원덕호를 향해 힘껏 던졌다.

"흥! 그깟 천뢰구 몇 개 따위로 본좌의 행보를 막을 수 있을 것 같으냐! 곧 죽여주마, 기다려라~!"

쾅! 콰아앙~!

슈아아앙~

자신을 향해 던져진 것이 무엇인지 잘 알고 있는 현원덕호는 천뢰구의 폭발을 무시하며 영수들의 뒤를 따랐다. 비록 광천뢰에 비할 바가 못 되지만, 천뢰구 역시 오늘날의 사천당가가 있게 한 팔대암기 중 하나였다. 그런데 현원덕호는 그러한 것들이 자신의 앞에서 폭발을 일으키고 있는데도 전혀 속도를 줄이거나 피해가지 않았다.

"아직도 멀었나? 이거 답답하구먼."

"조금만 더 기다려 봅시다, 진 장로. 조금 있으면 신호가 올 것입니다."

"그렇습니다. 정 대협이 힘든 상황이면 장문인들이 합세를 해서라도 현원덕호를 유인할 것입니다."

"그것을 누가 모릅니까? 하지만 조금이라도 오차가 생기면 큰일이니, 그것을 염려하는 것이 아닙니까."

"원시천존……."

제갈 맹주를 비롯한 무림맹 영수들과 패혈맹주 독고신검의 대리로 온 진 장로 등은 초조한 마음에 자꾸만 무림맹이 있는 방향을 향해 시선을 집중시켰다. 그러나 아무리 해도 기다리는 신호는 오지 않고 있었다.

"혹시… 모두 잘못된 것은 아닐까요?"

"그런 말씀 마십시오, 혜요 장문인. 만약 그들이 잘못된다면 무림의 앞날은 암흑과 같습니다."

"아미타불, 죄송합니다. 빈니가 그만 초조한 마음에 주책을 부렸습니다."

"휴~"

"그나저나 설치는 제대로 했습니까, 진 장로?"

"물론입니다. 그날 회의가 끝난 후 바로 반 장로 등이 당 가주가 알려준 곳에 정확히 설치를 했습니다. 그것은 믿어도 될 것입니다."

"그렇군요. 어차피 그분들이 실패를 했다면 우리의 퇴로를 확보하기 위해서라도 꼭 필요하니 다행입니다."

"그렇지요. 그러나 너무 늦는군요. 벌써 신호가 왔어야 하는데……."

쾅! 콰아앙~!

"응? 이, 이건!"

오십여 장 앞에서 천뢰구가 폭발하는 소음이 들렸다. 더구나 천뢰구가 터지는 소리를 초조하게 기다리고 있던 당 가주와 진 장로는 다른 장문인들을 향해 빠르게 돌아섰다.

"신호인 것 같습니다."

"무량수불. 당 가주, 그럼 어서……."

"알겠습니다, 연정 장문인. 제가 점화를 할 것이니 장문인들께선 어서 후퇴를 하십시오."

"알겠습니다. 어서 가시지요."

"원시천존, 당 가주. 그럼 저희들이 먼저 출발하겠습니다. 하앗!"

"그럼 먼저 가겠소이다. 장로들은 어서 따르시오!"

"무운을……!"

"무량수불…….

영수들이 신형을 날리기 시작하자, 당 가주는 얼른 수중에서 부싯돌을 꺼내 들고는 기름종이에 불을 붙이기 시작했다.

탁! 탁! 팟~! 화르르르~

"아~"

팟! 치이이이이~

"돼, 됐다!"

당 가주가 심지에 불을 붙이자 심지는 빠르게 타 들어갔다. 자신의 의지와는 상관없이 불타는 것이지만, 심지가 불꽃에 몸을 맡기며 마지막 생을 마감하는 곳엔 당 가주뿐만 아니라 다른 사람들이 생각하는 목표가 있었다. 그렇기에 당 가주가 신형을 날린 후에도 심지는 그 목표를 향해 자신을 태워갔다.

당 가주가 신형을 날린 후 얼마 지나지 않아서 그 자리를 여섯 명의 영수들이 통과했다. 또한 그 뒤를 현원덕호가 바짝 따라오고 있었다.

슈아아앙~

'아미타불! 제발 시간이 맞아야 할 텐데…….'

'제발…….'

쾅! 쾅쾅! 콰아아앙~! 콰앙! 콰르르르~

크어어억~!

지축이 흔들렸고 대지가 몸부림치며 비명을 질렀다. 또한 그와 함께 사람의 비명 소리도 들렸다. 마치 구천지옥에 떨어질 때 지르는 비명처럼, 힘껏 도망치던 영수들의 귀에 또렷하게 들렸다. 그러자 여섯 명의 영수는 자신들도 모르게 신형을 멈추고는 빠르게 뒤를 향해 고개를 돌렸다.

"아~"

"서, 성공이다! 성공했습니다! 우리들의 계획이 성공했습니다!"

"아미타불……."

자신들의 뒤를 바짝 따라오던 현원덕호가 더 이상 보이지 않았다. 보이는 것이라고는 오직 불타는 나무들과 하늘로 비상했던 나뭇잎과 흙들이 지면으로 떨어지는 모습뿐이었다. 그에 영수들은 악의 주구가 차디찬 대지에 쓰러졌음을 의심치 않았다.

"끄어어어! 모두 죽이겠다~!!"

파팟! 파파파아앗~!

화르르르~

살기가 물씬 풍겨나는 소리와 함께 불타고 있던 나무들이 사방으로 쓰러지기 시작했다. 또한 오 장 이상을 치솟던 불길이 좌우로 갈라지며, 그 안에서 봉두난발(蓬頭亂髮)을 한 인영이 천천히 걸어나오기 시작했다.

"헛! 저, 저럴 수가!"

"사, 살아 있다니! 그 폭발 속에서 어떻게……?"

"사람이 아닙니다! 악마입니다! 그렇지 않고서야 어찌 인간이 열 개의 광천뢰와 열다섯 개의 천뢰구가 폭발하는데 살아날 수가 있겠습니까!"

"아미타불!"

여섯 명의 영수는 불길 속에서 당당하게 걸어나오는 현원덕호의 모습을 보며 입을 다물 수 없었다. 오영 장문인의 말처럼, 정말로 현원덕호가 악마로 비추어졌다.

"지금 이렇게 있을 시간이 없습니다! 어서 후퇴를 해야 합니다!"

"그, 그렇군요. 가십시다. 지금은 남궁 가주의 말대로 물러날 때입니다. 하앗!"

"아쉽지만 다음을 기약해야 할 것 같습니다. 원시천존……."

"휴……."

현원덕호의 모습에 여섯 명의 영수는 빠르게 신형을 날렸다. 더 이상 머물러 보았자 크게 이득 될 것이 없다 판단한 것이다. 아무리 광천뢰의 폭발로 현원덕호가 치명적인 내상을 입었다고 해도, 그 끝을 알 수 없는 무력 앞에 기가 질릴 대로 질린 영수들은 감히 마주하고 싶은 마음이 없었다.

"끄으으, 기필코 네놈들을 도륙하고 말 것이다! 기필코……!"

털썩!

"푸하아아, 크으으으~"

영수들이 모두 자취를 감추자, 현원덕호의 무릎이 꺾이고 가슴과 머리가 급격하게 차가운 지면에 밀착됐다. 내상을 감추기 위해 무리하게 공력을 일으켰기 때문이다. 하지만 현원덕호는 허장성세(虛張聲勢)로 인해 간신히 목숨을 건질 수 있었다.

"아버님~!"

"태상가주님~!"

"끄으으으~"

현원덕호는 멀리서 자신을 부르는 소리가 아련하게 들리자, 그동안 간신히 잡고 있던 정신의 끈을 놓을 수 있었다.

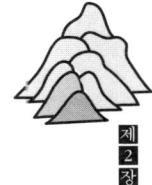

제
2
장

제삼의 세력······?

◆ 제2장   제삼의 세력……?

 감숙성 난주에 도착한 호열 일행은 바로 마교의 분타가 있는 곳으로
향하지 않고 시내 중심에서 약간 서쪽에 위치해 있는 우의반점(友宜飯
店)에 머물러 있었다.

 난주는 황하 상류의 하서회랑(河西回郞)의 동쪽에 위치하그, 서쪽에
서 동쪽으로 흐르는 황하를 따라 형성된 좁고 길쭉한 도시다. 특히 한
족 외에 회족이나 만주족 및 티베트와 몽골 족 등 수많은 민족이 함께
섞여 살고 있는 곳으로, 중원과 서양을 연결하는 교통의 요충지였다.
그렇기에 문화적으로도 중원과 다소 차이가 나는 것을 확인하기는 그
리 어렵지 않았다.

 "정말 색다른 경험을 하게 되는군. 그런데 지금 먹고 있는 것이 무
엇인가?"

 호열은 파란 과일을 입에 넣으며 옆에 대기하고 있는 점소이에게 물

었다.

"예, 그것은 이곳 난주에서만 맛보실 수 있는 것으로 백란과(白蘭瓜)라고 하는 과일입니다. 손님께서 드셔보아서 아시겠지만, 그 과일은 달고 향기가 좋아서 사람들이 즐겨 먹는 것으로 제철은 구월입니다. 마침 가장 맛있을 때 손님들께서 드시게 된 것입니다."

"그런가? 우리가 제때 왔구면."

"그렇습니다. 정말 운이 좋으신 것이지요. 오죽하면 백란과가 많이 나서 한때 난주를 과과성(瓜果城)이라고 부르기도 했었으니까요. 그리고 백란과 외에도 수박의 맛이 좋습니다."

"알겠네. 고맙구면."

호열은 점소이의 친절한 설명을 들은 후 고맙다는 표시로 고개를 크게 끄덕여 주며, 고개를 한쪽으로 돌려 자신을 바라보고 있는 사람에게 시선을 주었다.

"크음, 알겠습니다."

이미 이런 경험이 많은지 호열의 시선을 받은 수염이 텁수룩한 장한은 한차례 인상을 구겼으나, 언제 인상을 썼었는지 모를 정도로 웃음을 지으면서 자리에서 일어났다. 그런 후 소매 속에서 동전 한 푼을 꺼낸 후 점소이 손에 쥐어주었다.

"가, 감사합니다, 어르신. 그럼 불편하신 일이 있으면 불러주십시오."

점소이는 갑자기 인상이 험악한 장한이 동전을 쥐어주자 얼이 빠진 표정을 짓다가, 이내 호열에게 허리를 넙죽 숙여 보인 후 빠르게 사라졌다.

호열은 점소이의 행동을 보면서 동전을 쥐어주었던 장한을 향해 인상을 찡그렸다.

"소팔아, 넌 왜 그렇게 돌머리냐. 사람들을 대할 때면 인상 쓰지 말라고 하지 않았느냐."

"소, 소인이 잘못했습니다. 하지만 워낙 소인의 얼굴이 험악하여……"

"됐다. 또다시 본인 앞에서 인상을 쓰는 것이 보일 때는, 너뿐만 아니라 모두들 세상이 얼마나 험악한지 경험하게 될 것이다. 알겠느냐?"

"아, 알겠습니다. 명심하겠습니다."

"알았다. 그만 네 자리로 가서 음식이나 먹고 있거라."

"예, 주인님."

호열은 축 처진 어깨를 하고 자신의 자리로 돌아가는 소팔의 뒷모습을 일별한 후, 자신의 앞에 놓여져 있는 음식을 들기 시작했다.

소팔 역시 자신에게 명을 내리는 사람이 어느 정도의 능력을 지닌 사람인지 직접 몸으로 체험까지 했기 때문에 별다른 불만 없이 명에 따랐다. 아니, 호열의 명을 따르고 싶지 않아도 그럴 수가 없었다. 난주에 들어서자마자 자신들을 주시하는 눈초리가 심상치 않다는 것을 피부로 느끼고 있는 실정이었는데, 조금 전에야 그들이 바로 강호를 진동시키고 있는 마교도임을 알게 되었기 때문이다.

현재 마교는 난주가 있는 감숙성을 비롯해서 청해성과 사천성 북부 일대를 장악한 상태였다. 더욱이 청해성 기련산(祁連山)에 있던 마교의 본거지가 난주로 완전히 옮겨진 상황이었기에, 난주를 비롯한 그 일대에 미치는 영향력은 황권보다 우위에 있을 정도였다. 오죽하면 난주 일대를 관할하고 있는 포정사사(布政使司)와 도지휘사사(都指揮使司) 및 감찰 기관인 도찰원(都察院)까지 마교의 눈치를 볼 정도였다. 비록 이러한 일들이 직접적으로 영락제에게 보고되고 있지 않은 상황이었지만, 난주에 사는 백성들은 모두 알고 있을 정도였다.

도형곡은 자신들을 감시하고 있는 자들이 있다는 것을 알고 있었다. 또한 그들이 누구인지 짐작을 하고 있었기에, 자신의 앞에 놓인 음식들을 먹으면서도 속이 더부룩할 정도로 불편했다.

"주군, 아무래도 이곳은 너무 위험하지 않겠습니까? 이곳은 마교가 분타로 쓰고 있는 부려화대산장(富麗華大山莊)과 붙어 있는 곳입니다. 더구나 소문을 들어보니 아예 마교의 본거지도 이곳 난주 일대로 옮겨왔다고 하지 않습니까. 그렇다면 이번 일은 심사숙고하셔야 할 것입니다. 그들이 마음만 먹으면 저희들은 천라지망에 걸릴 수도 있는 곳이라……."

"도형곡, 자네는 뭐가 그리 불안한가? 조용히 하게. 오늘은 푹 쉬고 싶구먼."

"주군, 하지만……."

"어허! 조용. 자네는 어서 음식이나 먹게. 그리고 호대령은 식사가 끝나면 순현보와 함께 마교에 좀 갔다가 오도록 하게. 내일 오시 초에 방문하겠다고."

"주, 주군!"

"알겠습니다, 주군. 순현보와 함께 다녀오도록 하겠습니다."

"명에 따르겠습니다."

호열의 말에 깜짝 놀란 도형곡과는 달리, 호대령과 순현보는 호열을 향해 차분하게 대답한 후 음식을 먹었다. 마치 동네에 살던 옆집 친구의 집을 방문하는 것처럼 보일 정도로, 별일 아니라는 표정이었다. 이에 도형곡은 더 이상 호열에게 말을 꺼내지 못하고 음식을 꾸역꾸역

입속으로 집어넣어야만 했다.

"그리고… 아마도 내일까지 이곳에 머물러야 할 것이다. 그러니 남대린은 이곳에 머무는 동안 불편하지 않도록 미리 이곳 주인에게 언질을 주도록."

"그렇게 하겠습니다."

호열의 명을 들은 남대린은 이미 그럴 줄 알았다는 듯, 자리에서 일어나 일층으로 내려갔다. 이미 식사를 끝마친 후였기에 빨리 방을 잡는 것이 좋겠다고 생각한 것이다.

"어서 오십시오, 부려화대산장의 총관 직을 맡고 있는 초창해(楚昌海)라 합니다. 그렇지 않아도 어제 임 문주께서 보내신 방문첩을 보신 교주님께서 기다리고 계십니다."

"그런가? 그럼 안내해 주게. 그리고 저들은 본인이 데리고 온 자들이니 쉴 수 있는 곳으로 안내해 주게. 뭐, 딱히 따로 신경을 쓰지 않아도 될 것이네."

"그렇게 하겠습니다. 그럼 소인을 따라오십시오. 이쪽으로."

"그렇게 하지. 아참! 그리고 이번에 자네들도 함께 가지. 아마 좋은 구경이 될 것이야. 흠!"

호열은 정문 앞에서 자신을 맞이한 초 총관의 뒤를 따라 안으로 걸어가면서, 뒤쪽에 서 있던 호대령 등에게 갑자기 생각이라도 난 듯 지나가는 말투처럼 자연스럽게 말을 했다. 그러나 호열의 말을 들은 도형곡 등 몇 명은 자신의 귀를 의심하면서 두 눈이 함지박보다 더 크게 떠졌다. 혹시라도 자신들이 잘못 들은 것이 아닌가 하며 빠르게 주변을 둘러보았지만, 이미 조 검주와 호대령이 아무런 말 없이 호열의 뒤를 따르고 있자 애써 걸음을 옮길 수밖에 없었다.

초 총관의 뒤를 따라 일각 정도 안으로 들어가자 큰 공터가 호열의 눈에 들어왔는데, 한눈에 보아도 문인들이 훈련을 하는 데 사용되는 곳임을 알 수 있었다. 또한 그러한 것을 마치 확인시켜 주기라도 하려는 듯, 호열 일행이 연무장을 모두 지나치려고 할 때 많은 사람들이 손에 각자의 병장기를 들고 질서 정연하게 모이는 것을 볼 수 있었다. 한눈에 보아도 꽤 숙련된 훈련을 받았음을 알 수 있을 정도였다.

'생각보다 문인들의 훈련이 잘되어 있는 것 같군. 역시 패혈맹과는 수준 차이가 있구먼.'

호열은 나름대로 고개를 끄덕여 보이면서 묵묵히 초 총관의 뒤를 따라 안으로 더 들어갔다.

"다 왔습니다. 바로 이곳입니다."

"……."

"……안으로 들어가시지요. 교주님과 장로님들께서 기다리고 계십니다."

초 총관은 호열이 무슨 말이라도 할 줄 알았는데, 도착한 후에도 아무런 말 없이 건물의 전경을 살피고 서 있기만 하자 약간 당황한 기색을 보였다. 그러나 이내 자신이 해야 할 일이 무엇인지 생각해 낸 초 총관은 호열을 향해 건물 안으로 들어갈 것을 권했다.

"알겠네. 그럼 자네들도 따라오게. 이 정도 건물이면 우리들 모두 들어가도 넉넉한 자리가 있겠지. 그렇지 않은가, 초 총관?"

"그렇습니다. 회의실은 대청 정도의 크기를 지니고 있어 의자는 넉넉합니다."

"잘되었군. 그럼 안으로 들어가지."

"예, 주군."

초 총관의 뒤를 따라 모두 건물 안으로 들어가자, 가장 먼저 눈에 띄는 것은 커다란 팔각 모양의 문을 좌우에서 경계 서고 있는 문인들이었다. 어느 문파를 가든지 중요한 건물을 경비하는 것은 마찬가지겠지만, 호열은 두 명의 경비병을 보면서 두 눈 가득 호기심이 일었다.

언뜻 보아도 두 사람 모두 중년이 지난 듯 보였는데, 한 명은 흑색의 무복을 걸쳤고 다른 한 명은 순백색의 무복을 걸치고 있었다. 그러나 더욱 호열의 호기심을 자극하는 것은 두 사람의 의복이 아니었다. 한눈에 보아도 두 사람의 성격뿐만 아니라 모든 것이 대조적으로 보였던 것이다.

"훗, 신기한 사람들이군. 뭐, 별호가 흑백쌍마(黑白雙魔)라도 되는가?"

"그렇습니다. 강호에선 저분들을 그렇게 부르는지 모르지만, 본 교에선 흑백마군(黑白魔君)이라 칭하고 있습니다. 그리고 저분들은 교주님의 호위장로들로, 임 문주님을 직접 마중하기 위해 기다리고 계신 것입니다."

"그런가? 교주가 직접 자신의 호위장로들을 마중시키다니. 뭐, 나름대로 고맙구먼."

"그럼 소인은 잠시 실례하겠습니다."

"그렇게 하도록 하게."

호열은 흑백쌍마의 의복을 보고 그냥 해본 말이었다. 하지만 마교에선 흑백쌍마가 아니라 흑백마군으로 불리고 있었다.

호열이 알지 못하지만, 흑백쌍마의 명성은 강호를 진동시키고 있었다. 일반 백성들에겐 잘 알려지지 않았지만, 웬만한 강호인들은 오금을 저릴 정도로 유명한 인물들이었다. 그러나 호열은 초 총관의 부연 설명에도 불구하고 살짝 고개만 끄덕여 보일 뿐이었다. 이에 초 총관은 더 이상 호열에게 향한 시선을 거두고 팔각문 앞에 버티고 서 있는 흑백쌍마의 앞으로 걸어갔다.

"모시고 왔습니다, 흑백마군님."

"알겠다. 자네는 이만 물러가 있도록 하라."

"예, 그럼 소인은 이만……."

흑백쌍마의 명이 떨어짐과 동시에, 초 총관은 얼른 고개를 깊숙이 숙여 보인 후 옆으로 물러났다. 그러자 흑백쌍마는 호열에게 포권을 취해 보인 후, 자신들의 뒤에 있는 문을 양옆으로 열었다. 별다른 말이 없었지만, 호열보고 안으로 들어가라는 행동이었다.

그에 호열은 살짝 인상을 찡그렸지만, 자신은 엄연히 손님의 입장으로 온 것이기에 아무런 말 없이 흑백쌍마의 안내에 따라 걸음을 옮겼다.

회의실 안으로 들어간 호열이 가장 먼저 본 것은, 자신을 향해 시선을 집중하고 있는 마교의 교주 천마호령(天魔昊鈴) 매천호(梅闡豪)였다.

매천호는 호열이 회의장 안으로 들어오자, 의자에서 일어나며 호열을 반갑게 반겼다.

"하하, 어서 오십시오. 그렇지 않아도 어제 기별을 받고는 기다리고 있었습니다."

"본인을 기다려 주다니, 고맙습니다."

"별말씀을. 자, 앉으시지요. 그렇지 않아도 수하들과 함께 오신다는 보고를 받고 좌석을 준비했습니다."

"그렇군요. 그럼."

매천호의 말에 호열은 배려에 감사하다는 말 대신, 고개를 살짝 끄덕일 뿐이었다. 그에 함께 동석하고 있던 원로들의 안색이 살짝 찌푸려졌지만, 매천호는 호열의 반응에 불편한 내색을 하지 않고 호열의 좌석을 손으로 안내했다.

호열은 매천호의 안내에 따라 매천호와 직접 얼굴을 마주 볼 수 있는 곳에 앉고는, 아직 뒤에 서 있는 호대령 등에게 자신의 양쪽으로 앉을 것을 명했다. 그에 호대령 등이 자리에 앉자, 바로 약간의 과일과 차가 준비되었다. 과일은 물론 난주에서 유명하다는 백란과와 수박이었고, 차는 약간 붉은빛이 나는 홍차였다.

호열은 홍차를 한 모금 마시며 주변을 천천히 훑어보았다. 매천호 주변엔 상당히 많은 인물들이 앉아 있었는데, 그들은 대부분 몇 달 전 신농가에서 보았던 원로들과 장로들이었다.

'응? 그러고 보니 보지 못했던 인물도 상당수 있군.'

호열은 주변을 둘러보며 낯이 익은 사람들과 그렇지 않은 사람들이 거의 반반 정도 있음을 알 수 있었다. 특히 그들 중에 눈에 띄는 중년 여인이 있었는데, 그 여인은 매천호의 옆에 앉아 있었다.

'원로들보다 상석이라…… 교주의 부인인가? 상당히 고고하게 생겼군.'

호열은 나름대로 중년 여인에 대한 평가를 하고는 살짝 고개를 끄덕였다. 아직 마교의 지휘 체계에 대해서 모르고 있던 호열이기에, 마교의 수장이 교주 한 사람뿐이라 생각하고 있었던 것이다. 사실 이러한 것은 세인들 역시 호열과 마찬가지였다. 특히 마교의 인물들 중에 세인들에게 가장 잘 알려진 인물이 바로 천마 혁무량이었으며, 그의 지위가 바로 교주였기 때문이다.

"흠, 사실 이런 곳에서 임 문주를 마주 대하게 될 줄은 몰랐소이다. 신농가에서 임 문주를 보았을 때 상당히 인상 깊었는데, 오늘 이렇게 대하고 보니 대범함이 실로 짐작조차 못하겠소이다."

"대범함이라, 그거 듣기 싫은 말은 아니군요. 그런데 난주에 도착해서 귀 교에 대한 소문을 듣자 하니, 난주는 이미 귀 교가 확실히 자리를 잡았더군요. 축하합니다."

호열은 매 교주에게 포권을 취해 보이며 입가에 미소를 지어 보였다. 마교의 세력 확장에 대한 인정과 동시에 기련산에 있던 모든 힘이 난주로 옮겨졌음을 다시 한 번 확인하기 위해서였다.

"허허, 임 문주께서 본 교의 일에 그렇게 환대를 해주니 고맙소이다."

"별말씀을. 그러나 매 교주의 호칭은 좀 그렇군요. 이미 아시겠지만, 더 이상 강호에 철혈검문은 없습니다. 그러니 매 교주께서 문주라 본인을 불러주는 것은 합당치 않군요."

"허허, 무슨 말씀인지 알겠습니다."

매 교주는 호열의 말에 알겠다는 표현을 확실하게 보여주었다. 호열과 철혈검문에 관한 일은 이미 강호에 소문이 자자한 상태였고, 이미 마교에서도 그에 대한 일을 확인한 상태였기 때문이다.

"그래, 그럼 임 대인께선 무슨 일로 본 교를 방문한 것입니까? 듣자하니 철혈검문의 주축이었던 철혈당은 황궁으로 귀속되었고, 다른 문인들은 만금산장의 식솔로 받아들여졌다 하던데?"

"방문 목적이야 차차 아시게 될 것이고, 그나저나 벌써 그 일까지 알고 계셨습니까? 이거 참, 정말 놀랍군요. 짐작하지 못한 것은 아니지만, 이렇게 매 교주를 통해 귀 교의 이목이 강호 전역에 퍼져 있음을 확인하니 놀라울 따름입니다. 아마도 조만간 귀 교의 힘이 강호 전역에 뻗칠 날이 오겠군요."

"허허허……."

매 교주는 호열의 농담 같은 말에 그저 아무런 말 없이 고개만 끄덕여 주었다. 아직 호열의 진정한 방문 목적을 알지 못하는 상황에서 선부른 판단과 행동은 금물이란 판단을 내렸기 때문이다.

호열과 매 교주는 이후로도 약 이각 정도 환담을 주고받았는데, 대부분 이미 강호에 알려진 것들이거나 크게 중요하지 않은 내용들이었다. 하지만 서로 주고받은 말들 중에는 때때로 주변에 앉아 있던 사람들의 이마에 땀방울이 맺힐 정도의 날카로운 것들도 있었다. 그러나 호열과 매 교주 사이에 환담이 오고 가는 동안 아무도 입을 여는 사람이 없었다. 심지어 원로원주 설공신조차 입을 꾹 다물고 돌아가는 상황을 예의 주시하고 있을 뿐이었다.

"흠! 임 대인, 이제 본 교를 찾아온 진짜 목적이 무엇인지 말씀해 주시지 않겠습니까? 임 대인과 이야기를 나누다 보니, 오늘 임 대인이 본 교를 방문한 목적은 그리 우호적이지 않은 것 같소이다."

"매 교주께서 잘 보셨습니다. 사실 본인이 귀 교를 이렇게 찾아온 것은 이유가 있습니다."

"허허, 그렇군요. 그럼 그 이유가 무엇입니까? 임 대인께서 직접 본 교를 방문할 정도면 작은 일은 아닐 것 같은데……."

"……."

호열은 매 교주의 말에 한동안 입을 열지 않고 매 교주의 눈을 직시했다. 또한 주변에 앉아 있는 다른 사람들과도 시선을 마주쳤다. 혹시라도 무슨 단서를 찾을 수 있는 실마리를 건질 수 있지 않은가 하는 생각에서였다. 그러나 아무리 머리를 굴려보아도 마교의 인물들은 흔들림이 없었다. 그저 호열의 시선을 담담히 받아줄 뿐이었다.

"어쩔 수 없군요. 그럼 단도직입적으로 말하겠습니다."

"……."

"매 교주, 혹시 신농가의 일이 있은 후 귀 교에서 본 문을 공격했던 적이 있습니까?"

"……?"

매 교주는 호열의 말을 들었을 때, 처음엔 무슨 말인지 이해하지 못했었다. 그러나 얼마 시간이 지나지 않아 호열의 질문을 확실히 이해할 수 있었으며, 그와 동시에 좌우에 앉아 있는 원로들과 장로들을 향해 의문의 시선을 주었다. 하지만 원로들과 장로들 역시 모르는 일이었기에, 매 교주의 시선이 자신들에게 오자 고개를 좌우로 흔들어주었다.

"흐으음."

"무슨 일 때문인지 모르겠지만, 임 대인이 보셨듯이 본 교에서는 그런 일을 하지 않았습니다. 그리고… 흠, 당시엔 그런 여력도 없었습니다."

"그… 렇군요. 흐음……."

"혹시 당시 귀 문이 의문의 세력으로부터 공격이라도 받았습니까? 지금까지 철혈검문이 공격을 받았다는 것은 들어보지 못했는데? 혹시 설 원주께선 본 교와의 접전 이후 철혈검문이 공격받았다는 것을 알고 있었습니까?"

"철혈검문이 임 대인의 뜻에 의해 해체되었다는 소문은 들었지만, 그 일은 지금 임 대인을 통해서 들었을 뿐 저도 금시초문입니다. 아마

본 교에서 알지 못하고 있는 사안이라면, 강호의 그 어떤 곳도 알지 못할 것입니다."

"그렇군요. 임 대인, 다시 한 번 말하지만 본 교는 철혈검문을 공격한 일이 없습니다."

"알겠습니다. 그리고 성의있는 답변, 감사합니다."

"도움이 되지 못해서 미안할 뿐인데 감사는 무슨. 그런데 그 일로 무슨 피해라도 입었습니까? 흠흠! 상황이 어찌 되었든, 이미 임 대인은 자신의 의지대로 철혈검문을 직접 해체하셨지 않습니까? 그렇다면 임 대인은 철혈검문을 해체하기 전, 그러니까 무림과 얽혔던 모든 일들에 관하여 홀홀 털어버렸다 해도 과언이 아닌데. 더구나 이렇게 임 대인께서 본 교를 방문하여 당시의 일에 관하여 추궁을 하는 것은 좀……."

매 교주는 말을 완전히 끝마치지 못했다. 상식적으로 철혈검문이 해체됨으로 인해서 그와 관련된 일은 모두 마무리되었을 것인데, 호열은 상당한 시일이 지나서도 당시의 일에 대해 조사를 하고 있는 것 같았기 때문이다. 아니, 매 교주와 원로들의 솔직한 심정은 호열이 자신들을 추궁하고 있다 생각되었다. 그만큼 마교인들에게 있어서 호열의 행동은 마교와 자신들을 업신여기고 있다 생각될 정도였다.

하지만 매 교주를 비롯한 몇몇 사람들의 생각은 약간 다른 방향으로 호열의 대답을 기다렸다. 아무리 호열이 황제의 명을 받든 관료라고 해도 무림에서 삼 년이라는 세월 동안 한 문파를 이끌며 무림의 변수로 자리를 하고 있던 인물이었다. 그것은 다시 말해 호열에게 무림인들의 상식을 깰 정도로 그 당시의 일은 상당히 중요한 문제라는 것이었고, 정확히는 모르지만 매 교주를 비롯한 몇몇은 호열에게 있어서 당시의 일이 상당히 중요함을 유추해 낼 수 있었다. 그렇기 때문에 매 교주는 혹시라도 자신의 말이 호열을 자극하게 될 수도 있었기에 스스로 말을 자른 것이었고, 차분히 호열을 바라보며 자신이 미처 말하지 못한 부분을 해소해 주기를 기다렸다.

"흠… 맞는 말씀입니다."

"…그런데……?"

"……."

'휴~ 이거 참. 마교에서 내 질문에 성의있는 답변을 해주었으니, 나도 그에 대한 성의는 보여야 하는가? 어쩔 수 없겠지. 최소한 방문 목적은 말해 주는 것이 저들에 대한 도리겠지.'

호열은 의외로 매 교주가 껄끄럽기도 한 자신의 질문에 성의를 보여주자, 자신도 그에 대한 최소한의 답례는 해야겠다는 생각이 들었다.

"철혈검문이 해체되면서 웬만한 일은 좋게 매듭이 지어졌다 볼 수 있을 것입니다. 사실 이것은 제 생각이지만 말입니다."

"아닙니다. 임 대인의 말씀처럼, 이미 철혈검문이 무림에서 사라진 것으로 무림에서의 모든 은원은 끝났습니다. 그것이 무림의 법도이고, 모든 무림인들의 생각입니다. 만약 임 대인께서 다시 무림에 철혈검문과 같은 문파를 개파하시지 않는다면 말이지요."

"후훗, 그렇군요. 매 교주의 말씀, 잘 알았습니다. 그럼 이제 본인이 귀 교를 찾아야만 했던 절박한 심정을 말씀드리겠습니다. 철혈검문이 강호에서 활동했던 삼 년 동안, 철혈검문은 주변으로부터 공격은 받았어도 스스로 원해서 다른 곳을 공격했던 적은 없습니다. 그러니 강호에서 흔히 말하는 은원 관계도 거의 없다 말할 수 있을 것입니다. 굳이 따진다면 현원세가와 귀 교, 그리고 무한에 자리잡으면서 약간의 마찰이 있었던 개방 정도겠지요. 패혈맹에 대해서는 철혈검문이 오히려 원한을 받아야 하는 상황이고요. 그렇지 않습니까, 매 교주?"

"그렇… 겠지요."

"그런데 개방은 강호에 소문조차 나지 않을 정도로 용의주도하게 본문을 공격할 힘이 없습니다. 있다면 현원세가와 귀 교 정도겠지요. 물론 패혈맹도 그에 포함되기는 합니다."

"흐음……."

"……."

매 교주와 원로들은 호열이 말문을 열자, 곧 자신들을 방문한 이유를 들을 수 있음을 알 수 있었다. 그에 호열의 말이 이어질수록, 그저 고개를 끄덕이는 약간의 호응으로 차분하게 기다렸다.

"하지만 귀 교에 오기 전에 패혈맹을 방문한 결과, 그곳에서 본인이 원하는 것을 확인할 수 없었습니다. 또한 귀 교 역시 안타깝지만 본인이 원하는 대답을 들을 수 없었습니다. 그렇다면 이제 남은 곳은 현원세가라는 이야기인데! 흠~ 사실 현원세가는 당시 본 문을 공격할 여력이 없었음을 잘 알고 있습니다. 비록 마지막에 현원덕호라는 뜻밖의 인물이 등장했지만, 당시 현원세가는 무림맹을 상대함에 있어서 광천뢰를 사용할 정도로 절박했던 것이 현실이었으니까요. 그렇다면 당시 철혈검문을 공격했던 세력은 어디일까요? 용의선상에 있던 모든 곳이 아니다라는 결론이 났는데 말입니다."

"흐음……."

"……."

매 교주를 비롯한 모든 사람들이 머리를 빠르게 회전하기 시작했다. 아직 방문 목적을 이야기한 것이 아니지만, 호열의 말이 계속될수록 상황이 심상치 않음을 직감적으로 느낄 수 있었던 것이다.

"임 대인, 그렇다면 당시 철혈검문을 공격한 세력이 우리가 알지 못하는 제삼의 세력이라는 말씀입니까?"

"옛? 교주, 그 무슨……?"

"제삼의 세력……?"

"……?"

"설마……."

"그, 그런 말도 안 되는……."

차분하게 호열의 이야기를 듣던 설공신을 비롯한 모든 사람들의 시선은 매 교주를 향해 있었다. 사람들 역시 호열의 이야기를 들으면서 무엇을 말하고자 하는지 알 수 있었지만, 정작 매 교주의 입에서 자신들이 생각하던 것이 튀어나왔기 때문이다. 그것은 설공신을 비롯한 마교의 인물들뿐만 아니라, 호열의 좌우에 앉아 있던 호대령 등도 마찬가지였다. 지금까지 호열을 수행하는 동안 그와 관련된 말을 들어보지 못했었기 때문이다. 하지만 호대령 등은 매 교주처럼 놀라움도 마음대로 표출할 수 없었다. 그만큼 사안의 심각성을 인식할 수 있었기 때문이다.

상황이 순식간에 조용해지면서 모든 사람들의 시선이 한곳으로 집중되었다. 당연히 시선이 모이는 곳에 앉아 있는 사람은 호열이었다. 하지만 그들 중에서 가장 번뜩이는 눈빛으로 호열을 주시하고 있는 사람은 설공신이었다.

설공신 역시 호열의 이야기를 들으면서 매 교주와 같은 생각을 하지 않은 것은 아니었지만, 매 교주처럼 말로써 입 밖으로 내놓기에는 너무도 현실성이 떨어지는 일이라 조용히 듣고만 있었다. 더욱이 아직 상대의 말이 끝난 것이 아니었기에, 조용히 침묵하며 호열의 설명이 끝나기를 기다리고 있었다.

그런데 갑자기 매 교주의 입에서 제삼의 세력에 대한 언급이 나온 것이었다. 제삼의 세력이 강호에 출현한다는 것은 놀라운 일이었다. 아니, 언급되어진다는 것조차 황당한 일이었다. 그러나 설명을 하고 있는 사람이 삼성이마에 버금갈 정도의 무위를 지니고 있다 인정되고 있는 호열이었고, 정작 말을 꺼낸 사람이 매 교주였기에 심각하지 않을 수 없었다. 자신이 하고자 하는 일, 그 일에 심각한 타격을 줄 수도 있었기 때문이다.

"……."

"임 대인, 정말 교주께서 하신 말씀이……."

"아마도……."

"흐흠……."

"그, 그럴 수가."

"말도 안 되는! 우리가 모르는 세력은 없습니다, 임 대인!"

"임 대인, 원로들의 말처럼, 그런 일은 있을 수 없습니다. 아무리 본 교가 현재 중원의 변방에 자리잡고 있다 하지만, 본 교의 정보망을 피할 수 있는 제삼의 세력이 있다는 것은 말이 되지 않습니다. 만약 그런 세력이 있다면 본 교의 정보망에 걸리지 않을 수 없었을 것입니다."

"홋, 설 원주께선 귀 교의 정보력을 너무 과신하시는 것이 아닙니까? 본인과 철혈검문의 일도 제대로 알지 못했던 것이 귀 교 아니었습니까?"

"웃, 그것은……."

설공신은 호열의 말에 순간적으로 움찔하였다. 반박할 수가 없었던 것이다. 이에 호열은 자신을 바라보고 있는 사람들을 한차게 훑어본 후 천천히 자리에서 일어섰다.

"흠! 안타까운 일이지만, 본인도 여러분과 대화를 나눈 후 확실하게 알았습니다. 패혈맹과 귀 교의 답변에 거짓이 없다면, 강호엔 제삼의 세력이 움직이고 있다는 결론이 나옵니다. 그것은 다시 말해, 강호에 본인뿐만 아니라 귀 교조차 알지 못하는 세력이 분명히 있다는 것입니다."

"무슨 말씀인지 알겠지만, 그것은 말도 안 되는 추리입니다. 더 이상 그 일은……."

"설 원주, 그냥 추리가 아닙니다. 아니지요. 본인이 생각해도 정말 말이 안 되는 추리입니다. 본인도 그것을 인정하고 싶지 않습니다. 하지만 사실이라면……? 놀라운 일이지요. 동창뿐만 아니라 귀 교에서도 그들을 감지하지 못했다는 말이 되니까요. 하지만 이제는 그들을 인정할 수밖에 없습니다. 아무리 생각해 보아도 본인의 결론은 하나입니다. 강호에 우리들이 모르는 제삼의 세력이 있다는 것! 그것은 분명합니다. 그것을 확신하는 데 본인의 명예를 걸어도 좋습니다!"

"흐으음……."

"비록 오늘의 만남이 그것을 확인하는 절차에 그치게 되었지만 말입니다. 하지만 숨어 있는 세력이 있다는 것을 알게 되었으니, 아마도 귀 교의 정보력이라면 조만간 확인이 될 것입니다. 아니, 꼭 찾아주셨으면 합니다. 왜! 왜 그들이 본인의 내자를 납치했는지, 그것을 알아야 하기 때문입니다. 당시 본 문은 강호에 그리 큰 영향력을 행사할 정도도 아니었는데 말입니다. 휴~"

"응? 임 대인의 내자라면……?"

"소, 소호공주……?"

"헉! 그, 그런 일이……!"

"흐으음……."

매 교주와 설공신 등은 호열의 마지막 한숨에 놀라움을 감추지 못했다. 강호에 자신들이 알지 못하는 세력이 있음을 알게 된 것도 놀라웠지만, 그들이 호열의 부인인 소호공주를 납치했음을 알게 되었기 때문이다.

이미 마교를 비롯한 강호의 모든 문파는 철혈검문과 호열에 관한 소문이 강호에 돌기 시작하면서, 그에 대한 정보를 집중적으로 수집했었다. 그렇기 때문에 강호에 소문이 나지 않았던 부분까지도 알 수 있었는데, 대부분 호열이 황궁에서 어떤 지위에 있었다는 것 정도였다. 하지만 분명한 것은, 그 정보들 중에 소호공주에 관한 것도 끼어 있었다는 것이다.

'놀라운 일이구나. 황제에게 소호공주가 아무리 역도라 하더라도 엄연히 조카가 아닌가. 더구나 소호공주가 황궁에서 차지하는 비중은 가히 상상할 수 없는 정도라 할 수 있다. 아니지, 모두들 쉬쉬하고 있다 해도 건문제가 사라진 지금, 오히려 소호공주는 반역을 도모하는 세력의 중심이라 볼 수 있다. 그런데 그런 그녀가 납치를 당하다니…….'

상황이 이렇게 되자, 설공신을 비롯한 원로들 역시 수긍을 하지 않을 수 없었다. 그에 설공신은 가슴이 답답함을 느꼈다. 자신조차 모르고 있던 세력의 출현은 가슴을 짓누르는 묵직한 바위처럼 다가왔기 때문이다. 등골에 식은땀이 날 정도였던 것이다.

"흐흠! 심히 유감입니다. 그런 일이 있었기에 임 대인께서 친히 본교를 찾아오신 것이었군요. 그렇다면 본 교에서도 최선을 다해 찾아보도록 하겠습니다."

"교주께서 그렇게 해주신다면 본인으로서는 고마울 따름입니다. 그러나 지금까지 자신들을 숨겼던 자들입니다. 쉽지만은 않을 것입니다."

"그렇겠지요. 하지만 이렇게 임 대인을 통해서 본 교가 모르는 세력이 있다는 것을 확인한 것만도 큰 수확이 아닐 수 없습니다. 그러니 오늘은 임 대인께서도 부인에 대한 걱정은 접으시고 술이나 한잔하십시다."

"이런, 교주께서 그런 말씀을 해주시니 고마울 뿐입니다. 그러나 죄송하지만 그렇게 할 수 없을 것 같습니다. 안사람의 근황도 모르는데, 어찌 술이 넘어가겠습니까. 다음에 기회가 되면, 그때는 본인이 한 상 크게 대접하겠습니다."

"허허, 그렇게 하십시오. 괜히 임 대인의 마음을 상하게 한 것이 아닌지 모르겠습니다."

"아닙니다, 무슨 그런 말씀을. 그럼 이만 가보도록 하겠습니다."

"그렇게 하십시오. 추후, 다시 뵙도록 하지요. 설 원주께서 직접 임 대인을 본 교 밖까지 안내해 주시는 것이 어떻습니까? 본인이 직접 안내를 하고 싶지만, 아무래도 중요한 일이기에 의논을 해야 할 것 같아서요. 부탁드립니다."

"크흠, 그렇게 하겠습니다. 어찌 교주께서 명하시는데 따르지 않겠습니까. 그럼 저는 이만. 임 대인, 저를 따라오시지요."

설공신은 매 교주가 갑자기 자신을 향해 호열의 안내를 부탁하자, 처음엔 그 말의 진의를 알지 못하였다. 그러나 잠시 후 상황이 어떻게 된 것인지 알게 되고는 침음을 삼키며 자리에서 일어나지 않을 수 없었다. 엄연한 축객령이었다. 그 명령에는 자신을 비롯한 원로들과 장로들 전부가 해당되었다.

설공신은 신농가의 일이 있은 후부터 매 교주의 태도가 달라졌음을 느끼고 있었다. 아니, 정확히 말하면 천마 혁무량의 등장이 있던 후부터였다. 불쾌한 일이지만, 당장은 어쩔 수 없기에 따를 수밖에 없어 자리에서 일어섰다.

'지금은 어쩔 수 없지만, 조금만 기다리시오. 조만간 교주가 놀랄 일이 벌어질 것이니⋯⋯.'

호열을 비롯한 대부분의 사람들은 매 교주와 설공신 사이의 분위기가 이상하다는 것을 눈치챌 수 있었지만, 그것을 입 밖으로 꺼낸다거나 하지 않고 침묵으로 일관했다. 자신들이 나설 분위기가 아니었기 때문이다.

호열 일행은 설공신과 원로들의 안내를 받으며 밖으로 나섰다. 나가기 전, 매 교주를 향해 고맙다는 인사를 잊지 않았다. 그러나 그런 상황 중에 호열의 눈에 잡히는 인물이 있었는데, 그것은 처음부터 마지막까지 단 한 마디도 하지 않은 여인이었다.

제3장

익숙한 음성인데, 누굴까……?

◆제3장 익숙한 음성인데, 누굴까……?

　무림맹이 현원세가의 공격에 의해 크게 패한 후, 회남어서 쫓겨나 패혈맹이 있는 남창으로 이동 중에 있다는 소문으로 인해 강호는 크게 술렁거렸다. 아니, 이미 강호에 소문이 돌기 시작했다면 이들의 발길이 패혈맹에 이르렀을 수도 있었다.

　그것은 다시 말해 무림맹이 그동안 주장하던 의기를 접고, 하늘 아래 같이 설 수 없다고 주장하던 정적인 패혈맹에 모든 것을 의지하는 상황이 되었음을 말하는 것이었다. 이러한 소문이 급속하게 퍼지자, 많은 정파인들은 놀랄 수밖에 없었다. 하지만 그들로서도 어쩔 수 없는 상황임은 잘 알고 있었다. 그러면서도 현원세가가 보여준 위상에 고개를 힘없이 좌우로 흔들어 보이며 한숨을 쉴 뿐이었다.

　이미 현원세가가 무림맹을 공격할 것이란 것은 기정사실이었기에 크게 놀랄 일이 아니었지만, 무림맹은 자체적으로 삼만에 이르는 문인들과 그들을 돕기 위해 모여든 이만여 명의 무림인들이 있었다. 더욱이 무림에 적을 두고 있는 사람들은 패혈맹에서도 상당한 인원을 보내주었음을 잘 알고 있었다.

그런데 그런 무림맹이 단 며칠을 버티지 못하고 현원세가에 쫓기는 신세가 된 것이었다. 상식적으로 이해가 되지 않는 일이었지만, 현원세가가 대승을 할 수 있게 된 정점에 천승검 현원덕호가 있었다는 것을 알기에 고개를 끄덕일 수밖에 없었다. 세월이 아무리 많이 흘렀다고 해도, 그만큼 사람들의 머리 속에 삼성이마의 전설은 무시할 수 없는 위력을 지니고 있었기 때문이다.

상황이 이렇게 되자, 무림맹은 심각한 타격을 받지 않을 수 없었다. 이미 큰 타격을 받은 상황이었지만, 아직까지 세상에 나오지 않았던 많은 기인이사들과 젊은 무인들이 현원덕호의 위상에 눌려 무림맹과 뜻을 같이하고자 했던 일을 망설이게 되었기 때문이다.

하지만 어찌 된 일인지, 무림맹을 몰아내고 회남을 완전히 장악한 현원세가의 움직임이 멈추었다. 급격히 꺾인 무림맹의 의지의 싹을 자를 생각이면 남창으로 퇴각하는 잔당을 쫓는 것이 당연한 일임을 모르는 사람은 없을 것인데, 전열을 가다듬는 것인지 현원세가는 회남에서 일체의 움직임을 보이지 않고 있었다. 당연히 모든 사람들의 이목은 회남의 현원세가로 쏠렸지만, 그 진의는 끝내 파악되지 못했다.

"아버님, 할아버님의 상세는 어떻습니까?"

"그렇게 신경 쓸 정도는 아니다만, 그래도 아직 완전하게 회복되신 것은 아니다."

"그렇군요."

뇌전검 현원득은 아버지인 현원승의 말에 크게 고개를 끄덕임과 동시에 안도의 한숨이 나왔다. 하지만 마음속으로는 착잡한 심정이었다. 이미 내년이면 환갑을 맞는 나이였고 강호에 나가고 모두들 먼저 고개를 숙여 예의를 차릴 정도였지만, 아직 현원득으로서는 현월덕호뿐만 아니라 아버지인 현원승의 그늘에서 완전히 벗어나 있지 않은 상황이었기 때문이다.

그러나 그것은 어쩔 수 없다는 것을 잘 알고 있었다. 세가가 있기에 자신이 존경받고 대우를 받는다는 것을 뼈저리게 알고 있었기 때문이다. 또한 인간이 불사의 존재가 아님을 알고 있기에, 세월이 흐르다 보면 세가의 전권이 자신에게 올 것임은 명백한 사실이었다. 그렇기에 묵묵히 세월의 흐름에 온몸을 맡길 뿐이었다. 흘러가는 방향을 자신의 의지로 어찌할 수 없기에…….

"자, 들어가자구나."

"예, 아버님."

두 사람은 방 안으로 들어갔다. 방 안은 약간 침침한 느낌이었는데, 그것은 사방에서 빛이 들어오지 않게 하기 위해 창문을 막아놓았기 때문이다.

"아버님, 몸은 어떠십니까?"

현원승과 현원득이 방 안으로 들어가서 보니, 이미 현원덕호는 자리에서 일어나 있었다. 그에 얼른 옆으로 가서 인사를 했다.

"괜찮다. 하지만 아직 무리할 정도는 아닌 것 같구나."

"그러실 것입니다. 저번에도 그렇지만, 이번엔 너무 위험했습니다. 저들이 그런 짓을 할 줄은 정말 몰랐습니다. 광천뢰를 사용하다니 말입니다."

"그렇습니다, 할아버님. 이번 일은 후일 크게 갚아주어야 할 것입니다."

"지금이라도 당장 남창으로 가고 싶지만, 아버님 일도 있고 해서 이 번엔 신중하게 움직일까 합니다."

"허허, 당연히 그렇게 해야지. 그나저나 괜히 이 아비로 인해 너의 심기를 상하게 하는 것 같구나."

"아닙니다, 아버님. 그런 염려는 놓으십시오. 그러나 아버님께서는 하루라도 빨리 예전의 성신(聖身)을 회복하십시오. 아버님이 계시기에 세가가 존재하는 것이 아닙니까."

"그렇게 말해 주니 고맙구나. 그나저나 그자에 대한 것은 알아보았 느냐?"

현원덕호는 화를 참는 듯 침음을 흘리는 현원득의 말에 크게 고개를 끄덕여 보인 후, 지긋한 시선으로 현원승을 바라보았다. 그에 현원승 은 얼른 고개를 숙여 보인 후 응답을 했다.

"예, 아버님. 유운검선 정운영은 그날 이후 목숨이 위태로운 지경이 며, 지금도 언제 숨이 끊어질지 알 수 없는 사경을 헤매고 있다 합니다. 그러니 이제는 그렇게 신경을 쓰시지 않으셔도 될 것이라 봅니다."

"사경을 헤매고 있다? 그나마 다행이로군. 비록 그의 무공이 완전하 지 않다고 해도, 현 강호에서 본좌를 상대할 수 있는 사람은 그뿐이다. 더욱이 그가 살아남아 무공을 완성할 경우, 본좌뿐만 아니라 세가에도 큰 악영향이 미칠 것이다. 그러니 한시도 마음을 놓지 말고 촉각을 곤 두세워야 할 것이다."

"명심하겠습니다, 아버님."

"더욱 정진하도록 하겠습니다, 할아버님."

"좋다. 그럼 당분간 이곳 회남에 머물면서 무림인들의 움직임을 예의 주시하도록 해라. 황궁 역시 그 범주에 포함시켜야 할 것이다. 아무래도 마교는 움직이지 않을 것 같구나. 어부지리를 노리는 것이든 아니든 상관없지만, 마교가 움직이지 않는 것은 도움이 될 것이다."

"그렇게 하겠습니다, 아버님."

"그래, 그럼 물러가서 일들 보도록 해라."

"예, 그럼 소자는 이만 물러가겠습니다. 보양하십시오."

현원덕호는 두 사람이 물러나자 절로 한숨이 나왔다. 자신의 자만으로 인해 또 한 번 세가의 발걸음이 묶이게 된 것이나 다름없기 때문이다.

'세상은 정말 넓구나. 이미 세상엔 적수가 없고 본좌가 만든 무공에 필적할 만한 것은 마교의 이대신공밖에 없고, 그 두 가지 신공이 세상에 나오지 않고서는 본좌의 행보를 막을 수 있는 것이 없다 단언했건만! 휴~ 듣지도 못한 장백검파에서 그런 신공이 있다니, 또한 그것을 조금씩 완성하는 녀석도 있고. 흐으음……'

현원덕호는 그동안 추구했던 많은 일들과 함께 자신의 삶들의 단편들이 주마등처럼 스쳐 지나감을 느끼며 침음을 삼켰다. 현원덕호는 잘 알고 있었다. 세상은 삼성이마를 같은 선상에 놓지만, 삼성이마 중 가장 강한 인물이 천마 혁무량이었다. 또한 다른 네 명이 합공을 가하지 않고서는 혁무량을 상대조차 할 수 없음을 알고 있었다.

현원덕호가 알고 있는 혁무량은 무공의 천재였다. 물론 현원덕호 자신과 함께 삼풍 진인 장삼풍도 그 범주에 들기는 하지만, 혁무량과는 하늘과 땅 차이보다 더 컸다. 아무리 따라잡고자 남모르게 피나는 연마를 하였지만, 언제나 몇 걸음 뒤를 따를 뿐이었다. 더욱이 혁무량에게는 마교라는 보이지 않는 힘이 있었고, 특히 교주에게 전해져 내려오는 무공은 천지를 뒤엎을 정도의 위력을 지니고 있었다.

마교의 이대신공은 교주에게 전해지는 천마령검(天魔靈劍)과 대종사에게 전해진다는 천마현신(天魔現身)이었다. 특히 천마현신은 마교에 있어서 무의 마신(魔神)이라 불리는 대종사의 무공이었다. 당시 혁무량이 익혔던 천마령검보다 한 수 위의 무공이었다. 오죽 답답했으면 한때 현원덕호가 하늘을 향해 자신이 마교의 인물로 태어나지 못한 것을 한탄하며 눈물을 흘렸던 일도 있었을 정도였다.

상황이 이렇게 되니 현원덕호로서는 숨어서라도 자신의 힘을 기르지 않으면 안 되었다. 아무리 혁무량이 마교의 교주였다는 것이 세상에 밝혀지고, 천 길 낭떠러지로 떨어졌다고 해도 안심이 안 되었기 때문이다. 이런 현원덕호의 계획은 지금까지 보기 좋게 맞아떨어졌다. 다만 아쉬움이 남는 것이 있다면, 죽었다고 생각했던 혁무량의 등장과 뜻하지 않은 방해꾼이 조금씩 성장하고 있다는 것이었다. 현원덕호가 생각하는 방해꾼은 바로 유운검선 정운영이었다.

＊   ＊   ＊

이따금씩 선선한 바람이 불어 구름 한 점 없는 하늘의 태양 빛이 그리 따갑게 느껴지지 않았다. 하지만 가을이라고 하기엔 너무 이르다 할 정도로 햇볕이 따가웠다.

따각따각, 따각따각.

"주군, 무슨 생각을 그리 깊이 하십니까?"

"조 검주의 눈에 그렇게 보이는가?"

"……."

"그렇습니다, 주군. 소인이 보기에도 그렇게 보입니다. 주모님에 관한 일 말고 다른 걱정이라도 있으십니까?"

호열의 반문에 조 검주가 입을 닫고 있자, 그 옆에 있던 호대령이 앞으로 나서며 대신 대답을 했다. 이에 모든 사람들의 시선은 자연적으로 호열에게 집중되었다. 호대령뿐만 아니라, 호열의 뒤를 따르고 있는 사람들 모두가 같은 생각이었기 때문이다.

마교의 본거지라 할 수 있는 부려화대산장을 설공신과 원로들의 안내를 받으며 나온 호열은 그 다음날 아침을 먹은 후 바로 일행을 이끌고 난주를 벗어났다. 이미 마교에서 확인할 수 있는 것은 더 이상 없었기에 마교의 세력권인 난주를 벗어나는 것은 당연한 일이었지만, 그날 이후 호열의 얼굴엔 수심이 가득하여 지켜보는 이들의 심정은 무겁기만 했다.

하지만 삼 일이 지나도록 아무도 그에 대한 언급을 하지 않고 있었다. 아니, 스스로 자제를 하고 있었던 것이다. 그러던 차에 조 검주가 호열의 앞으로 나서서 그에 관하여 언급을 하게 되었고, 그 뒤를 이어 호대령이 합세를 하였기에 순식간에 관심이 집중된 것이다. 이런 상황은 얼굴 가득 죽을상을 짓고 있는 소팔 등도 마찬가지였다.

"훗, 어찌 그 일 말고 다른 걱정이 있겠는가. 그러나 자네들도 함께 있었지만, 어디 본인의 내자를 찾는 일이 쉽겠는가? 그에 걱정도 되고 하여 나름대로 상황을 다시 한 번 생각하고 있던 중이었네."

"아, 그렇군요. 솔직히 소인들도 그때 거론되었던 제삼의 세력에 대해 의견을 나누었었습니다. 하지만 현재로서는 아무런 소득이 없었습니다."

"그렇겠지. 하지만 언젠가는 강호에 그 모습을 드러내게 될 것이니,

차분하게 기다리다 보면 나타나겠지. 다만 그때까지 기다리자니 가슴이 답답하구먼."

"주군, 소인들이 무능하여 주군의 심기를 어지럽게 하였나 봅니다."

"아니다, 호대령. 어찌 그 일이 자네들의 탓이겠는가. 다만 현재로서는 본인이 할 수 있는 최선을 다해야겠기에, 자네들에게 많은 신경을 쓰지 못하고 있구먼. 그러니 오히려 본인이 자네들에게 미안하구먼."

호열은 호대령을 비롯한 주변을 둘러보면서 입가에 인자한 미소를 지어 보였다. 그러나 그런 미소 속에도 근심이 어려 있다는 것을 지켜보는 사람들은 모두 알 수 있었다.

"어찌 그런 말씀을, 아닙니다."

"그렇습니다, 주군."

"무슨 일이 있어도 주모님을 찾을 수 있을 것입니다. 또한 주모님도 그동안 무사하실 것이니 안심하십시오. 그들도 함부로 어찌하지는 못할 것입니다."

"허허, 도형곡의 말이 옳습니다. 아무리 안하무인이라고 해도, 그들 역시 주모님의 신분을 알고 있을 것입니다. 그러니 너무 상심하지 마십시오."

일행 중 가장 연장자인 소상우사(蕭爽優士) 남대린(藍橙遴)이 말문을 열자, 호열 역시 고개를 끄덕이며 동의를 했다. 비록 나이가 모든 것을 말해 주는 것은 아니지만, 세상을 오래 산 만큼 경험과 연륜이 있었다. 또한 남대린의 말에 동조를 하는 호열의 모습에서 일행은 다소 안심을 할 수 있었다.

"주군, 그럼 이제 어디로 가실 생각이십니까?"

"글쎄……."

호열은 조 검주의 물음에 순간적으로 할 말이 없었다. 난주를 출발한 후 삼 일 동안 아무런 생각 없이 왔던 길을 되돌아갈 생각이었을 뿐, 마땅히 어디로 갈 것인지 정하지 않고 있었다. 그도 그러한 것이 이미 철혈검문이 있던 무한은 말할 것도 없이 황궁에 반납이 된 상태였기에, 이제는 강호의 어디를 가더라도 호열을 반겨줄 곳이 없었기 때문이다.

'우습구나! 그리고 보니 강호엔 날 반겨줄 곳이 단 한 군데도 없는데, 정작 어디로 간다고 이렇게 길을 걷고 있단 말인가? 목적지가 없는 행보라…….'

"주군, 남창으로 가심이 어떠십니까?"

호열이 아무런 말 없이 구름 한 점 없는 청명한 가을 하늘을 올려다보고 있자, 그 모습을 바라보고 있던 호대령이 호열의 앞으로 나서며 입을 열었다.

"남창? 패혈맹에 다시 가자는 말인가?"

"패혈맹은 아닙니다. 그러나 소인이 생각해 보건대, 아무래도 패혈맹 주변을 감시하는 것이 좋을 듯합니다."

"그건 무슨 말인가, 호대령? 패혈맹 주변을 감시하자니?"

"다름이 아니라, 주군이 말씀하신 제삼의 세력에 대해 저희들 나름대로 논의를 한 것이 있습니다. 그런데 그 논의에서 모두의 의견이 모인 것이 있는데, 그것은 강호에 제삼의 세력이 있다면 남창에 모습을 드러낼 수도 있다는 것입니다."

"어째서 그런 생각을 하게 되었는가? 어디, 자세히 말해 보게."

"예, 주군. 현재 강호는 심각한 혼란을 겪고 있습니다. 이런 와중에 주군께서 찾고 계시는 제삼의 세력이 무림에 암약하고 있다면, 그들로서는 현 무림의 정세가 크게 힘들이지 않고 자신들의 세력을 드높일 수 있는 절호의 기회라 생각할 것입니다. 아무리 마교의 정보망이 무림에 깔려 있다고 해도 마찬가지일 것입니다. 그런데 마교는 현재 난주에서 일체 움직임이 없고, 현원세가는 가히 흑백연합이라 할 수 있는 무림맹과 패혈맹의 정예들과 혈전을 벌이고 있습니다. 그렇다면 그들은 어디로 자신들의 이목을 집중하겠습니까?"

"그렇군! 돌아가는 전황을 알기 위해서는 그들 역시 남창에서 상황을 지켜보아야 하겠구나. 비록 다른 사람들 눈에 띄지 않게 숨어서 보겠지만."

"그렇습니다, 주군. 마교의 이목을 염두에 두고 있겠지만, 그들은 필히 남창에서 현원세가의 움직임을 예의 주시할 것입니다."

"그럼 우린 남창으로 가면 되겠군. 그렇지 않은가, 호대령? 하하하!"

호열은 호대령의 생각이 옳다는 생각에 크게 웃을 수 있었다. 막막하던 시야가 확 뚫리는 기분이었다. 그에 더 이상 머뭇거리지 않고 일행은 다시 남창으로 발걸음을 옮겼다.

이미 계절은 시월로 들어서고 있었기에 완연한 가을 날씨를 보여주고 있었다. 공기도 청명했고, 하늘은 구름 한 점 없는 맑은 날이 이어졌다. 추수기를 앞에 두고 있었기에, 농사를 짓는 사람들의 인심도 넉넉한 편이었다. 하지만 그렇지 않은 곳도 있었는데, 바로 전운의 무게를 온몸으로 느끼고 있는 남창이었다.

호열은 남창으로 가는 도중에 소팔 등 산적들을 향해 일장 연설을 한 후, 산적질 말고 스스로의 땀과 노력으로 살 수 있는 길을 찾아보라고 하면서 풀어주었다. 그동안 자신들이 알지 못하는 세계가 있고, 산적질을 하면 언제든지 그들과 조우를 하게 되어 크게 낭패를 당할 수 있다는 것을 주지시켜 보낸 것이다.

그러나 호열뿐만 아니라 일행 모두 잘 알고 있었다. 며칠 동안은 나름대로 살 궁리를 하겠지만, 지금까지 살아오는 동안 자신들이 할 수 있는 일이 그것밖에 없다는 것을 다시 한 번 알게 될 것이다. 그렇기에 그들은 언제 그랬냐는 듯이 다시 모여 산적질을 할 것이지만, 자신들이 어찌할 수 없는 사람들이 세상엔 많다는 것을 알게 되었을 뿐만 아니라 호열의 훈계에 의해 되도록 일반 백성들을 건드리지 않으려 할 것이었다. 자신들의 악행이 알려질 경우 실제로 호열이 찾아올지는 장담할 수 없지만, 스스로가 그러한 일이 벌어지지 않도록 조심할 것이기 때문이었다.

호열 일행이 남창에 도착한 것은 그로부터 이 주일이 지난 후였다. 처음 남창에 도착하자마자 객점에 투숙을 했는데, 예전에 들렀던 등왕각이 아니라 변두리에 있는 이름도 없는 객점이었다. 주변의 눈을 의식해서 일부러 잡은 곳이었지만, 생각했던 것보다 더욱 형편이 없었다. 다른 사람들에게는 크게 불편하지 않은 중급 정도의 객점이었지만, 그동안 나름대로 편안한 생활을 하던 호열에겐 눈에 차지 않았다. 그러나 상황이 여의치 않기에 당분간 참고 투숙해야만 했다.

그러나 일행이 객점에 짐을 풀기도 전에 호열은 자신의 귀를 의심할 정도의 놀라운 소식을 들어야만 했는데, 바로 운영의 부상 소식이었다. 사실 남창으로 오는 도중에 회남에서 있었던 현원세가와 무림맹 간의 접전에 관한 소식을 듣지 못했다면 말도 되지 않겠지만, 호열은 일행을 다소 무리다 싶을 정도로 다그치면서 남창까지 이른 것이었다. 하지만 호열 역시 남창에 들어서지 않고, 또한 무림맹과 패혈맹의 행보에 귀를 기울이지 않았다면 듣지 못했을 정보였다.

현재로서는 현원덕호와 몇 합이라도 겨룰 수 있는 사람이 운영뿐이었기에, 무림맹은 운영의 부상에 대하여 일체의 함구를 하고 있었기 때문이다. 그렇기에 수많은 눈과 귀, 입이 있었지만, 남창을 벗어난 지역까지 운영에 대한 소문이 퍼진 것은 아니었다. 다행히 운영의 상세가 위독하기는 해도, 아직 생명엔 지장이 없다는 소문이 들려 안심할 수 있었다. 그렇지 않았다면 호열은 자신의 목적을 팽개쳐 버리는 한이 있더라도 벌써 연합맹으로 달려갔을 것이었다.

호열 일행은 남창에 도착해서 하루도 되지 않아 강호의 정세가 많이 변했음을 온몸으로 실감할 수 있었다. 우선 현 강호에 무림맹과 패혈맹은 한시적으로 하나의 통합 단체가 되어 있었다. 각각 따로 움직였다가는 도저히 상대조차 할 수 없고, 맹의 존립 자체마저도 없다는 수뇌부들의 인식으로 인해 극적으로 결성된 것이다. 그러나 말이 극적이었지, 보는 사람들의 각각 차이에 따라서는 무림맹이 패혈맹에 고개를 숙이고 들어갔다고 말할 정도의 연합이었다.

중원연합맹(中原聯合盟).

달리 연합맹이라 불리고 있는 중원연합맹은 무림맹과 패혈맹의 한시적인 연합으로 출범하게 되었으며, 맹주로는 패혈맹의 맹주였던 검마왕 독고후였다. 또한 부맹주로는 무림맹의 맹주였던 현검선생 제갈현이었고, 장로원주로는 소림사의 현불 담현 방장이 추대됐다.

비록 맹주로 검마왕 독고후가 올랐다고 하나, 대체적인 외관상으로 보면 부맹주와 장로원주의 자리에 무림맹의 사람들이 올라 크게 나쁘지 않은 상황일 수 있었다. 그러나 중원연합맹의 군사로 패혈맹의 군사였던 혈미서생 송심진이 자리를 하게 되었기에, 아무리 부맹주와 장로원주가 두 눈을 시퍼렇게 뜨고 있다 해도 강력한 결정권을 행사하는

데 큰 어려움이 있다는 것은 말할 필요도 없었다.

그러나 무림맹으로서는 어쩔 수 없었다. 자신들의 기득권을 주장할 상황이 아니었던 것이다. 구파일방과 오대세가 등 대부분의 문파에서 큰 피해를 입었지만, 구파일방 중 한자리를 차지하던 종남파는 태을 진인 현청 장문인과 장문제자인 현천건강검 홍문이 죽으면서 급격하게 세력이 기울기 시작했다.

따라서 무림맹의 모든 문파에서는 종남파와 같은 최악의 상황을 맞지 않기 위해서 패혈맹과 손을 잡지 않을 수 없었던 것이다. 쉽게 결정을 내릴 수 없는 일이었지만, 다행히 두 곳 모두 현원세가라는 공동의 적과 외세라는 명분도 있었다. 따라서 생각보다 빠르게 중원연합맹이 결성되었고, 영수들은 자신들의 제자들과 수하들을 단속하면서 전열을 정비했다. 더구나 중원연합맹은 오백 년 전 마교를 상대할 때 출범했던 흑백연합맹과는 달리, 전 중원의 연합맹이라는 기치를 높이 걸고 정식으로 현원세가를 외세로 규정함으로써 위축되어 있던 강호인들을 규합하는 원동력이 됐던 것이다.

"지금 나가는가?"

"예, 주군. 요즘 연합맹 주변이 심상치 않습니다. 낮에 마상진이 둘러보았는데, 경비도 많이 철저해졌고 낮에는 남창 시내를 순찰하고 갔답니다."

"그런가?"

"아마도 그동안 연합맹 내부의 일 때문에 신경 쓰지 못했던 것들에 대해 눈을 돌릴 여유가 생겼나 봅니다."

"그럼 이제 어느 정도 자리를 잡았다고 보아도 되겠군. 하지만 생각했던 것보다 빠른 것 같은데?"

"그렇기는 하지만, 서로 간에 우선순위가 무엇인지 알고 있으니 가능했을 것입니다. 현원세가가 언제 쳐들어올지 알 수 없는데, 한 줌도 되지 않는 이권 때문에 혼란을 야기하고 싶지는 않았겠지요."

"후후, 그렇겠군."

"그럼 다녀오겠습니다, 주군."

호대령은 호열에게 보고를 한 후 조영일과 마충을 대동하고 밖으로 나가려고 했다.

"아, 잠깐만."

"……?"

"하하, 오늘은 본인도 함께 가겠네."

"예? 주군께서요?"

호대령은 갑자기 호열이 자신들과 함께 간다고 하자 눈을 크게 뜨고 반문을 했다. 하지만 조영일과 마충 역시 호열의 말에 깜짝 놀랐다.

"그렇게 볼 필요 없네. 자네들의 노고를 모르는 것은 아니지만, 아무래도 이번에 연합맹 안으로 들어가 보았으면 하네."

"옛? 연합맹 안에요?"

"주군, 지금 연합맹에 들어가신다고 하셨습니까?"

"뭘 그렇게 놀라나. 자네들로는 연합맹 안으로 들어갈 수가 없지 않은가. 요 며칠 동안 연합맹과 남창 시내를 살펴보아도 수상한 자들을 찾을 수 없었지 않은가. 당연히 지금으로서는 얻을 수 있는 정보도 한계가 있음은 물론, 얻은 정보도 없네. 그래서 이번엔 연합맹 안으로 들어가 살펴볼 생각이네. 무작정 들어간다고 해서 크게 달라질 것은 없지만, 그렇다고 해도 한번쯤은 하지 않는 것보다는 낫겠지. 그리고 저번에 한번 구경도 했었으니 지리도 어느 정도 알고 있고."

"흐으음⋯⋯."

"⋯⋯."

호대령 등은 호열의 말에 침음을 삼킬 수밖에 없었다. 어차피 호열이 마음먹은 이상, 그 누구도 호열의 행보를 막을 수 없음을 잘 알기 때문이었다. 그에 어쩔 수 없이 호대령은 호열과 함께 객점 밖으로 나갔다.

아직 태양이 완전히 지지 않아 밖은 환했지만, 호열은 즐거운 마음으로 연합맹을 향해 걸음을 옮겼다. 그러나 호대령과 다른 사람들에게는 자신을 따라오지 말고 남창 시내의 주변을 둘러보라고 한 후였다. 그렇기에 호열은 오랜만에 혼자 움직여 보는 자유를 만끽할 수 있었다.

연합맹에 가까워질수록 사람들의 모습은 뜸해지더니, 연합맹의 영역 안으로 들어가면서부터는 두 눈을 부릅뜨고 찾아보아도 단 한 명의 그림자도 볼 수가 없었다.

"훗, 이곳은 여전하네. 하긴, 불과 한 달 조금 넘었을 뿐이니⋯⋯."

예전 패혈맹 자리엔 중원연합맹의 깃발이 높이 걸려 있었다. 예전과 다른 것이라고는 그것밖에 없는 듯했다. 그에 호열은 크게 심호흡을 하고는 전방을 주시했다. 성 외곽을 돌며 경비하고 있는 자들이 눈에 들어왔지만, 크게 신경 쓸 정도는 아니었다. 그러나 호열은 야간이 되기를 기다렸다. 어차피 주변이 밝을 때는 기다리는 자들 역시 모습을 드러내지 않을 것이기 때문이었다.

얼마 기다리지 않아 날은 이미 어두워지고 해시가 넘어가는 시간이 되었다. 그러나 아직 주변에선 별다른 인기척이 느껴지지 않았다. 주변으로 백 장 넘게 이목을 집중하고 있었으나, 이따금씩 동물들이 움직이는 것 빼고는 연합맹으로 접근하는 사람은 없었던 것이다.

"제길, 역시 움직임이 없는가? 분명 그들도 이곳을 주시하고 있을 텐데, 이거 참……."

호열은 더 이상 기다리지 않고 객점으로 돌아갈까 생각하다가, 이왕 나온 김에 새벽까지 기다려 보기로 했다. 자신이 생각하기에도 은밀히 움직이려면 해시는 너무 이른 감이 들었던 것이다. 자신이라면 상관없지만, 다른 사람들에게는 적어도 자시나 축시 정도는 되어야 삼엄한 경계를 뚫고 안으로 들어갈 수 있을 것 같았기 때문이다.

몇 시진을 한자리에 계속 있으면서 주변을 경계하다 보니, 호열은 온몸에 좀이 쑤시는 것 같았다. 그러나 마음속으로 '조금만, 조금만 더'란 말을 반복하면서 참고 있었다. 적어도 자신이 목표로 정한 축시까지는 기다려 볼 참이었다. 그렇게 자시정이 넘어갈 무렵, 호열은 연합맹을 향해 움직이는 인기척을 느낄 수 있었다. 오랜 기다림이었지만, 반가울 수밖에 없었다. 호열이 은신해 있는 곳과는 팔십여 장 떨어진 곳을 지나고 있었지만, 호열은 더 이상 은신해 있지 않고 인기척이 느껴지는 곳으로 신형을 움직였다.

호열의 시선이 머무르는 곳에는 흑색무복을 입은 사람이 낮은 자세로 성의 동향을 살피고 있었는데, 은밀한 행동으로 보아 조만간 성안으로 잠입할 것 같았다. 그에 호열은 갑자기 나타난 흑의인의 얼굴을 보고자 했다. 이미 상대의 오 장 옆에서 주시하고 있기에 가능한 일이었다.

그러나 호열은 흑의인의 얼굴을 확인할 수가 없었다. 아무리 빛 한 점 없는 칠흑 같은 밤이라고 해도 호열의 눈에 걸린 이상 자그마한 동작이라도 환한 대낮보다 더 자세하게 보일 것이지만, 안타깝게도 흑의인은 얼굴에 흑두건을 쓰고 있었던 것이다. 호열로서는 더 이상 얼굴을 확인할 방법이 없었다. 당장 잡아서 궁금한 것을 물어볼 수도 있었지만, 예전 동창의 훈련을 한 번 보았던 적이 있었기에 유사시 자살하거나 혀를 깨물 수 있다는 것을 알고 있었다. 더욱이 현재로서는 흑의인이 현원세가에서 보낸 것인지, 아니면 자신이 기다리던 제삼의 세력에서 보낸 인물인지도 확인할 수 없었기에, 그냥 흑의인이 어떤 행동을 하는지 지켜볼 수밖에 없었던 것이다.

약간의 시간이 지나자, 흑의인은 아무런 망설임 없이 성안으로 빠르게 신형을 움직였다. 마치 기다리고 있었던 것처럼, 흑의인의 행동은 호열이 보아도 익숙한 움직임이었다. 처음 성안으로 들어가는 것이었다면, 흑의인이 보인 행동처럼 과감하게 나아갈 수는 없었기 때문이다. 그러기에는 흑의인의 무공이 너무 낮았던 것이다. 다만 이러한 것은 호열의 생각일 뿐이었지만.

호열은 곧 흑의인의 뒤를 따랐다. 오 장 정도 거리였는데 너무 멀지도 않은 거리였지만, 그렇다고 가깝지도 않은 거리였다. 하지만 흑의인이 성에 이르렀을 때, 호열은 자신의 눈을 의심했다. 성의 경비를 서고 있던 경비병 한 명이 흑의인을 보더니, 아무런 말 없이 흑의인을 성안으로 들여보낸 것이었다.

'이런, 연합맹 인물이었나? 아니지. 연합맹 인물이었다면 저렇게 숨어서 들어가지 않아도 되잖아. 그렇다면…… 혹 연합맹 내의 인물이 배신을? 이거 참, 알 수가 없군. 어쩔 수 없지. 두 눈으로 확인할 수밖에.'

호열은 흑의인이 성안으로 들어가자, 더 이상 망설이지 않고 그 뒤를 따랐다. 최대한 자신의 기척과 기운을 차단함은 물론, 잔상조차 남기지 않을 정도의 빠른 움직임으로 뒤를 따랐다. 만약 경비병들이 호열의 신형을 보았어도 헛것을 보았다며 두 눈을 비빌 정도였다.

"들어가십시오. 정파인들로 인해, 소인은 이곳까지밖에 안내해 드릴 수 없습니다."

"고맙네."

흑의인을 안내하던 경비병은 깊숙이 고개를 숙여 보인 후 자신이 있었던 자리로 빠르게 신형을 날렸다. 아마도 자신의 자리를 더 이상 비워둘 수가 없었던 것 같았다. 하지만 흑의인은 경비병이 사라지는 것도 보지 않고 주변을 세심하게 살피면서 조금씩 성안으로 깊숙이 들어갔다. 그러더니 성안에서도 꽤 웅장한 건물로 들어갔는데, 한눈에 보기에도 연합맹에서 한자리 차지하고 있는 인물이 기거하는 곳 같았다.

'이곳은 어디지? 이 정도면 꽤 높은 위치의 인물이 기거할 것 같은데. 흐으음.'

호열은 빠르게 건물 안으로 들어갔다. 주변에 꽤 많은 인기척이 느껴졌지만, 흑의인이 들어간 곳을 주변으로 살펴보니 경비를 서고 있는 다섯 명을 제외하고는 별반 이렇다 할 사람이 없었다. 경비병들 역시 흑의인을 알고 있는지, 혼자 방 안을 서성이고 있는 흑의인을 제지하지 않고 있었다. 그저 방 밖에서 경비를 설 뿐이었다.

흑의인이 방 안으로 들어간 후 이각 정도가 지나자, 한 사람이 흑의인이 머물러 있던 방 안으로 들어왔다. 하지만 천장에서 지켜보고 있던 호열은 한눈에 그 사람이 누구인지 알 수 있었다. 자신도 그 사람과 이야기를 나눈 적이 있었기 때문이다. 바로 패혈맹의 군사였으며, 지금은 중원연합맹의 군사로 있는 혈미서생 송심진이었다.

"허허, 오래 기다리게 해서 죄송합니다. 오시는 길은 편하셨습니까?"

"경비가 꽤 강화되었더군요. 들어오는데 힘들었습니다."

"그렇습니까? 이런, 하지만 정파인들이 있어서 어쩔 수 없었습니다. 자, 앉으시지요."

송심진은 흑의인을 향해 의자에 앉도록 한 후, 자신 역시 반대쪽 의자에 앉았다.

"시간이 없으니 먼저 오시라고 한 용건을 말하겠습니다."

"예, 그렇게 하시지요."

"다소 언짢으시더라도 양해해 주시기 바랍니다. 단도직입적으로 묻겠습니다."

"……?"

"혹시 회에서 공주님을 보호하고 계십니까?"

'회? 공주……?'

호열은 송심진의 입에서 튀어나온 두 단어에 눈이 커졌다. 그러면서 온 신경이 두 사람에게 더욱 집중되었다. 본능적으로 송심진이 흑의인에게 무엇을 묻는 것인지 알 수 있었던 것이다.

"하하, 무슨 말씀이신지……."

"……."

"으음……."

흑의인과 송심진 사이에 한동안 침묵이 흘렀다. 송심진은 흑의인이 말을 하지 않으면 더 이상 할 말이 없다는 듯이 입을 꾹 다물고 흑의인의 두 눈을 주시할 뿐이었고, 흑의인은 송심진의 눈빛이 부담스러운지 애써 다른 곳으로 시선을 돌리고 있었다.

"이거 참, 어쩔 수 없군요."

"……."

"맞습니다. 공주님은 회에서 보호하고 있습니다."

"그렇군요."

"예. 하지만 어쩔 수 없었습니다. 이미 어떻게 된 일인지 아시겠지만 회에서 철혈검문을 방문하려고 할 때, 이미 독고 원주의 명을 받은 노교채와 용호채의 무리들이 철혈검문을 습격하면서 공주님을 납치한 후였습니다. 그에 공주님을 회로 모실 수밖에 없었습니다."

"말씀해 주시니 고맙습니다. 그리고 이제 독고성준은 연합맹 장로원의 부원주입니다. 연정 장문인과 함께 이번에 부원주에 임명되었습니다."

"이미 담현 방장이 장로원 원주에 임명되었다는 소식은 들었습니다. 그런데 두 분이 부원주로 임명되었군요."

"무림맹의 입지를 조금 올려준 것이지만, 실질적으로는 별반 달라진 것이 없는 인사지요. 그나저나 앞으로는 어떻게 하실 생각이십니까? 공주님을 계속 회에서 보호하실 생각이십니까?"

흑의인은 송심진의 언행으로 회에서 패혈맹을 공격한 것에 대해 크게 언짢아하지 않음을 알 수 있었다. 그에 큰 짐을 내려놓은 홀가분한 기분이 들었다. 당시로서는 어쩔 수 없었지만, 송심진을 통해 밀약을 맺고 있는 회로서는 불편해하고 있었던 것이다.

"그렇게 될 것 같습니다. 이미 철혈검문이 강호에서 사라진 지금, 공주님을 안전하게 모실 곳은 본 회밖에 없지 않습니까. 또한 그분께서도 원하시고, 공주님께서도 마다하시지 않고 있습니다. 이런, 그러고 보니 아직 두건을 벗지 않고 있었군요."

"오늘은 그냥 쓰고 계십시오. 아니, 앞으로 저를 찾아오실 때는 꼭 두건을 하시기 바랍니다. 언제 무슨 일이 벌어질지 알 수 없지 않습니까. 이곳은 이제 정파인들도 함께 머물고 있는 곳입니다."

"그렇군요. 무슨 말씀이신지 알겠습니다."

'이런, 얼굴을 볼 수 있는 기회였는데. 그나저나 익숙한 음성인데, 누굴까……? 훗, 꼬리가 잡혔으니 언젠가는 알게 되겠지. 그나저나 송심진, 나를 속였겠다… 더구나 독고성준, 네놈은 필히 내 손으로 목을 따주겠다. 기다려라…….'

호열은 흑의인의 얼굴을 확인할 기회가 송심진에 의해 무산되자 두 눈에서 시뻘건 화염이 이글거렸다. 그러나 우선은 소호공주가 아직 무사히 있고, 흑의인의 말투로 미루어볼 때 크게 위험하지 않음을 알 수 있었다. 그러나 언제 무슨 일이 벌어질지 알 수 없는 곳이 무림이었기에, 호열은 흑의인의 뒤를 따라갈 생각이었다. 송심진과 독고성준의 일은 그 다음으로 미루어도 되었기 때문이다.

흑의인과 송심진은 그 후로도 많은 이야기를 나누었다. 대부분 강호의 정세에 관한 일이었지만, 호열이 알고 있는 범위에서 크게 벗어나지 않은 이야기들이었다. 하지만 인내심을 가지고 밖으로 나가기를 기다렸다.

"그럼 연합맹의 존속 기간은 언제까지입니까? 아무래도 현원세가를 물리친 후라고 해도 마교가 난주에 있으니……."

"맞습니다. 제갈 부맹주를 비롯해서 여러 장로들과 상의를 했는데, 결과적으로는 연합맹이 현원세가뿐만 아니라 마교와의 일전도 준비해야 하는 것으로 났습니다."

"그렇군요. 하지만 현원세가를 상대하다 보면 연합맹에 과연 마교를 상대할 여력이 남아 있겠습니까?"

"허허, 그것은 모르는 일이지요. 하지만 쉽지는 않을 것입니다. 임 문주에 의해 패혈맹의 자랑이었던 대윤회만상진이 파괴된 지금, 혈리호천단이 제 힘을 발휘하지 못하고 있습니다. 그래서 말인데…….”

“……?”

“만약 맹에서 현원세가를 물리칠 경우, 회에서 마교를 견제하는 데 약간의 도움을 주시지 않겠습니까? 십 년에서 십오 년 정도만 회에서 도움을 주신다면, 그 후로는 맹에서 충분히 마교를 견제할 수 있을 것 같습니다.”

“휴~ 어려운 부탁이군요. 한번 회주님과 상의를 해보겠습니다. 하지만 쉽지는 않을 것입니다.”

흑의인은 송심진의 부탁에 고개를 좌우로 흔들어 보였다. 하지만 대놓고 거절한 것이 아니었기에, 송심진의 입가엔 가느다란 미소가 걸렸다. 송심진으로서는 위험을 감수하면서 흑의인을 맹으로 부른 본 목적을 어느 정도 달성한 것이었다.

“쉽지 않다는 것은 이미 알고 있습니다. 그러나 부국주께서 회주님께 힘을 좀 써주십시오. 무림의 안위가 걸린 일입니다. 부탁드리겠습니다.”

“노력해 보겠습니다. 이제 가봐야겠군요. 시간이 많이 지체되었습니다.”

“허허, 그렇군요. 벌써 묘시가 다 되어갑니다.”

“저는 이만 가보도록 하겠습니다. 다음엔 좋은 소식을 가지고 오겠습니다. 그럼 이만.”

“멀리 못 나갑니다. 살펴가시지요.”

흑의인은 송심진의 인사에 고개를 한번 숙여 보인 후, 자신이 왔던 길로 빠르게 신형을 날렸다. 하지만 호열은 흑의인이 사라진 후에도 따라가지 않고 있었다.

'부국주, 부국주라니. 내가 알고 있는 부국주는 만리표국의 공 부국주밖에 없는데……'

호열은 송심진이 흑의인을 향해 마지막으로 했던 말을 되새기고 있었다. 아무리 생각해도 흑의인의 음성이 낯설지 않았고, 그렇다면 자신과 만난 적이 있는 사람임에 틀림이 없다는 결론이 나왔다.

'제길! 역시 만리표국이었나? 예전 현원세가를 상대해 달라고 했을 때 뒤를 알아보았어야 했는데. 공 부국주, 공손추……'

호열은 공손추가 이미 연합맹을 빠져나갔음을 알 수 있었다. 들어올 때보다 상당히 빠른 움직임이었다. 그에 더 이상 생각하지 않고 공손추의 뒤를 쫓기 위해 신형을 날렸다.

제
4
장

아직 강호에서 할 일이 남아 있거든

제4장　아직 강호에서 할 일이 남아 있거든

　흑의인, 아니, 공손추의 뒤를 쫓는 호열의 움직임은 바빠졌다. 금방 찾을 수 있을 것이라 생각했는데, 연합맹 주변을 아무리 찾아보아도 공손추의 모습이 보이지 않았다. 추적하는 데 조금 늦장을 부렸지만, 호열의 생각으로는 자신의 이목을 속일 정도로 멀리 벗어나지 못했을 것이라 판단한 것이다. 그러나 일각이 흐르는 동안 공손추의 기운을 느낄 수 없었다. 그에 더 이상 연합맹 주변을 서성이지 않고 남창으로 이어지는 길로 신형을 날렸다.

　'제길, 오늘 큰 실수를 하는군. 다 잡은 녀석을 한순간의 방심으로 놓치다니!'

　호열은 자신의 실수를 크게 뉘우치면서도 움직임을 멈추지 않았다. 일각 이상의 시간을 허비했지만, 공손추가 남창으로 향했다면 충분히 따라잡을 수 있었다. 아니, 남창으로 향하지 않았어도 끝까지 찾을 것이라 다짐했다.

호열의 바람이 절실했던 것일까? 호열이 남창 시내에 거의 다다랐을 무렵, 공손추는 몇 명의 일행과 함께 남창을 벗어나고 있었다. 모두 열 명이었다. 하지만 아직 해가 뜨지 않는 이른 시간인지라, 시내엔 돌아다니는 사람이 없어 금방 찾을 수 있었다.

'휴, 정말 다행이다. 조금만 늦었으면 놓쳤겠군. 그나저나 어떻게 한다? 하긴, 조 검주와 호대령이 잘하겠지.'

호열은 자신이 없어도 조 검주와 호대령이 일행을 잘 이끌어줄 것을 믿었다. 그에 망설이지 않고 공손추의 뒤를 따르기 시작했다.

남창을 벗어난 공손추는 한번도 쉬지 않고 움직였는데, 오 일이 되지 않아 고안(高安)과 상고(上高)를 지나 의춘(宜春)에 이르렀다. 이대로 조금만 더 가면 강서성의 영역을 벗어나 호남성에 진입하게 되는데, 호열은 어렵지 않게 공손추가 가고 있는 목적지를 짐작할 수 있었다. 예전에 만리표국의 본국이 호남성 장사(長沙)에 있다는 것을 공손추로부터 언뜻 들었던 기억을 상기한 것이다.

호열의 예상대로 공손추는 일행을 대동하고 호남성으로 향했다. 하지만 의춘을 벗어나 하루 정도 말을 타고 가다 보면 호남성으로 진입하기 전에 사방으로 갈라지는 길이 나오는데, 호열이 짐작했던 방향이 아니라 직진을 했다. 세 방향 모두 호남성으로 이어지기는 하지만, 장사로 가는 가장 빠른 길은 북쪽으로 올라가 류양(瀏陽)을 거쳐서 가는 길이었다. 그러나 공손추는 빠른 길로 가지 않고 례릉(醴陵)으로 향했다.

호열의 예상과 다른 진로였지만, 공손추가 아직 자신의 존재를 모르고 있다는 것을 호열은 알 수 있었다. 하루 종일 공손추가 무엇을 하고 어떤 말을 하는지 감시하고 있었기에, 호열은 자신의 생각을 믿었다. 그렇기에 일고의 망설임도 없이 공손추의 뒤를 따랐다.

례릉을 지나고서부터 공손추의 움직임이 약간 둔화되었다. 지금까지 지친 말들을 바꿔 타면서 온 것에 비하면, 마치 걸어가고 있는 것이 아닌가 할 정도의 행보였다.

공손추 일행이 주주(株洲)에 이르렀을 때, 공손추는 주주에서 다섯 명의 수하들에게 각기 하나씩의 봉투를 전했다. 봉투의 내용이 무엇인지, 전해주어야 할 사람이 누구인지에 대한 언급은 일체 없었다. 공손추는 그저 수하들에게 봉투를 건네주었을 뿐이었고, 수하들 역시 한마디 묻지 않고 인사를 한 후 떠났을 뿐이었다.

이에 호열은 공손추가 이미 수하들에게 이번과 같은 일들을 많이 시켰음을 알 수 있었다. 용의주도하다 생각될 정도였다. 그렇게 주주를 벗어난 공손추의 발걸음은 약간 빨라졌는데, 다음날 갈림길이 나오자 또다시 세 명의 수하들에게 봉투를 건넨 후 지체없이 떠나게 했다. 역시 봉투에 관해 어떠한 말을 주고받은 것도 아니었고, 공손추는 남은 두 명의 수하들과 함께 북쪽으로 말 머리를 몰았다. 호열이 중원 지리에 밝지 않지만, 북쪽으로 계속 가다 보면 앞으로 하나의 산이 나오고, 그 산을 넘으면 장사라는 것을 알 수 있었다.

악록산(岳麓山).

장사에서 약 십칠 리 정도 남쪽으로 떨어져 있는 산으로, 이름에 악(岳)이 들어가는 것에 이의를 달 수 없을 정도로 높고 험한 산이었다. 세월이 흐르는 동안 악록산은 장사의 천연 병풍이 되고 있는 산으로, 산의 유형이 기이하고 독특하며 울창한 숲과 많은 봉우리를 갖고 있다. 또한 오랜 세월이 흐르는 동안 자란 고목들이 즐비했고, 명승지도 많은 곳이었다.

악록산은 말 그대로 절경이 즐비했다. 공손추를 추적하는 일만 아니라면 며칠 머물면서 경치를 구경하고 싶을 정도의 명산이었다. 하지만 나중에 구경을 해도 되었기에, 호열은 공손추 일행과 팔십 장 정도 떨어져 따라갔다.

"역시 장사로 이어지는군. 그럼 장사에 미리 가서 찾아보던가, 아니면 공손추를 기다릴까? 별다른 일이 없으면 장사로 곧 오겠지. 아니면 직접 만리표국을 찾아보는 것도 빠른 방법일지도. 여하튼, 장사로 가야겠다."

산이 높고 험한 관계로, 공손추는 평지처럼 말을 달릴 수가 없었다. 그저 말을 천천히 몰며 조심스럽게 길을 가고 있었는데, 한시가 급한 호열로서는 답답한 움직임이었다. 그에 더 이상 기다리지 못하고 공손추를 추월하여 장사에 먼저 가기로 결정하고 막 신형을 움직이려고 했다.

"웅? 이 기운은 뭐지? 셋? 이런, 이건 너무 빠르잖아?"

막 신형을 날리려던 호열은 자신을 향해 무서운 속도로 접근하는 기운을 느낄 수 있었다. 모두 셋이었는데, 하나같이 심상치 않은 기운들을 지니고 있었다.

'설마 나를 향해서 다가오고 있는 것인가? 훗, 그럴 리가…….'

호열은 의문이 들었지만, 한순간 웃음으로 흘려넘기고는 결정한 대로 장사를 향해 신형을 움직이려고 했다.

"시주, 그렇게 가면 섭섭하지 않겠는가? 그렇지 않아도 한번쯤 다시 만나보고 싶었었다네. 아미타불."

호열은 귀청을 쩌렁쩌렁하게 울리는 전음에 깜짝 놀랐다. 강호에 이 정도로 실력이 출중한 무인을 본 일이 없었던 것이다. 그러나 금방 누구인지 알 수 있었다. 성불이라 자칭하고 있는 혜정이 아니고서는 호열을 놀라게 할 만한 위력이 담긴 전음을 시전할 수 없었던 것이다.

"훗, 잘되었군. 그렇지 않아도 땡중, 당신은 언젠가는 만나보고 싶었는데."

탁, 타탁.

전음이 들린 후, 눈 깜짝할 사이에 호열의 시야에 세 사람의 모습이 들어왔다. 그들 중 두 명은 이미 본 사람들이었고, 나머지 한 명은 두 사람을 통해 대충 누구인지 짐작할 수 있었다. 성불 혜정 대사와 천마 혁무량, 그리고 혈마 독고신검이었다.

"오랜만이네."

"오랜만에 보는군요. 그나저나 그간 안녕하셨소이까?"

"이렇게 임 문주와 얼굴을 마주하고 있으니 안녕하다고 해야 하나? 하지만 세월의 풍파를 이길 수 있는 사람이 어디 있겠는가. 그저 하루하루 죽을 날만 기다리며 보냈다네. 허허허."

"그렇군요. 갈 사람은 빨리 가야지요. 그래야 후학들이 기지개를 켜지 않겠습니까?"

"그도 그렇군. 허허!"

혁무량은 호열의 말에 가시가 있음을 알 수 있었지만, 크게 개의치 않고 훈훈한 웃음으로 넘겨 버렸다.

"그리고, 이미 알고 계시겠지만 호칭이 잘못되었군요. 이제 본인은 한 문파의 문주가 아닙니다."

"그런가? 허허, 그럼 정정해야겠군."

"그렇게 해야 할 것입니다."

"그럼 어떻게 한다? 흐음… 소문엔 황제의 교지도 받지 않았다고 하니 제독이라 부를 수도 없고, 그렇다고 문파를 스스로 해산했으니 강호인도 아니라 대협이라 부르기엔 마땅치 않군. 흐으음."

"남들은 대인이라 칭하더군요."

"허허, 그런가? 하긴, 한때 관직에 몸담고 있었으니 대인이라 불릴 만하군. 더구나 제독이라면 황제의 칙령이 아니고는 그 어떠한 자도 직접 명을 내리지 못하는 자리라 할 수 있으니… 오히려 부족한 면도 있겠군."

"그렇긴 하군요, 형님."

"흐으음……."

호열은 혁무량의 말에 고개를 끄덕이면서도 마땅치 않은 표정을 지었다. 새삼 생각해 보니 자신을 향해 굳이 대인이 아니더라도, 강호에 몸담았던 자신에게 대협이란 칭호도 충분하다 생각되었기 때문이다. 더구나 무림맹을 위해 친히 마교의 동진을 제지하는 데 큰 몫을 하였던 적도 있었다. 하지만 아무도 호열에게 대협이라 불러주는 사람이 없었다. 못내 서운했지만, 그런 것을 겉으로 내보일 정도로 세상을 편안하게 살지 못한 호열이었다.

"그런데 임 대인은 무척 바쁜가 보구면."

"바쁜 사람 붙잡아두고 그런 말을 하니, 이유없이 이곳에 서서 듣는 저로서는 영 거북하군요."

호열은 혁무량의 질문에 답을 하면서, 시선은 자신을 주시하고 있는 혜정을 향했다. 아직까지 혜정에 대한 나쁜 감정이 자리하고 있기 때문이었다.

호열의 시선을 느낀 혜정은 혁무량의 앞으로 한 발 나선 후, 호열을 향해 인자한 미소를 지으며 말문을 열었다.

"아미타불. 임 대인, 아직 빈승의 얼굴을 잊지 않고 있었나 보구면. 빈승 역시 임 대인의 얼굴을 기억하고 있네."

"당연히 그렇게 해야겠지. 만약 본인의 얼굴을 기억하지 못한다면 당신의 머리가 어떻게 된 상태일 것이오. 그렇지 않소, 혜정?"

혁무량을 대할 때와는 달리, 묵은 감정이 남아 있는 혜정 대사에게 향하는 호열의 말은 거칠 뿐만 아니라 무척 짧았다. 백오십 년이 훌쩍 넘는 나이 차이뿐만 아니라, 배분을 완전히 무시한 어투는 한쪽에서 듣고 있던 독고신검의 미간마저 찡그리게 했다. 하지만 서로 적개심을 가지고 있는 상황이라면 충분히 이해할 정도였기에, 독고신검은 묵묵히 호열과 혜정 대사를 바라보았다.

"허허, 말이 좀 심한 것 같구려. 하지만 충분히 이해할 수 있으니 본론을 말하겠네."

"그렇게 하던지."

"흐흠! 그렇지 않아도 무한에 들를 일이 있어서 찾아가 보았는데, 마침 철혈검문이 강호에서 완전히 사라진 후였지 뭔가. 그래서 이렇게 부랴부랴 임 대인을 찾아온 것이네."

"훗, 또 본인이 마교인이 아니냐고 하는 얼토당토않은 말을 지껄이려고 본인을 찾아온 것인가? 하지만 잘 왔소. 그렇지 않아도 조만간 본인이 직접 당신을 찾을 생각이었으니까!"

"당시의 일은 빈승의 실수였음을 인정하네. 하지만 임 대인은 어찌하여 마공을 익혔는가? 지금도 자신있게 말할 수 있지만, 당시 빈승이 임 대인에게 느꼈던 마기는 상상할 수 없는 수준이었네."

호열의 마지막 눈빛이 너무도 서늘하다 느낀 혜정 대사는, 그때의 일을 떠올려 보면서 호열에 대한 자세를 한발 물러나는 듯한 행동을 취했다. 그러나 당시 자신이 느꼈던 심정을 이해해 달라는 듯한 마지막 말을 남겼다.

'아직도 내가 마공을 익혔다고 생각하는군. 하지만 그렇게 생각할 수 있겠지. 그러나 그것만으로 모든 것이 용서되는 것은 아니지.'

"흥! 본인이 마공을 익혔든 그렇지 않든, 그대가 무슨 상관인가? 그때 일을 생각한다면 지금이라도 당장 그대의 목을 베고 소림사를 불바다로 만들어도 시원치 않을 판이다. 알겠는가? 더구나! 지금 그대와 함께 온 사람은 마교의 태상교주와 패혈맹의 태상맹주가 아닌가? 이해할 수 없군. 마교의 태상교주라면 본인보다 더욱 많은 마공을 익히고 있음은 물론, 패혈맹의 태상맹주 역시 한두 가지 정도쯤은 마공을 익히고 있을 텐데? 당신은 그에 대해서 어떻게 생각하시오?"

"아미타불, 선재! 선재로다. 흐으음……."

"선재는 무슨! 당시의 일은 모두 당신과 삼풍 진인이 행한 일이니, 추후 소림사가 강호에서 사라졌다는 소문이 돌거든 자신의 잘못을 뉘우치거라! 뭐, 그때까지 살아 있다는 전제 하겠지만."

호열은 혜정과 대화를 나누면서 점차 숨이 가빠오는 것을 느낄 수 있었다. 자신도 모르게 대화를 하는 중에 당시의 일이 생각났고, 그것은 그대로 호열에게 분노를 유발시키는 동기가 되고 있었다.

호열이 조금씩 흥분하고 있음을 감지한 혁무량이 크게 헛기침을 한 후 혜정을 제지하였다. 설득을 하기 위해 왔는데, 설득하기보다는 설전을 벌이려고 하는 상황이 전개되고 있었기 때문이다.

"옳은 말이네. 아마도 임 대인보다 이 늙은이가 더 많은 마공을 익혔겠지. 그것은 인정하네. 또한 혜정 대사도 그것은 인정하지 않았는가?"

"아미타불……."

"……."

호열은 혁무량이 중도에 끼어들자 이마에 주름이 생겼지만, 이내 혜정 대사로부터 수긍한다는 불호에 조용히 혁무량의 다음 행동을 지켜보았다.

"임 대인, 실제로 빈노가 보지는 못했지만, 당시의 상황이 대충 짐작되네. 하지만 세상을 살다 보면 때때로 실수도 할 수 있는 것이 사람이니, 그렇게 흥분하지 말고 차분하게 대화를 나누는 것이 어떻겠나?"

"저도 그렇게 생각합니다, 형님. 혜정 대사, 이제 그만 하고 잠시 뒤로 물러나 계시오. 아무래도 혜정 대사보다는 형님과 제가 나서는 것이 좋을 듯합니다."

"그렇게 하지요. 아미타불……."

혜정 대사는 호열의 반응에 다소 난감해 있다가, 혁무량과 독고신검의 중재를 받아들여 뒤로 한 발 물러났다.

"도대체 본인과 무슨 할 말이 있다고 이렇게 찾아온 것인지 모르겠소이다. 할 말이 있다면, 시간이 없으니 빨리 하시오."

"허허, 그렇게 하세. 본론부터 말하자면, 흠! 다름이 아니라, 철혈검문이 해체된 후 우리들은 임 대인에 대해서 생각해 보았네. 그래서 결론을 냈지."

"결론이라……?"

"임 대인, 강호에서 영원히 손을 떼면 어떻겠나? 이미 황제의 명에 의해 만들었던 철혈검문도 직접 해체를 했으니, 더 이상 강호에 미련이 없을 것 아닌가? 만약 임 대인이 우리의 말을 들어준다면, 우리들은 더 이상 임 대인의 앞에 나서지 않을 것이네."

"이거 참, 정말 우습군요. 강호에서 손을 떼라? 아니지, 떠나던가 완전히 사라지라는 말이구려? 그렇소이까?"

"후~ 그렇네. 우리는 임 대인에게 그것을 원하네."

"후훗! 그렇단 말이지? 웃기는군, 정말 우스워……."

"……."

"흐으음……."

"당신들, 지금부터 본인의 말을 잘 들으시오. 비록 본인은 강호에 미련이 없지만, 이런 식의 강압에 떠날 수는 없지 않겠소? 더구나 본인은 지금 강호에서 누가 손을 떼라고 해도, 이젠 그렇게 할 수 없소이다. 아직 강호에서 할 일이 남아 있거든. 이제 되었소?"

"크흐음."

"아미타불……."

호열의 어투는 순식간에 달라졌다. 어느 정도 예상을 하고 있었지만, 혁무량의 말을 듣고는 상대가 적의를 가지고 자신을 찾아왔음을 확연히 알 수 있었던 것이다. 친구가 아닌 적으로 맞이한 상대에 대해, 호열은 존경의 가치를 느낄 수 없었다.

호열의 어투가 변하자, 혁무량을 비롯한 다른 두 사람의 얼굴도 수심에 찬 얼굴이 되었다. 쉽지는 않겠지만, 그래도 삼성이마 중 세 명이 한자리에 모여 하는 말이라 상당한 무게를 지니고 있다 생각했었다. 그런데 호열에겐 통하지 않았을 뿐만 아니라, 심한 반발심마저 느껴졌다. 더구나 세 명은 호열의 마지막 말에 서로의 얼굴을 바라보았다. 강호에 미련이 없지만, 자신들의 강압을 받게 되어 강호를 떠나지 않겠다는 것으로 들렸기 때문이다. 이에 세 명의 미간에 주름이 잡혔지만, 어쩔 수 없다는 생각에 혁무량이 침통한 표정을 지으며 호열에게 한 발

다가섰다.

"다시 한 번 생각해 보게. 현 강호는 임 대인과 우리들이 활보하기엔 부적한 곳이라 생각되지 않은가?"

"그만! 더 이상 듣지 않겠소. 본인은 당신들과 그런 쓸데없는 말이나 지껄일 정도로 한가하지 않소. 그러니 이만 돌아가시오!"

"아미타불! 어찌 생각해 보지도 않고 일언지하에 거절하는가? 왜 우리가 임 대인을 찾아 그런 말을 하게 되었는지는 궁금하지도 않단 말인가?"

"생각할 것도 못 되는데, 더 이상 무슨 궁금한 것이 있단 말인가? 그리고 마지막으로 한마디 하겠는데, 지금 당신들이 떠나지 않겠다면 본인이 떠나겠다."

호열은 더 이상 혜정과 말을 섞고 싶지 않았다. 그에 망설이지 않고 뒤돌아서며 공손추의 뒤를 따르고자 했다.

"이놈! 정말 안하무인이구나! 이곳에 있는 우리들은 네가 태어나기 백 년 전부터 강호를 발 아래 두었던 사람들이다. 그런데 존장(尊長)에 대한 예의도 차리지 않음은 물론, 어찌 그런 막말을 입에 담을 수 있단 말이냐!"

"이거 참, 그럼 뭐라고 할까? 대사님, 태상교주님, 태상맹주님이라고 불러줄까? 흥! 만약 당신이었다면 떼로 몰려와서는 강호를 떠나라 하고, 그렇지 않으면 좋지 못할지도 모른다는 협박을 하는데 좋은 말이 나오겠나? 한마디로 말해서 지금 당신들은 본인에게 적이다. 적을 향해 존경을 하고 존장에 대한 예를 차리는 사람은 없다. 그러한 것을 기대한 당신들이 어리석고 염치가 없는 것 아닌가?"

"뭐라? 이, 이……."

독고신검은 호열의 말에 순간 할 말을 잊어버렸다. 자신 역시 어쩌면 호열과 같은 행동을 하고 있을지 모른다는 생각이 들었기 때문이다. 하지만 호열의 행동을 완전히 이해하는 것은 아니었다. 적어도 자신이라면 어떠한 일이 있어도 최소한 존장에 대한 예의는 차렸을 것이라 생각했기 때문이다.

"그만 하게, 아우. 임 대인의 말이 틀리지 않는구먼. 어떻소, 혜정 대사?"

"허허, 임 대인이 우리를 좋게 생각하지 않는다는 것은 어쩔 수 없는 일이겠지요. 그러나 무림의 안녕이 우리에겐 무엇보다 중요한 일입니다. 그러니 이번에 임 대인의 생각을 바꿀 필요성은 있습니다. 아미타불."

"저도 그렇게 생각합니다, 형님. 어차피 우리들도 은거를 결심한 이상, 대적할 상대가 없는 저자가 강호를 떠나지 않는다면 큰 사단이 벌어질 것입니다. 형님도 본 맹의 피해를 직접 들으셨지 않습니까. 마교는 물론이거니와 전 무림이 하나로 뭉치지 않는다면 저자를 상대할 방법이 없을 것입니다."

"그렇습니다, 혁 시주. 임 대인은 강호를 큰 혼란 속으로 몰아넣을 것입니다. 우리가 모두 은거한 후엔 임 대인의 행보를 막을 사람이 아무도 없으니까요. 아미타불……."

혜정 대사와 독고신검의 말을 들으면서 혁무량은 고민하지 않을 수 없었다. 서로 의견이 맞지 않는다 하여 무력을 행사하려고 일부러 호열을 찾아온 것이 아니었는데, 상황은 점점 그런 방향으로 치닫고 있었다.

"정말 웃기는군. 자신들이 은거를 하니, 당신들을 따라 은거하라는 것이 말이 된다고 생각하는가? 본인이 알기로 당신들 중 가장 나이가 어리다는 독고신검마저 백육십오 세라고 들었다. 더구나 혜정 그대는 거의 이백 년을 살았으니 세상에 미련이 없겠지만, 본인은 이제 겨우 사십이 세에 불과한데 어찌 은거를 강요한단 말인가? 그것은 너무 억지라고 생각되지 않는가?"

"아미타불! 어찌 세상을 오래 산 것에 비유를 할 수 있단 말인가? 백 년을 살아도 세상의 이치를 깨닫지 못하는 중생이 있는 반면, 채 이삼십 년을 살아도 깨우치는 사람도 있네. 더구나 세상이 임 대인에게 힘을 부여한 것은 세상을 바르게 하라고 내린 부처님의 은총이라 할 수 있는데, 현재 임 대인은 세상을 밝게 비추는 것이 아니라 자신의 사리사욕을 위해 사용하고 있지 않은가? 그래서 그것을 바로잡기 위해 우리가 임 대인을 찾은 것이네."

"본인은 단 한 번도 사리사욕을 채우기 위해 무공을 사용하지 않았다. 그런데 어찌 그런 말을 하는가?"

"황제의 명을 받아 철혈검문을 세움은 물론, 개인의 사사로운 영달을 위해 무림인들을 선동하여 그 세력을 확장한 것은 무엇인가? 그것은 황제의 명을 충실히 행하여 자신의 지위를 확고히 다지려고 그런 것이 아닌가? 또한! 철혈검문을 해체하였음에도 불구하고, 황궁으로 돌아가지 않고 패혈맹에 들러 자신의 실력을 보인 것은 구엇 때문인가? 비록 패혈맹이 현원세가와의 일전을 눈앞에 두고 있어 외부로 소문이 나지 않았지만, 암묵적으로 자네의 무위를 두려워하드록 하기 위함이 아니었던가?"

"흐으음……."

호열은 독고신검의 말에 순간적으로 '욱' 하고 욕을 한마디 하고 싶었지만 꾹 참았다. 자신이 왜 황제의 제의를 수락하지 않으면 안 되었는지, 세세한 것까지 설명할 필요성을 못 느꼈다. 마치 변명을 하는 것 같았기 때문이다. 그러나 독고신검의 말이 계속 이어질수록 자신도 모르게 얼굴이 찡그려졌다.

"자네가 마교에 가서 대종사와 교주를 만나고 왔음도 알고 있다. 비록 형님께서 그들과 마주치시는 것을 꺼려하여 자네가 어떤 행동을 했는지 듣지는 못했지만, 분명 그곳에서도 자신의 실력을 조금이나마 드러냈겠지. 그들이라고 해도 자네를 상대할 수 없었을 테니까. 그렇지 않다면 자존심으로 똘똘 뭉친 마교에서 순순히 자네와 수하들이 활개를 치는데 가만히 둘 이유가 없겠지. 그렇지 않은가?"

'다행히 공주에 관한 일은 모르는가 보군.'

"더 이상 당신들과 대화할 필요성을 못 느끼겠군. 또한 말씨름할 시간도 없고. 그러니 더 이상 본인에게 볼일이 없다면, 이대로 물러가 주었으면 하는데? 아니면 실력으로 본인을 상대할 텐가?"

"아미타불, 정녕 말이 통하지 않음은 예전이나 지금이나 변하지 않았구먼. 정히 그렇다면 어쩔 수 없겠네. 무림을 위해 해야 한다면, 우린 어떠한 희생이라도 감수할 준비가 되어 있네."

"더 이상 설득할 필요는 없을 것 같소이다. 지금에서 느끼는 것이지만, 왜 혜정 대사가 그런 말을 했는지 알겠소. 나도 적극적으로 돕겠소. 아무리 무공이 경천동지하다 할지라도, 사람의 도리를 알지 못하는 자는 살아 있으나마나 한 존재에 불과하니까!"

"후훗! 어차피 그것이 당신들의 속뜻이 아니었던가? 겉으로는 웃으면서 속으로는 비수를 감추고 있는 것이 당신과 같은 정파인들의 본모습이지."

호열은 독고신검과 혜정 대사의 얼굴을 번갈아 보았다. 독고신검은 언행에 그대로 성격이 드러난 반면, 혜정 대사는 끝까지 미소를 잃지 않고 있었다.

일촉즉발.

혁무량은 호열과 혜정 대사, 그리고 독고신검을 보면서 고개를 좌우로 흔들었다. 자신의 의도와는 반대로 상황이 흘러갔고, 이제는 돌이킬 수 없는 상황까지 이른 것이었다. 현재로서는 자신이 나선다고 해도 서로의 의견이 너무나도 달라 피를 보는 것은 피할 수 없음을 알 수 있었다.

'제길, 이런 곳에서 시간을 허비할 수는 없는데. 어쩔 수 없다. 빠른 시간에 매듭을 짓고 공손추를 따라갈 수밖에. 장사에 가면 찾을 수 있겠지.'

혜정 대사와 독고신검이 호열을 중심으로 해서 좌우로 사이를 벌리자, 호열은 더 이상 다른 곳에 신경을 분산할 수 없었다. 자신이 느끼기에도 생애 가장 위험한 순간이란 판단이 들었기 때문이다.

삼성이마 중 세 명의 합공.

호열은 세 명을 천천히 훑어보았다. 혜정 대사와 독고신검의 실력은 어느 정도 예상을 할 수 있었지만, 아직 움직이지 않고 있는 혁무량의 실력은 짐작조차 할 수 없었다. 예전에 혁무량에게서 풍겨졌던 대자연의 숨결은 느낄 수 없었지만, 호열은 자신의 패배를 생각하지 않았다. 혁무량의 실력이 삼풍 진인에 버금간다면 다소 고생할 것 같다는 것이 호열의 생각이었다. 그러나 오랜만에 강자들과 겨룬다고 생각되어 약간의 긴장을 했는지 호열의 입술에 살짝 잔 떨림이 보였다.

네 명은 한동안 제자리에서 움직이지 않았다. 다만 상대의 눈동자에 시선을 고정할 뿐이었다. 그러나 그런 시간도 사치라고 여겼는지, 가장 먼저 움직인 사람은 혈마 독고신검이었다.

"얼마나 대단한 실력을 가지고 있는지 보자. 하아앗!"

독고신검은 패왕보(覇王步)를 밟으며 빠르게 호열을 향해 돌진했다. 그러면서 왼손엔 패왕장(覇王掌)과 오른손엔 천왕장(天王掌)의 기운이 이글거렸다. 독고신검이 자랑하는 세 가지 장법 중 두 가지가 한꺼번에 시전되고 있는 것이다.

독고신검이 움직이자, 마치 서로 계획이라도 한 듯 혜정 대사가 움직였다. 혜정 대사는 독고신검이 호열의 정면으로 가는 것과는 달리, 불영선하보(佛影仙霞步)를 시전하면서 왼쪽으로 돌아갔다. 이미 호열과 격전을 치렀던 경험이 있었기에, 혜정 대사의 손속엔 한 치의 망설임도 없이 달마십팔수(達摩十八手)가 시전되고 있었다.

"아미타불……!"

호열은 정면과 왼쪽에서 막강한 위력이 담긴 공격이 가해지자, 몸을 보호하기 위해 어의망을 시전함과 동시에 어의신보(唸意神步)를 발휘하여 뒤쪽으로 오 장을 물러섰다. 그러나 독고신검과 혜정 대사가 자신의 뒤를 따라 빠르게 다가오자, 더 이상 물러서지 못하고 어의광을 시전했다.

"좋다. 받아라!"

팟, 파파팟!

"헛!"

"호으음."

독고신검과 혜정 대사는 호열의 손끝에서 발휘된 듯한 금광이 자신의 앞으로 쇄도하자, 얼른 좌우로 신형을 피했다.

호열의 손끝에서 시전된 어의광은 독고신검과 혜정 대사의 옆을 스쳐 지나간 후 울창한 나무들을 향해 뻗어갔다. 그러나 나무를 통과하면서도 아무런 소음이 발생되지 않았다. 다만 나무에 집중하지 않으면 눈으로 확인할 수 없는 구멍이 뚫렸음을 독고신검과 혜정 대사는 알 수 있었다.

'실로 대단하구나. 저런 무공이 있었다니…….'

'아미타불. 예전과는 비교도 되지 않을 정도로 성장하였구나. 선재, 선재로다…….'

호열의 어의광에 놀라움을 감추지 못한 두 사람은 서로의 얼굴을 바라보았다. 비록 서로 간에 대화나 전음이 오고 가지는 않았지만, 호열을 바라보는 눈동자가 살짝 흔들렸다. 그러나 독고신검과 혜정 대사가 호열의 첫 공격을 피했다고 해서 그것으로 모든 것이 끝난 것이 아니었다. 호열은 빠르게 옆으로 물러서면서 혜정 대사와 독고신검에게 어의광을 무차별적으로 뿌려댔다.

팟, 파파파팟, 파팟!

일각이 흐르기도 전에 독고신검과 혜정 대사는 이렇다 할 공격도 하지 못하고 호열의 공격에 숲의 이곳저곳으로 신형을 날려야만 했다. 처음 의도했던 방향과는 달리, 육안으로는 확인이 불가능한 호열의 공격으로 인해 자신이 시전할 수 있는 최고의 보법을 사용하며 피해야만 했기 때문이다. 상황이 이렇다 보니 숲 속엔 두 사람의 잔상으로 가득 메워졌다.

하지만 처음부터 두 사람이 호열의 공격을 피하기만 한 것은 아니었다. 독고신검은 계속 피하기만 하다가는 더욱 큰 곤욕을 치른다는 것을 알기에 자신의 최고 장법인 무극장(無極掌)을 시전하여 어의공을 막으려고 했다. 그러나 무극장으로도 어의광을 완벽히 막지 못했다. 빛보다 빠른 공격이 연이어 이어지면서, 독고신검의 무극장이 빠르게 허물어졌기 때문이다.

현재 호열은 양손을 빠르게 사용하여 독고신검과 혜정 대사를 몰아붙이고 있었다. 하지만 언제나 시선의 끝은 아직 움직이지 않고 있는 혁무량에게 머물렀다. 혁무량이 움직이는 시점이 본격적인 격돌의 시작이란 것을 잘 알고 있었기 때문이다.

'저 둘을 상대하는 것은 쉬운 일이지만, 만약 이 상태에서 혁무량이 움직인다면 쉽지 않을 것이다. 거기다 독고신검과 혜정이 제 실력을 발휘하게 된다면……'

호열은 어지럽게 손을 움직이면서도 가슴은 답답해졌다. 분명 자신이 우세한 상황임에도 불안감이 엄습했던 것이다. 마치 예전 삼풍 진인을 상대했던 것처럼……

'이런, 이럴 줄 알았으면 검을 가지고 오는 것인데. 내 평생 이 정도로 병기가 절실하게 필요한 상황에 처하기는 처음이군.'

독고신검은 씁쓸한 심정을 달랠 수가 없었다. 비록 수중에 칼이 없다고 해도 자신의 독문무공인 패혈무극도법(覇血無極刀法)을 수강(手罡)으로 시전할 수 있었지만, 후반 사 초식을 완벽하게 펼치기 위해서는 병기의 힘을 빌리지 않으면 안 되었다. 지금까지 살아오면서 크게 병기에 의지하지 않았지만, 호열을 만남으로 인해서 병장기의 중요성을 다시 한 번 되새기는 계기가 되었다.

'아무래도 안 되겠다. 만약 이번에 저 녀석을 처리하지 못하게 되면, 진 장로겐 미안한 일이지만 패천도(覇天刀)를 빌려야겠다. 나중에 돌려주면 되겠지.'

독고신검이 자신의 수하들 중 유일하게 무림오대보도 중 하나를 가지고 있는 패도마군(覇刀魔君) 진유정(秦柳霆)을 생각하고 있을 때, 혜정 대사는 호열의 빈틈을 찾기 위해 눈을 부라리고 있었고, 호열은 혁무량이 끼어들기 전에 한 명이라도 줄여야겠다는 결심을 했다.

"하합, 어의붕~!"

파아아앙~!

"헉! 아, 아미타부울~"

"이런, 제길!"

현재로서 가장 약한 사람은 독고신검이었다. 그렇기에 호열의 공격은 한순간 독고신검에게 집중되었고, 독고신검이 한쪽으로 몰릴 때 어의붕을 시전하여 강하게 밀어붙였다. 지금까지 독고신검을 관찰한 결과, 호열은 독고신검이 어의붕을 막는다고 해도 큰 상처를 입을 것 같았기에 최선을 다했다.

"겨우 이 정도로 본좌를 꺾을 수 있을 것 같았냐? 어림없다. 풍(風), 폭(暴)!"

독고신검은 호열의 공격이 자신에게 집중되는 듯하자, 패혈천왕공(覇血天王功)을 시전하여 오른손에 집중하였다. 그러나 오른손에 지금까지와는 달리 붉은 강기에 휩싸였으며, 독고신검은 오른손을 마치 칼처럼 휘두르며 호열의 어의붕을 맞아갔다.

쾅! 콰콰콰아앙~!

"크흑, 흐으음."

호열의 공격을 막기는 하였으나, 독고신검은 방심하고 있다가 불의의 기습을 받은 것 같은 충격을 받았다. 그나마 미리 패흘천왕공을 시전하고 있어 호신강기가 발휘되고 있었기에 큰 불상사가 일어나지 않았지만, 간담이 서늘해질 정도로 위력적이었다.

슈아아아앙―

"헛, 제길!"

독고신검이 자신의 공격에 약간 흔들리는 듯하자 성공했다는 생각에 좋아했던 호열은, 자신을 향해 무엇인가가 빠르게 쇄도하는 것이 있음을 느낄 수 있었다. 바로 혁무량의 검기였다. 어디서 구했는지 혁무량의 수중엔 잘 다듬어진 나뭇가지가 들려 있었는데, 그 나뭇가지의 끝이 호열의 가슴을 향하고 있었다.

호열은 독고신검을 재차 공격하려다 말고 뒤로 물러서야만 했다. 그러나 그것만으로는 혁무량의 검강을 완벽하게 피할 수가 없었다.

쾅!

츄아아아아아―

"흑, 크흠. 역시 천마 혁무량이군. 어의망에 집중하지 않았으면 큰일날 뻔했다."

혁무량의 공격을 받은 호열은 오 장이나 뒤로 밀려났다. 또한 혁무량의 검강은 어의망과 부딪치면서 호열에게 충격을 주었는데, 어의망에 의해 막혔음에도 불구하고 얼마나 강력한 공격이었는지 호열의 내부가 진탕될 정도였다. 가슴을 쓸어내려 보지만, 쉽게 가라앉을 것 같지 않았다. 그와 더불어 호열은 혁무량의 개입에 온 신경이 곤두설 수밖에 없었다.

'역시 이 정도로는 안 되는가? 하지만 천마신공과 천마령검을 시전하였는데……'

이미 싸움이 시작된 상황이었기에, 혁무량은 호열을 주시하며 한곳을 향해 움직이기를 기다리고 있었다. 싸움을 시작하지 않았으면 모르겠으나, 시작된 싸움은 필히 승리를 취해야 했기 때문이다. 그렇기에 냉철하게 기다리고 있다가 회심의 일격을 가했던 것인데, 호열의 어의망을 깨지도 못한 것이었다. 혁무량으로서는 입맛이 씁쓸했다. 아무리 기습이었다고 해도, 차라리 자신이 창안하고 완성시킨 무공을 시전했다면 좋았을 것이란 생각이 들었던 것이다. 하지만 이미 기회는 지나갔고, 호열은 만반의 준비를 하고 있었다.

단 한 사람이 접전에 추가되면서 상황은 백중지세로 돌아섰다. 호열의 빠른 공격에 자신의 실력을 모두 발휘하지 못하던 혜정 대사와 독고신검이 호열의 양쪽에서 공격을 했고, 혁무량은 호열이 쉽게 움직이지 못하도록 강력한 검강을 줄기차게 뿌려댔다. 그렇게 이각이 흐르는 동안, 호열은 자신이 조금씩 밀린다는 것을 알 수 있었다. 수많은 경험과 노련함에 자신도 모르게 손발이 어지러워지고 있었던 것이다.

팟! 파파팟! 파팟~!

슈아아아앙.

쾅! 콰르르르르, 콰아앙~!

"여래천수! 반야신장(般若神掌)! 금강복마권(金剛伏魔拳)~!"

"쾌(快)! 변(變)! 환(幻)~!"

"하앗! 천마령검(天魔靈劍)!"

쾅! 콰콰콰앙! 콰르르, 콰앙~!

"크윽, 흐으으~."

"아미타불……."

"흐음."

소림의 무공은 빠르면서도 파괴적이었다. 더욱이 혜정 대사의 손에서 펼쳐지는 무공은 눈으로 보는 것보다 몸으로 느껴졌을 때 확실한 진가를 알 수 있었다. 또한 독고신검의 도법은 도법의 극치를 보여주고 있었다. 단순한 것 같으면서도 검보다 변화무쌍했고, 가벼운 것 같으면서도 손에 땀이 날 정도로 파괴적이었다. 더욱이 독고신검과 혜정 대사가 제대로 실력을 발휘하게 되면서 간간이 위협을 주고 있는 혁무량의 무공은 등골이 서늘하게 만들고 있었다.

'제길, 역시 세 명은 무리인가? 혁무량만 없었어도 충분했을 텐데, 아쉽군.'

호열은 빠르게 머리를 돌렸다. 이곳에서 최후까지 싸워야 할 필요성이 현재로서는 없었던 것이다. 그렇다고 도망치듯 물러서기도 찜찜했다. 그렇다고 모험을 할 수도 없었다. 시간이 지나면서 느낄 수 있었지만, 자신이 최선을 다하지 않고 있듯이 세 사람 모두 비장의 한 수 이상을 감추고 있는 것 같았다.

'어쩔 수 없다. 현재로서는 아내를 찾는 것이 급선무다. 다음에 보자!'

호열은 혜정 대사를 비롯해서 독고신검과 혁무량을 쳐다보았다. 비록 이번엔 자신이 물러나지만, 다음에 기회가 된다면 최후의 승자가 누구인지 가르쳐 주겠다는 것을 알려주어야겠다는 생각을 했다. 세 사람이 무서워서 피하는 것이 아님을 확실하게 주지시키고 싶었던 것이다.

"이것도 막아봐라, 만약 이번에도 막아낸다면 본인의 상대로 인정해 주겠다. 하아앗!"

우르르르르릉—

"흐으음……."

"……?"

"이, 이건? 아미타불……."

호열의 외침이 있은 후, 갑자기 공기의 흐름이 뚝 멈추었다. 마치 진공 상태와 같은 현상이 호열을 중심으로 십여 장이나 펼쳐졌다.

이에 혁무량은 호열이 펼치고자 하는 것이 어떤 무공인지 짐작이라도 하는 듯 침음을 삼켰으며, 독고신검은 새로운 무공을 경험하는 어린아이처럼 호기심 어린 눈으로 호열을 바라보았다. 하지만 이미 호열의 무공을 경험했던 혜정 대사의 얼굴은 순식간에 구겨졌다. 흐열이 펼치고자 하는 무공이 무엇인지 알고 있었던 것이다.

어의멸.

호열이 삼풍 진인과 최후의 접전을 벌였을 때 사용했던 무공이, 몇 년이 흐른 후 다시 혜정 대사의 눈앞에서 펼쳐지고 있었다.

쿠구구구우우웅—

"혁 시주, 독고 시주. 최선을 다해야 합니다. 저 무공으로 인해 삼풍 진인이 우화등선했습니다."

"흐으음."

"헉, 저 무공에 삼풍 진인이?"

"하하하, 받아라~!"

호열은 자신을 중심으로 사방 십 장이 어의심기로 꽉 찬 것도 모자라, 그 밖의 대기가 서서히 회전을 하자 어의멸이 완벽하게 완성되었음을 알 수 있었다. 어의멸이 시전되는 중간에 아무런 방해도 받지 않아서 그런지, 패혈맹에서 대윤회만상진을 상대했을 때보다 더욱 위력적이었다. 그에 크게 웃어 보이며 혁무량 등을 향해 천천히 손을 들어 올렸다.

푸아아앙~!

"대승반야선공(大乘般若禪功)! 수미불면장(須彌佛面掌)! 하아앗~!"

"훙, 받아주지. 패혈천왕공(覇血天王功)! 무(無)~!"

"천마태령공(天魔太靈功)! 천마태령검(天魔太靈劍)!"

쾅! 콰아앙! 콰앙~!

네 명은 자신들이 시전할 수 있는 최고의 무공을 펼쳤다. 그러나 막강한 위력을 지닌 무공들의 접전으로 인해 대기가 요동을 쳤고 지축이 흔들렸으며, 접전의 중간을 중심으로 큰 폭풍이 몰아쳤다. 기의 폭풍이었는데, 한꺼번에 너무나 강력한 기들이 폭발을 하면서 생긴 현상이었다.

"크헉! 끄으으으~"

"컥! 허흐윽!"

"흐으음!"

"크흑, 제길! 다음에 보자~!"

기 폭풍으로 인해 시야에 보이는 것이 없었다. 그러나 세 명은 누군가가 사라졌음을 알 수 있었다. 그러나 아무도 입을 여는 사람이 없었고, 움직이는 사람도 없었다. 그저 기 폭풍이 사라지고 시야가 깨끗해질 때까지 자신의 자리에 서서 정면을 응시할 뿐이었다.

호열이 떠나고 기 폭풍이 완전히 사라져 정상을 회복한 후에도 세 명은 접전을 벌였던 자리에서 움직이지 않고 있었다. 큰 내상을 입지 않아서 움직이는 데 지장은 없었지만, 모두들 침묵을 지키며 호열이 사라졌을 것 같은 곳을 향해 시선을 거두지 않았다. 그렇게 일각이 더 흐르고, 태양은 서서히 서쪽으로 기울어가고 있었다.

"흐으음, 대단하군요. 이런 격전은 처음이었습니다."

"아미타불~"

"어떻게 하시겠습니까, 형님? 이대로 보낼 생각입니까?"

"······."

"분명 장사로 갔을 것입니다. 굳이 장사가 아니더라도 악록산을 넘으려고 했으니 거쳐 갈 것입니다. 이대로 그자를 놓치면 찾기 힘듭니다."

독고신검의 말대로 호열이 장사를 벗어날 경우 찾기가 쉽지 않음은 혁무량과 혜정 대사도 잘 알고 있었다. 장사는 호남성의 성도였다. 그만큼 사방으로 길이 이어져 있었고, 중원에서 가장 큰 동정호와 이어져 있는 곳이었다. 찾고자 해도 호열이 숨는다면 그림자를 본다는 것도 요원한 상황이었다.

"내상은 괜찮은가?"

"훗, 그럭저럭 견딜 정도는 됩니다."

"혜정 대사?"

"빈승도 움직일 수 있습니다."

"그럼 우선은 장사로 가십시다. 장사에서 찾지 못하면 다음을 기약해야겠지요."

"그래야 할 것입니다. 하지만 다음엔 기필코 끝을 봐야 할 것입니다. 그도 그것을 원할 테니까요."

'그는 오늘 최선을 다하지 않았다. 왜일까? 이 정도로 끝날 수 없는 격전이었는데, 스스로 몸을 빼다니. 알 수 없구나. 아미타불······.'

혜정 대사는 호열이 떠난 자리를 한동안 바라보면서 고개를 좌우로 흔들었다. 떠나지 않아도 될 상황이었는데, 호열은 뒤도 돌아보지 않고 물러난 것이다. 하지만 알 수 있었다. 다음에 호열과 다시 접전이 벌어진다면, 그때는 자신들이 쓰러지던가, 아니면 호열이 쓰러지게 될 것임을.

세 명이 떠난 자리엔 넓은 공터가 자리하고 있었다. 빽빽하게 자리하고 있던 나무들은 모두 사라졌거나 사방으로 날아가 버렸고, 그 어디에도 무신들의 격전이 펼쳐졌던 흔적을 찾을 수 없었다. 다만 남아 있는 것이라고는 건물이 들어서기 좋은 평지였고, 후에 길을 지나가던 사람들은 '이곳에 이렇게 넓은 평지가 있었나?' 하는 착각에 고개를 갸웃거릴 뿐이었다.

제 5 장

미안합니다, 그리고 사랑합니다

◆ 제5장　미안합니다, 그리고 사랑합니다

　장사에 도착한 호열은 공손추를 찾는 것보다 우선하여, 시내 변두리
에 자리한 객점에 투숙한 후 자신의 기를 숨겼다. 혁무량이라면 모르
겠지만, 혜정 대사와 독고신검의 성격이라면 자신을 따라 장사로 올 것
이 분명했기 때문이다. 그에 객점에 머물면서도 저녁때 식당으로 내려
오지 못하고 방으로 가져오도록 했다.

　"똥이 무서워서 피하나, 더러워서 피하지. 아니지, 귀찮아서 피하는
거지. 에구, 밥이나 먹고 며칠 요양이나 해야겠다."

　완벽하게 몸을 뺐다고 생각했지만, 호열도 충격을 받아 약간의 내상
을 입은 상황이었다. 움직이는 데 크게 지장은 없지만, 혼자 사는 세상
이 아닌 이상 '혹시 또는 만약에'와 같은 돌발적인 상황이 언제라도
벌어질 수 있었다. 그렇기 때문에 최상의 상태를 유지해야 함은 당연
하다 할 수 있었다.

호열이 장사에 도착한 후로 삼 일이 지났다. 그러나 호열은 삼 일 동안 방 밖으로 나가지 않았다. 생각했던 것보다 내상을 다스리는 데 어려움이 있었던 것이다. 혜정 대사와 독고신검에게 입은 내상은 거의 없었지만, 혁무량에게 입은 내상은 쉽게 치료가 되지 않았다.

딱히 무엇 때문에 그런지 알 수가 없었지만, 나름대로 유추해 본 결과 짐작이 가는 것이 있었다. 그것은 바로 혁무량이 시전한 무공이 호열의 어의공령검과 비슷한 유형의 무공이라는 것이었다. 그렇지 않고서는 호열이 내상을 치료하는 데 애를 먹지 않았을 것이기 때문이다.

하지만 이번의 일로 인해 호열은 세상에 자신과 비슷한 능력을 지닌 강자가 있다는 것을 새삼 느낄 수 있었고, 그동안 가슴을 답답하게 했던 고독감을 씻어낼 수 있었다.

"형님, 오 일이 지났습니다. 아마도 장사엔 없는 것 같습니다."

"빈승도 그렇게 생각합니다, 혁 시주. 아무래도 악양이나 상덕(常德), 아니면 동정호로 들어간 것 같습니다."

"그렇습니다, 형님. 하지만 상덕 방향은 아닐 것입니다. 그는 장사까지 어떤 인물의 뒤를 쫓아왔습니다. 아무래도 무림에서 독자적인 세력을 일으키려고 하는 것 같은데, 상덕이 꽤 큰 마을이라고 하나 그의 흥미를 충족시켜 줄 인물이 없습니다. 그러니 악양으로 갔을 것입니다."

"악양이라…… 하지만 악양에 무슨 세력이 있다고 그가 그곳으로 가겠습니까? 악양 역시 상덕보다 나은 것이 없지 않습니까?"

"그렇지 않습니다. 만약 내가 세력을 일으키고자 한다면 이곳 장사에서 시작을 하겠지만, 그는 누군가를 추적하는 상황이었고 우리의 추적을 따돌려야 했습니다. 우리가 내상을 모두 치유하지 못하고 왔다지만, 이곳에 도착하는 데 칠 일이나 걸렸습니다. 더구나 그 후로 오 일이 더 지났습니다. 그렇다면 무엇이겠습니까? 이곳엔 그가 없다는 것입니다. 사실 장사 이곳저곳을 둘러보면서 만리표국의 본국이 이곳에 있다는 것에 놀라기는 했지만, 만리표국 말고는 장사에서 눈에 들어오는 곳이 있었습니까? 없었습니다."

"흐으음……."

혜정 대사는 독고신검의 말에 고개를 끄덕였다. 자신이 생각하기에도 만리표국이 자리하고 있다는 것은 놀라운 일이었지만, 그들은 무림과 연이 닿아 있을 수 있으나 무림에 뜻을 둔 세력은 아니었다. 하지만 호열이 원한다면 충분히 도움을 받을 수 있는 곳이란 생각이 자꾸만 머리 속에 자리를 잡고 있었기에, 섣불리 장사를 떠나고 싶은 마음이 들지 않았다.

더구나 아직 내상이 완벽하게 회복되지 않은 상황이라, 내상을 회복하지 않고 호열과 대면하고 싶은 마음도 없었다. 하지만 호열을 찾는 것이 급선무였기에 묵묵히 독고신검의 말을 듣고 있었다. 그러나 중심이라 할 수 있는 혁무량은 아직까지 이렇다 할 말을 하지 않고 있었다.

"그렇다면 어디겠습니까? 아무래도 호남성에서 세력을 형성하려면 성도인 장사에서 크게 벗어난 곳에 자리를 잡지는 않을 것입니다. 그러니 장사와 왕래가 가능하면서도 우리의 시선을 잠시나마 피할 수 있는 곳, 그곳이 악양밖에 더 있겠습니까? 자, 악양으로 가시지요."

"그렇군요. 만약 악양에도 없다면 다시 이곳으로 돌아오면 되는 것이고요. 그가 호남성을 택한 이상, 언젠가는 이곳에 모습을 드러낼 것입니다. 아미타불."

"맞습니다, 혜정 대사. 형님, 악양으로 가시지요."

"아니다. 우리는 난주로 간다."

"옛? 난주요? 갑자기 난주는 왜……?"

독고신검은 갑자기 혁무량이 난주로 간다고 하자 어이가 없었다. 기껏 머리를 쥐어짜며 호열의 행방에 대해 고심하여 악양으로 결론을 냈는데, 지금까지 아무런 말 없이 듣기만 하던 혁무량이 내논 결론이 난주였기 때문이다.

"아미타불. 혁 시주, 혹시 귀 교에 가시는 것입니까?"

"응? 정말입니까, 형님? 정말 그곳에 가시는 것입니까?"

"그렇다. 가고 싶지는 않지만, 아무래도 그곳에 가서 알아볼 것이 있는 것 같다. 그래야 편하겠어."

"아니, 무엇을 알아보신단 말입니까? 형님은 그곳에 다시는 가지 않겠다고 하시지 않았습니까?"

"그랬지. 하지만 그가 왜 본 교에 갔었는지를 확인하지 않고는 그를 찾을 수 없을 것 같구나."

"그렇군요. 알겠습니다. 그럼 형님 말씀대로 내일 바로 난주로 가지요."

"아미타불."

"흐으음……."

난주를 향해 출발하는 것으로 결정이 난 후, 독고신검은 오랜만에 죽엽청을 마시며 옛이야기를 떠들어댔다. 동정호가 한눈에 보이는 자리에 앉아 있었는데, 이따금씩 독고신검의 목소리가 너무 커서 인상을 쓰며 쳐다보는 사람들도 있었다. 하지만 곧 세 명이 모두 무림인이란 판단이 들었는지 조용히 자신들의 연인과 소곤거리며 세 명에 대한 더 이상의 신경을 끊었다.

독고신검의 무용담이 시작된 지 이각이 흐르고 있었다. 그러나 혁무량과 혜정 대사는 조용히 독고신검의 이야기가 끝날 때를 기다리는지 듣고만 있었다. 하지만 자세히 들여다보면 독고신검만 입에 침이 마르도록 열변을 토할 뿐, 두 사람은 각자의 상념에 빠져 있음을 확인할 수 있었다. 사실 혁무량과 혜정 대사로서는 몇 번을 듣는 이야기였다. 그렇지만 독고신검은 마치 처음 이야기를 하는 것처럼 진지하게 말을 이어가고 있었던 것이다. 상황이 이렇다 보니 혜정 대사는 독고신검의 열변에 화답이라도 하듯이 이따금씩 불호를 외우며 동조를 하였으며, 혁무량만이 이따금씩 술잔을 입가에 대었다가 떼면서 상념에 잡혀 있을 뿐이었다.

'그의 눈에는 욕망보다는 어떤 것을 찾아야 한다는 갈망이 깃들어 있었다. 그래, 지금 생각해 보니 그의 눈엔 무림에 대한 욕망이 없었다. 욕망에 사로잡힌 눈은 그렇게 맑고 투명하지 못하지. 흐으음, 그렇다면 그가 무림에 할 일이 있다는 것은 무엇일까? 분명 그 일 때문에 승부를 짓지 않고 물러난 것일 텐데. 휴~ 우선은 그 이유를 알아야 한다. 그래야 그를 설득할 방법을 찾을 수 있을 것 같구나.'

혁무량 등이 객점에서 술을 마시며 오랜만에 피로를 풀고 있을 때, 호열은 내상을 완전히 치유한 후 홀가분한 마음으로 객방에서 나왔다. 아직 태양이 지지 않아서 환했지만, 조만간 어둠이 찾아오고 밤의 향락을 즐기기 위한 수많은 사람들이 거리로 나올 것임을 호열은 알고 있었다. 대륙 속의 바다라 불리는 동정호의 정경을 구경할 수 있는 것은 물론, 오색찬란한 홍등가의 북적함은 사람들을 불러 모으는 데 부족함이 없었던 것이다.

호열도 오랜만에 밖에 나온 것이라, 발걸음은 답답한 시내를 벗어나 자연스럽게 동정호가 바라다 보이는 곳으로 향했다.

"정말 시원하구나. 포양호도 넓어서 강이란 생각이 들지 않았지만, 동정호는 더한 것 같군. 그나저나 포양호와는 달리 좀 색다른 정취가 느껴지는데."

강변을 거닐면서 보여지는 풍경에 호열의 이마에 이따금씩 주름이 잡히는 것을 볼 수 있었다. 젊은 연인들이 서로 떨어지면 죽고 못사는 것은 이해하겠는데, 약간 도가 지나치는 장면이 어두컴컴한 곳에서 벌어지고 있었던 것이다. 하지만 뭐라고 할 수 없는 것이, 몇 명이라면 모르겠지만 귀를 기울여 보니 사방에서 똑같은 상황이 벌어지고 있음에 못 본 척 지나쳐야만 했다.

"휴~ 더 이상 이곳에 못 있겠군. 오랜만에 술이나 한잔하러 갈까?"

자신의 눈만 버렸다고 생각한 호열은 동정호가 한눈에 내려다보이는 고급스러운 주루로 향했다. 한눈에 보아도 객점과 후원까지 따로 두고 있는 듯 보였는데, 동정루라는 간판이 말해 주듯 장사뿐만 아니라 동정호를 끼고 있는 객점 중에서 가장 큰 곳이었다. 하지만 호열이 편안한 마음으로 주루로 향하다가 제자리에 멈추어야만 했다.

'이, 이건? 제길! 귀찮게도 따라다니는군. 아직 장사를 떠나지 않았던가?'

동정루에서 느껴지는 기운은 상당히 익숙했다. 자신만이 느낄 수 있는 기운이었고, 웬만한 경지에 오른 무인이라고 해도 평범한 사람들처럼 절대 알 수도 없는 기운이었다.

호열은 동정루에서 혁무량의 기운을 감지할 수 있었다. 혁무량이 있다면 나머지 두 사람도 함께 있을 것은 보지 않아도 알 수 있었다. 그나마 다행이랄 수 있는 것은, 경계심을 늦추지 않은 상황이라 혁무량보다 먼저 감지했다는 것이다.

호열은 언짢은 기분으로 다시 객점으로 돌아왔다. 혁무량 등이 움직이지 않은 것을 보면 자신을 감지하지 못했음을 알 수 있었지만, 모든 일이 자신의 뜻대로 되지 않는 것이 세상일이라 최대한 조심해야 했기 때문이다. 혹시라도 장사에서 부딪치게 되고, 그것이 자신이 찾고 있는 세력의 이목에 걸리면 큰일이었기 때문이다.

호열은 그날 이후 일주일 동안 객점에서 움직이지 않았다. 벌써 날짜는 십일월에 들어섰고, 그동안 숨어 있는 세력이 다른 곳으로 갔을 수도 있을 것 같아 염려가 되었지만, 그렇다고 모험을 할 수는 없었다. 그러나 마냥 객점에 머물러 있을 수 없기에, 호열은 용기를 내어서 자신의 모든 기를 외부로 방출하여 혁무량의 위치를 찾아보았다. 아직 장사에 머물러 있다면 혁무량의 기운을 감지할 수 있을 것이기 때문이다. 물론 혁무량도 호열의 위치를 파악할 수 있겠지만. 그러나 다행인지 장사 구석구석 기운을 퍼뜨렸지만, 호열은 혁무량의 위치를 파악할 수 없었다. 그에 그동안 답답했던 가슴이 뻥 뚫리는 듯했다. 이로써 혁무량 등이 장사에 없다는 것을 확인했기 때문이다.

이에 호열은 장사에서 의심되는 곳을 찾기 시작했다. 장사가 워낙 많은 사람들이 왕래하는 곳인지라 그들 중 무림인이 없을 수는 없겠지만, 이각이 흐르는 동안 호열은 무림인들이 가장 많이 모여 있는 곳을 파악할 수 있었다.

"세 곳이라… 한곳은 동정루가 확실한 것 같고. 그렇다면 나머지 두 곳은 직접 가봐야겠군."

호열은 다른 사람들보다 좀 이른 시간에 점심을 먹은 후 객점을 빠져나왔다. 오전에 파악했던 두 곳을 직접 눈으로 확인하기 위해서였다. 하지만 두 곳 중 한곳을 확인한 호열은 실망감을 감추지 못했다.

호열이 먼저 찾아간 곳은 동정루와 제법 많이 떨어진 곳에 위치해 있는 장원이었다. 동정호와 접해 있어서 그런지, 장원의 이름도 동정황장(洞庭潢莊)이었다.

동정황장은 이름에서 알 수 있듯, 예전 장사에서 동정호를 연결해 주는 나루터에 들어선 장원이었다. 처음 동정황장이 지금의 자리에 세워졌을 땐 웅장하지 못했다. 장사의 대지주였던 관리가 남은 여생을 편안하게 보내기 위해 기존의 나루터를 다른 곳으로 옮긴 후 지은 것이기 때문이다. 당연히 동정호의 수려한 전경을 감상할 목적이 전부였다. 하지만 세월이 흐르고 몇 년 전 동정황장의 주인이 바뀌면서 많은 변화가 있었다.

그에 호열은 제법 규모도 있고 사람들도 많이 들락거려서 혹시나 하는 마음에 내부를 관찰했는데, 아쉽게도 동정황장에 마공을 익힌 무인들이 상당수 있음을 확인할 수 있었다. 생각할 것도 없이 마교였다. 동정황장은 마교의 호남 비밀 분타였던 것이다. 그에 호열은 더 이상 살펴보지도 않고 다른 곳으로 신형을 돌렸다.

"경비가 꽤 삼엄한데? 연합맹 못지않겠어."

혜원장(慧願莊).

호열은 정문에 걸려 있는 현판을 일별한 후, 천천히 돌며 장원 주변을 살펴보았다. 주위를 한 바퀴 돌며 살피는 동안, 어느덧 해는 지고 달이 떠오르고 있었다. 보름도 아닌데 구름 한 점 없는 하늘 때문에 밤인데도 상당히 밝았다. 물론 날이 어두워지자 장원 곳곳에 화롯불을 밝히며 어둠을 물리치고 있었지만, 그래도 장원의 규모가 상당하여 모든 곳을 환하게 밝혀주지 못했다.

호열은 장원을 관찰하면서 확신을 가질 수 있었다. 외부의 그 누구도 장원의 주인을 알지 못하는 것도 의심스러웠지만, 동정황장보다 더욱 보안에 신경 쓰는 듯한 인상을 받았기 때문이다. 그에 호열은 술시가 조금 지나는 시간에 장원 내부로 스며들었으며, 장주가 머물 만한 곳을 찾기 시작했다. 그러나 장원에 들어간 이후, 호열은 자신의 의지와는 상관없이 발걸음이 한곳을 향해 움직이고 있었다. 마치 운명에 이끌리듯, 호열은 아무런 저항을 할 수 없었다.

동정호와는 조금 떨어져 있어 정자에 오른다고 해도 강변이 내려다보이지 않았다. 하지만 장원이 장사 북부에 위치한 구릉에 자리잡고 있어, 후원에 위치한 정자에 오르면 바다와 같은 동정호의 풍경을 감상할 정도는 되었다.

"아~"

'달빛은 밝게 세상을 비추고 있는데, 정작 나는 어둠 속에서 헤매는 것 같구나!'

"공주님, 소녀입니다."

"조향이 왔구나."

"날씨가 차갑습니다. 이렇게 나오시면 안 되십니다."

조향은 소호공주가 불편한 몸임에도 불구하고 후원에 나온 것이 걱정되었다. 비록 두터운 외투를 걸치고 있었지만, 찬 기운은 소호공주의 몸에 좋지 않았다.

"아니다, 괜찮다."

"그래도……."

"걱정하지 말거라. 그런데 이 늦은 시간에 이곳엔 어이 온 것이냐?"

"예. 아기씨께서 공주님께 안기고 싶었나 봅니다."

"아가가?"

"으아앙~"

조향은 소호공주의 물음에 예를 취하려다가, 두 손으로 조심스럽게 받치고 있던 포대기 속에서 아기의 울음소리가 들리자 민망한 얼굴을 하며 포대기를 소호공주의 품으로 안겨주었다.

"으앙, 으아앙~"

"이런, 우리 아가가 왜 우시나? 엄마가 보고 싶었던 것이냐? 까꿍."

"으아앙~"

"배가 고프신가 봅니다, 공주님. 유모가 모유를 주려고 했는데, 아기씨께서 드시지 않는지라……."

조향은 소호공주의 얼굴 표정이 조금 굳어지는 것을 보았다. 태어난 지 얼마 되지도 않은, 정확히 오 일밖에 안 된 신생아를 데리고 밖으로 나온 조향에 대한 질책이 담긴 눈빛이었다. 이에 조향은 더욱 허리를 숙이며 소호공주에게 자신이 아기를 안고 온 이유를 설명해야만 했다. 이제는 울다 지쳐서 잠들어 있는 아기였지만, 어느새 깨어났는지 이리저리 고개를 돌리며 무언가를 찾는 듯한 표정과 함께 울음을 터뜨리고 있었기 때문이다.

소호공주는 조향의 대답과 표정을 보면서 그간 사정에 대해 충분히 알 수 있었다. 조향의 품에 안긴 아기는 두꺼운 비단에 얼굴마저 보이지 않을 정도로 싸여 있었기 때문이다. 모든 것이 자신이 바깥으로 나온 이유에서 비롯되었다. 자신이 답답한 마음을 달랠 수가 없어 후원에 나왔기 때문에, 조향이 어쩔 수 없이 아기를 데리고 나온 것이었다.

"알았다. 오늘은 내가 데리고 있을 것이니, 너는 유모에게 그리 알려 주어라."

"예, 그렇게 하겠습니다."

소호공주의 명을 받은 조향은 뒤로 물러서면서 정자에 걸려 있는 비단을 내린 후, 유모가 있는 곳으로 걸음을 바삐 움직였다. 유모에게 소호공주의 명을 전한 후 정자로 빨리 와야 했기 때문이다.

소호공주는 정자가 외부와 어느 정도 차단이 되자, 우는 아기를 소중하게 감싼 후 젖을 물려주고자 옷고름을 풀었다. 그리고는 포대기를 살짝 열었는데, 포대기 속에는 태어난 지 얼마 되지 않은 듯한 아기가 얼굴이 붉게 달아오른 상태로 자신의 존재를 알리고 있었다. 그에 소호공주는 망설임없이 아기의 입을 자신의 가슴으로 인도했는데, 아기는 한동안 울음을 그치지 않으며 젖을 입에 물려고 하지 않았다. 하지만 얼마 지나지 않아서 엄마의 냄새가 느껴졌는지, 소호공주의 가슴에 얼굴을 파묻고는 '쪽쪽' 소리가 날 정도로 빨아댔다.

"그렇지! 어유, 잘 먹는다. 호호, 우리 공주님, 크면 얼마나 예쁠까? 부군께서도 너를 보면 입이 찢어질 정도로 좋아하실 게다. 그러니 아버지 오실 때까지 무럭무럭 자라야지?"

소호공주의 눈가엔 어느새 맑은 이슬이 흘러내렸다. 자신도 의식하지 못하는 사이에 눈물이 고운 뺨을 타고 아기의 얼굴에 떨어졌다. 그에 자신의 실수를 깨달은 소호공주는, 얼른 눈물을 닦으며 아기에게 밝은 미소를 지어 보였다.

여자는 약하지만, 어머니는 강하다.

따로 교육을 받은 것은 아니지만, 소호공주는 본능적으로 자신의 기분이 아기에게까지 영향을 준다는 것을 알고 있었다. 모성애라고 표현할 수는 없겠지만, 소호공주는 아기가 젖을 먹는 동안만이라도 기뻤던 일을 생각하기로 했다.

"아가야, 조만간 아버지께서 환한 얼굴로 너를 안아주려고 오실 게다. 알았지? 어이구, 우리 착한 아기. 잘도 먹네~"

'고, 공주?'

탁!

"응? 조향이가 벌써 왔나? 조향이니?"

"부, 부인. 부인! 내가 왔소! 내가 왔소, 부인!"

"……."

"부인, 밖으로 나와보시구려! 부인을 찾아 내가 왔소!"

호열은 소호공주를 찾았다는 생각에 자신의 감정을 주체하지 못하고 큰 소리로 소호공주를 불렀다. 주변에 누군가가 있어도 상관없었다. 만약 소호공주와 자신의 앞을 가로막는 자가 있다면 손속에 인정을 두지 않을 생각이었다. 소호공주가 자신의 눈앞에 있는 이상, 세상 사람들 모두가 덤벼도 상대할 자신이 있었다.

"지금 소녀 앞에 계신 분이 허상은 아니지요? 그렇지요?"

"그렇소, 부인. 나요, 나 임호열이오, 부인."

"다, 당신이군요. 당신이 맞는군요. 흑흑, 이제야 오셨군요. 이제야 오셨어요. 정랑~"

소호공주는 호열이 두 팔을 활짝 벌리자, 아기를 안아 든 상태로 호열의 품에 안겨서 흐느꼈다. 꿈에서라도 보고 싶던 얼굴이 생생하게 느껴졌고 그리웠던 향기가 코끝을 자극하자, 소호공주의 눈가엔 눈물이 주르륵 흘러넘쳤다.

"흑흑, 왜 이제야 오셨어요. 왜, 왜요! 흐흐흑~"

"부인, 미안하오. 정말 미안하오……."

소호공주의 애틋한 마음이 전해지는 것 같아, 호열은 더욱더 세게 소호공주를 안았다. 마치 더 이상은 놓아주지 않겠다는 호열의 의지가 담겨 있는 듯, 달빛에 서 있던 두 사람은 하나의 그림자를 만들고 있었다.

"으앙, 으아앙~"

"응? 이, 이건……?"

"……."

"아기가 아니오? 그런데……?"

아기의 울음소리에 정신이 번쩍 든 호열은 품 안에 안겨 있는 소호공주를 바라보았다. 두 사람 사이에 있던 아기는 갑갑했던지 울음을 그치지 않고 있었는데, 세상에 나온 지 얼마 안 되어 보이는 아기가 소호공주의 품 안에 안겨 있었다.

"우리의 아기입니다, 상공. 이제 오 일 되었습니다."

"오, 오 일……?"

"그렇습니다, 상공."

"아……."

호열은 새삼스럽다는 듯 소호공주의 품 안에 안겨 있는 아기에게 시선을 고정시켰다. 실감이 나지 않았다. 생각지도 못한 일이었기 때문이다. 신농가로 향했을 때만 해도 소호공주로부터 임신 소식을 듣지 못했었는데, 자신은 이미 한 아이의 아버지가 되어 있었던 것이다.

"이, 이름은……?"

"상공께서 계시지 않는데 어찌 있겠습니까. 아직 없습니다."

"그, 그렇구려. 미안하오, 미안하오. 그리고… 사랑하오."

"상공……."

세상에 태어난 이후, 처음으로 호열의 눈가에 이슬이 맺혔다. 한 여인의 지아비로서 너무나 부끄럽고 한심한 자신에 대한 질책의 눈물이었고, 무슨 일이 있어도 자신의 가족을 지키겠다는 다짐의 눈물이었다.

호열은 오랜만에 소호공주와 함께 밤을 보냈다. 하지만 쉽게 잠들 수 없었을 뿐만 아니라, 하룻밤의 시간은 그리 길지도 못했다. 비록 호열로서는 소호공주가 어떤 상황에 처해 있는지 알아야 했고, 그동안의 일도 듣고 싶었지만 어쩔 수 없었다. 아직 소호공주의 몸이 완쾌된 상태가 아니었기에 생각보다 많은 이야기를 나눌 수 없었던 것이다. 그러나 호열은 얼마 되지 않는 짧은 시간이나마 소호공주와 대화를 나누면서 그동안 있었던 일들과 몇 가지 놀라운 소식을 접할 수 있었는데, 그것은 다름 아니라 죽었다던 건문제의 생존과 천명회(天明會)에 관한 일이었다.

천명회는 건문제를 중심으로 결성된 조직이었다. 조카를 몰아내고 황제의 자리에 오른 영락제를 단죄하기 위한 단체이며, 당시 살아남은 조정의 대신들과 수많은 무림인들이 천명회라는 그늘 아래 뭉쳐 있었다. 더욱이 만리표국이 천명회의 한 단편에 불과하다는 소호공주의 말에 호열은 놀라움을 감출 수 없었다.

어둠이 지나가고 새로운 태양이 하늘을 향해 기지개를 켰다. 힘들었던 시간이 언제 있었냐는 듯, 서로의 얼굴을 바라보고 있는 호열과 소호공주의 표정엔 화사한 미소가 머물렀다.

"아기 이름이 생각났소. 경민(敬珉), 경민이라 하면 어떻겠소?"

"경민이요? 임경민…… 상공, 여아입니다. 경민이란 이름은 마치 사내아이를 부르는 것 같아서……."

"아닙니다. 이름이 어찌 아이의 성별을 나타낼 수 있겠소. 다소 그런 느낌이 들기는 하지만, 크게 신경 쓸 것이 못 되오."

"알겠습니다. 그런데 왜 경민이라 지었습니까?"

"하하, 경민의 민은 옥돌 민(珉)으로 임금 왕(王)에 백성 민(民)을 쓰오. 그러니 백성의 왕으로서 세상의 모든 이로부터 공경을 받고 공경하라는 뜻이오."

"그렇군요. 좋은 이름입니다. 그럼 앞으로 경민이라 부르겠습니다, 상공."

"경민아, 오늘부터 네 이름은 경민이다. 알겠냐? 이놈아, 네 이름이 경민이란다. 하하하~"

"아~"

호열과 소호공주가 경민이를 안아 들고 흥거운 웃음을 터뜨릴 때, 밖에서 인기척이 들렸다. 꽤 많은 사람들이 정렬해 있었는데, 그들은 방문 앞에 잠시 멈추더니 조향을 향해 고개를 살짝 끄덕여 보였다.

"주인님, 공주님. 밖에 공 부국주님께서 오셨습니다."

"응? 알았다. 잠시만 기다리시라 하여라."

"예~"

덜컹, 드드드드득.

"삼가 경하드립니다, 공주님."

소호공주가 밖에 모습을 드러내자, 공손추와 뒤따라온 병사들이 한쪽 무릎을 꿇으며 신하로서의 예를 다했다.

"고맙습니다. 그렇지 않아도 공 부국주님과 회주께 찾아가려고 했습니다. 아마도 그 일 때문에 오셨겠지요?"

"그렇습니다, 공주님. 어제 부군 되시는 임 대인께서 오셨다는 소식을 듣고 말씀드렸더니, 회주님께서 친히 만나시겠다는 말씀을 하셨습니다."

"알았습니다. 그럼 잠시만 계세요. 준비를 하고 나오겠습니다."

"아닙니다, 공주님. 몸도 불편하신데 어찌 공주님께서 움직이시겠습니까. 회주님께선 임 대인만 오시라 하셨습니다."

"예? 상공 혼자만요?"

"예, 공주님."

공손추의 말에 소호공주는 옆에 서 있는 호열을 향해 순간적으로 고개가 돌아갔다. 비록 회주가 자신의 동생이라고 하지만, 건문제는 한때 대명제국의 황제였다. 지금에서야 건문제의 얼굴을 곁에서 직접 바라볼 수 있었지만, 당시만 해도 그런 일은 있을 수 없었다. 그런데 그런 건문제가 자신의 부군인 호열을 독대하고자 한다는 전갈을 보냈다고 하니, 소호공주로서는 가슴이 철렁 내려앉는 것 같았다.

그러나 소호공주의 시선을 받은 호열은 살짝 미소를 지어 보이면서 고개를 끄덕여 주었다. 무슨 일이 있어도 걱정없으니 안심하라는 뜻이 다분했다. 그에 소호공주는 놀란 가슴을 쓸어내리며 호열의 옆으로 한 발 물러났다.

"가시지요, 임 대인."

"그럽시다. 안내하시오."

"허허, 그러지요. 자, 가자!"

"예, 부국주님."

공손추와 병사들에 둘러싸인 후 시야에서 멀어지는 호열의 뒷모습을 바라보던 소호공주의 신형이 순식간에 허물어졌다. 하지만 소호공주의 시선은 완전히 사라져 버린 호열의 그림자를 향해 있었다.

'제발 아무 일 없어야 할 텐데, 제발……'

호열은 건문제가 자신의 눈앞에 서 있자, 새삼 영락제가 서양취보전(西洋取寶殿)이란 명 아래 정화를 시켜 남방 원정을 하게 했는지 알 수 있었다. 정면에서 본 건문제의 얼굴은 그리 준수한 편은 아니었다. 더욱이 옆에서 본다면 마치 반달처럼 보일 정도로 이마와 턱이 얼굴 앞으로 나온 얼굴이었다. 그러나 황제였었다는 것을 알고 있어서 그런지, 온몸에서 풍겨지는 기질은 다른 사람과는 판이하게 달랐다. 마치 절대종사 같은 위엄이 서려 있었던 것이다.

"흐으음……."

'이 사람이 건문제인가?'

"앉으시오. 그렇지 않아도 어제 소식을 듣고는 만나보고 싶었소."

"그렇습니까? 그렇다면 고맙습니다."

호열은 건문제가 자신보다 열다섯 살이나 어렸지만, 예의를 다하는 차원에서 존칭을 사용했다. 비록 황제의 자리에서 쫓겨났다고 해도, 호열의 생각으로는 존칭을 받을 만한 위치라 판단한 것이다.

"누이로부터 그대에 관해 대충은 들어 알고 있소. 더구나 몇 년 전에는 공 부국주의 부탁을 들어주어, 현원세가로부터 공격받던 천 장로의 목숨을 구해준 일도 있다 들었소. 너무 늦은 감이 있지만, 그땐 정말 고마웠소."

"그 일은 서로 이해득실이 얽혀 행한 일이니 크게 생각하지 않아도 됩니다."

"하하, 그렇게 말하니 더 이상 고맙다는 말을 할 수가 없구먼. 흐으음."

"……."

"혹시 누이가 어떻게 이곳에 오게 되었는지 알고 있소?"

짧은 대화가 이어졌지만, 건문제는 호열이 의외로 말수가 적음을 알고는 얼른 화제를 바꾸었다. 첫 대면에 불과하였지만, 건문제는 생각했던 것보다 호열을 상대하는 것이 어렵다는 느낌이 들었다.

"안사람을 통해 그간 사정을 들어 알고 있습니다. 그들에 대해 조만간 자신들이 저지른 일에 대한 합당한 조치가 취해질 것입니다."

"그렇구려. 하지만 현재 그들은 예전 무림맹과 함께 중원연합맹을 결성한 것으로 아는데……?"

"상관없습니다. 잘못을 저질렀다면 벌을 받아야겠지요. 더욱이 그 대상이 내 안사람이라면, 더 이상 말할 것도 없겠지요."

"그렇겠구려……."

"……."

호열의 어조는 듣는 건문제가 느끼기에도 강경했다. 그에 건문제는 조만간 호열이 크게 움직일 것임을 알 수 있었다. 하지만 어떻게, 무슨 방법으로 움직이는지에 대해서는 일체 묻지 않았다.

그 후로도 이각 정도 서로 간에 일정한 대화가 오고 갔다. 그러나 건문제와 호열 간의 대화가 한 사람이 일방적으로 질문하고 묻는 형식이 되자, 질문하는 사람이 입을 다물 때 끊기는 일이 일어났다.

"회주님, 공 부국주께서 오셨습니다."

"아, 알았다. 마침 공 부국주도 이곳에 왔으니, 함께 자리를 하는 것이 어떻겠소?"

"그렇게 하시지요. 상관없습니다."

"하하, 고맙소. 어서 들라 하라."

"예."

여인의 목소리가 들린 후, 금방 방문이 열리며 공손추가 방 안에 모습을 드러냈다. 호열을 건문제에게 안내한 공손추는, 수하들에게 주변 경계를 일일이 지시한 후 돌아온 것이었다.

건문제는 공손추가 안으로 들어오자 환한 웃음으로 맞이하며 자신의 옆 자리에 앉도록 권했다. 그에 공손추는 황송한 듯 깊이 예를 취해 보인 후 자리에 앉으면서 시선은 호열을 향했다.

"이렇게 다시 뵙게 되어서 반갑습니다."

"반갑기는 한데, 기분은 그리 유쾌하지 않군요."

"무엇 때문에 그러시는지 알겠지만, 저희로서도 어쩔 수 없었습니다. 더구나 임 문……."

"호칭은 편하게 부르시지요."

"하하, 알겠습니다. 솔직히 임 대인께선 당시 황제와 연을 맺고 있었기에, 공주님에 관한 일을 알려 드리기엔 저희로서는 껄끄러웠습니다."

"짐작은 하고 있었습니다. 그러나 서운했던 감정이 쉽게 사라지지 않는군요. 내겐 워낙 중요한 문제였기에 그런가 봅니다."

"당연히 그러시겠죠. 거듭 말씀드리지만, 정말 죄송합니다."

공손추가 들어온 이후, 호열과의 대화는 건문제에게서 공손추에게로 자연스럽게 넘어갔다. 하지만 초반에 서먹했던 이야기를 제외하고는 그럭저럭 무난하게 대화가 이어졌다.

"임 대인, 임 대인께선 현 정세를 어떻게 생각하고 계십니까?"

"정세라 하면? 무림을 말하는 것입니까?"

"하하, 아닙니다. 어찌 무림의 일에 끼어들겠습니까. 그저 세상이 어떻게 돌아가는지, 그런 것을 임 대인께선 어떻게 바라보고 계신지 궁금해서요. 예를 들자면 황제와 백성들, 그리고 황궁에 관한 것들이겠죠."

"글쎄요. 사실 나는 황궁과 그리 깊은 연관이 없어서 뭐라고 말하기가 곤란하군요."

호열은 공손추의 질문을 통해 지금부터 본격적인 본론이 시작되려함을 알 수 있었다. 그러나 호열은 더 이상 황궁과 황제의 일에 개입하고 싶지 않기에 얼버무렸다.

"어찌 연관이 없다 하십니까? 제독이란 자리가 어디 아무나 오를 수 있는 자리입니까? 사심없이 여쭈어본 것이니, 그냥 편안하게 말씀해 주십시오."

"그렇게 말씀하신다면, 흐흠! 글쎄요. 아까 언급했었지만, 솔직히 나는 황궁과 국정에 관하여 크게 생각해 본 적이 없습니다. 하지만 황제가 지금 무엇을 하려고 하는지는 알고 있지요."

"……?"

"황제는 그동안 내부에 억눌렸던 힘을 정복이라는 분출구로 폭발시켜 해소하려 합니다. 아마도 다시 북벌을 단행하겠죠. 아니, 준비되는 것을 보면 내년 봄 정도에 이차 북벌을 강행할 것입니다. 대외적으론 북쪽에 있는 백성들의 안위를 표방하지만, 그렇다고 해도 대규모 전투를 피할 수 없겠지요."

"흐으음."

"……."

"더구나 올봄에 크게 패했던 경험이 있으니, 내년 출정엔 좀 더 세심한 준비와 대규모 파병이 있겠지요. 북쪽에 사는 백성들이 다소 불안해하겠지만, 그렇다고 해도 큰 무리는 없을 것입니다. 사실 황제가 바뀌었다고 해도, 몇 년이 흐르는 동안 백성들의 생활도 조금씩 안정되고 있는 것이 현실이니까요."

"크흐음, 그렇군. 백성들의 생활이 안정되는 것 같다니, 그나마 잘되었군."

"흐흠, 임 대인께선 왜 그런 생각을 하신 것입니까? 현재 무림의 일로 인해 안휘성과 강서성 일대의 백성들은 불안에 떨고 있다는 소문이 나돌고 있는데……?"

공손추는 호열이 말을 하는 동안 건문제가 동조를 하듯 고개를 끄덕여 보이고, 더구나 말이 끝났을 때는 호열의 생각에 대한 자신의 의견까지 내놓자 불안한 마음이 들었다. 그에 호열의 정확한 진의를 확인하고 싶었다.

"공 부국주께선 무림의 일이 아니라 황궁에 대해 묻고자 한 것이 아닙니까? 더구나 그들은 무림인이 아닌 백성들을 향해 검을 휘두르지는 않습니다. 약간의 피해가 없을 수는 없겠지만, 무림인들의 싸움은 그들만으로 국한되는 것이 현실이지요. 그것은 현원세가와 연합맹도 알고 있는 일이지요. 그리고 그들 스스로도 황궁이 개입할 수 있는 빌미를 제공하려고 하지 않을 것입니다. 그렇지 않습니까, 공 부국주?"

"그렇… 겠지요."

"임 대인, 그대는 본인을 어떻게 생각하고 있나?"

"회, 회주님……?"

"……?"

공 부국주가 호열의 대답에 인상을 찡그릴 때, 조용히 두 사람의 대화를 청취하고 있던 건문제가 갑자기 끼어들어 광천뢰보다 더 폭발력 있는 질문을 호열에게 던졌다. 너무나 직설적인 질문에 옆에 앉아 있던 공 부국주와 호열마저 놀란 눈으로 건문제를 한동안 쳐다봐야만 했을 정도였다.

"……."

"……."

"대답하기 곤란한가?"

"훗, 곤란할 것까지는 없습니다. 그러나 무슨 의도로 그런 질문을 내게 하는 것입니까?"

"글쎄…… 솔직히 말하면 친구가 될지, 아니면 적이 될지 미리 확인한다고 할까? 그렇지만 내게 단 하나뿐인 누이의 배우자로서, 그대의 진심이 어디에 있는지 알고 싶네. 이 정도면 그 질문에 대한 답이 될까?"

"어느 정도 된 것 같군요."

"다행이군. 그렇다면 말해 주게. 황제의 권위마저 우습게 생각하고 있는 그대가 보기에, 본인은 어떤 사람인가? 앞으로 어떻게 했으면 좋겠는가?"

건문제는 호열에게 질문을 던지면서도, 한편으로는 자신에게 묻고 있었다. 몇 년 전부터 하루도 빠지지 않고 생각하던 것을 정리할 때가 되었다고 생각한 건문제의 마지막 발악과도 같음을 공 부국주는 알 수 있었다. 몇 년을 끌고 있으면서도 결론을 내리지 못하고 더욱 혼란만 주던 질문, 건문제는 호열에게서 그 해답을 찾고자 한 것이다.

호열은 건문제와 시선을 마주하는 동안 건문제의 절실함을 온몸으로 느낄 수 있었다. 무슨 생각을 하고 있는지 정확히 모르지만, 자신의 대답 여하에 따라 앞으로 건문제의 행동에 상당한 영향력을 미칠 것임을 능히 짐작할 수 있었다. 그러나 자신의 감정을 솔직히 털어놓고 싶었다. 추후의 일은 건문제가 선택할 일이지, 자신이 선택할 수 있는 일이 아니었기 때문이다.

　"회주가 무슨 생각을 하는지 모르겠지만, 세상은 변했고 또한 끊임없이 변화하고 있습니다. 그것이 세상이고, 세월의 힘입니다. 그것이 자연의 섭리고, 인간의 힘으로 되돌리는데 한계가 있는 것이지요. 그리 많은 세월을 산 것은 아니지만, 살다 보니 세상이 많은 것을 가르쳐 주더군요. 자연과 인간들, 그리고 끊임없는 욕망들에 관해서요. 하지만 모든 것이 부질없더군요."

　"……."

　"이미 모든 것이 예전과 다른데, 또다시 그것을 새것으로 바꾸려고 한다면…… 가능할 수도 있겠지요. 그러나 과연 그것으로 끝일까요? 지금과 같은 안정을 되찾기 위해선, 아마도 현 황제가 했던 것보다 몇 배가 더 힘들 것입니다. 그것을 감당할 자신이 있다면, 그리고 백성들의 민심을 얻을 수 있다는 확신이 선다면, 또한 자신의 신념에 대해서 단 한 점도 부끄럽지 않다면 실행에 옮기십시오. 그러나 만약 그렇지 않다면! 흐음… 깨끗이 마음을 비우고 세상과 더불어 물이 흐르듯 흘러가시지요."

　"임 대인! 지금 무슨 망발을……!"

　"그만 하게, 부국주."

　"하, 하지만! 알겠습니다. 흐으음……."

"솔직하게 답변해 주어서 고맙소, 임 대인. 임 대인의 말을 들으니 혜안이 열리는 것 같구려. 그럼 오늘은 이만 자리를 하고, 다음에 다시 한 번 함께 합시다. 그때는 본인이 임 대인을 매형으로서 대접하리다."

"감사합니다. 그럼 저는 이만."

호열은 건문제에게 예를 표한 후 밖으로 나왔다. 아직 태양이 좋았고, 바람도 시원하게 느껴졌다. 더불어 기분도 개운했다. 그에 환한 미소를 지으며 소호공주가 머물러 있는 곳을 향해 발걸음을 옮겼다.

건문제와 첫 대면을 한 후 삼 일이 흘렀다. 그동안 호열은 소호공주와 오랜만에 꿈같은 시간을 보냈으며, 약간의 시간을 내어서 아직 남창에 있는 수하들에게 서신을 보냈다. 물론 서신은 만리표국의 사람들에게 전하도록 했다. 수하들이 오는 즉시 장사를 떠날 생각이었다. 그러나 수하들이 장사에 도착하려면 최소한 앞으로 사 일에서 오 일은 걸릴 것이기에, 호열은 소호공주 및 경민과 함께 미래에 대한 이야기를 나눌 수 있었다.

"상공, 정말 이곳을 떠나실 생각이신가요?"

"그렇소, 부인. 이참에 모든 것을 접고 장백산으로 갈 생각이오. 아마 당신도 그곳에 가면 마음에 들 것이오."

"예, 그렇겠지요."

'상공께선 이곳이 답답하신 모양이구나. 하긴, 그럴 수도 있겠지. 하지만……'

소호공주는 호열의 말에 고개를 끄덕이면서도, 다른 한편으로는 건문제에 대한 걱정이 가슴 한구석을 차지하고 있었다. 이번에 헤어지면 언제 다시 만날지 알 수 없는 것도 걱정의 하나였지만, 앞으로 건문제가 어떤 일을 하려고 하는지 알고 있는 이상 걱정이 없을 수 없었다. 그저 힘없는 연인으로서 동생의 힘겨운 싸움을 바라만 봐야 한다는 것이 안쓰러웠고 걱정이 되었다. 그러나 이러한 자신의 심경을 호열에게 보여줄 수는 없었다. 그것은 호열에게 큰 부담을 주는 일이었기 때문이다.

"하하, 우리도 준비를 합시다. 며칠 있으면 수하들도 올 것이오."

"예, 알겠습니다."

"주인님, 밖에 공 부국주께서 오셨습니다. 주인님과 이야기할 것이 있다 하십니다."

'응? 공 부국주가?'

"상공……?"

"알았다. 내 곧 나갈 것이니 잠시 후원 정자 쪽으로 모시거라."

"예, 알겠습니다."

조향이 경민을 돌보고 있었기에, 현재 방문 밖에 대기하고 있는 사람은 규화였다. 이미 스물한 살이 된 규화는, 다른 환관들과는 달리 일반 사람들처럼 체격이 좋았다. 그리 건장하다고는 말할 수 없지만, 눈매가 날카로울 뿐만 아니라 무인으로서 어느 정도 기틀이 확실하게 잡혀진 모습이었다.

규화의 안내에 따라 정자에 오른 공 부국주는, 얼마 기다리지 않아 호열이 모습을 드러내자 반갑게 인사를 했다.

"즐거운 시간을 뺏은 것이 아닌지 모르겠습니다."

"하하, 아닙니다. 괜찮습니다. 자, 앉으시지요."

호열과 공손추가 자리에 앉은 후, 규화의 명을 받은 시녀들이 따뜻한 차를 내왔다. 오랜 시간 끓이고 적당한 온도에 맞춘 후 내와서 그런지, 찻잔의 뚜껑을 열자 은은한 향기가 정자 안에 감돌았다.

두 사람은 차를 마시며 처음 어색한 시간을 흘려보냈다. 건문제와의 만남 이후 공손추와의 첫 대면이라 서로 껄끄럽기까지 했다. 하지만 어느 정도 시간이 흐르고, 부드러운 차가 마음을 안정시켜서 그런지 오고 가는 대화는 그리 어색하지 않았다.

"듣자 하니, 수하들을 부르셨다고요?"

"예. 이곳에 오기 전에 남창에 가 있으라고 했었기 때문에 연통을 넣었습니다. 며칠 있으면 도착할 것입니다."

"그렇군요. 그런데…… 그들이 오면 공주님과 함께 떠나신다는 말을 들었습니다. 사실입니까?"

"하하, 벌써 부국주 귀에까지 들어갔습니까? 맞습니다. 장백산으로 갈 생각입니다."

"그렇군요. 하지만 장백산이라면 너무 먼 곳이 아닙니까? 거기다 산세도 험하고, 중원과는 상당히 떨어진 곳인데……."

"그렇지요. 중원에서 보면 변방이지요. 그러나 좋은 곳입니다. 오히려 조용하고 편안한 곳이라, 시끄러운 중원보다는 생활하는 데 큰 불편은 없을 것입니다."

"하지만 공주님과 아기씨께선 힘들어하시지 않겠습니까? 차라리 이곳에 계시면 어떻겠습니까? 회주님도 염려가 되시는지, 떠나신다는 소식을 듣고는 걱정이 많으십니다."

부드럽게 웃으며 말하는 호열을 보며, 공 부국주는 슬쩍 건문제를 들먹이며 호열에게 장사에 남을 것을 은근히 권했다.

"이런, 본의 아니게 심려를 끼쳐 드렸군요. 하지만 걱정하지 않으셔도 될 것입니다. 장백산에서 살기 힘들면 주변에 백산(白山)이나 심양(沈陽)

도 있고, 그곳이 아니더라도 북경이 얼마 떨어져 있지 않으니 상관없습니다."

"그렇군요. 황제가 북경으로 천도를 명했으니, 금릉처럼 번화한 곳이 되겠지요."

"하하, 그럴 것입니다. 빠른 시일 안에는 불가능하겠지만, 앞으로는 많은 변화가 있겠지요."

"그럼 정히 떠나신다는 말씀이군요."

"나중에 기회가 되면 볼 수 있겠지요. 세상일이란 어떻게 변할지 모르는 일 아닙니까? 하하하."

"흐으음."

내심 호열이 머물러 주기를 바라고 왔지만, 공손추는 이미 호열의 마음이 정해졌음을 알고 침음만 삼킨 후 돌아가야 했다. 하지만 한 가지 소득을 얻었는데, 그것은 호열이 더 이상 황궁과 무림에 뜻이 없다는 것이었다. 그에 공손추는 자신감을 갖고 이틀 후 있을 건문제와 호열의 두 번째 만남에서 호열의 거취를 다시 한 번 논해볼 생각을 했다. 그 자리엔 소호공주도 함께 할 것이기에, 다소 불편한 대화가 오고간다고 해도 부드러운 분위기 속에서 마무리될 수 있을 것이라 생각한 것이다.

건문제가 말했던 대로, 호열과 소호공주는 건문제의 정식 초대를 받고 즐거운 마음으로 함께 자리에 앉았다. 소호공주의 품 안엔 경민이 새근새근 잠들어 있었는데, 선녀의 모습이 따로 없다 생각될 정도였다. 하지만 얼마 되지 않아 건문제가 안으로 들어오자, 소호공주는 아쉬운 마음을 달래며 경민을 조향에게 안겨주었다.

호열이 온 이후 조향과 규화는 한시도 소호공주의 곁에서 떠나지 않고 붙어 있었다. 그전에는 건문제가 소호공주의 남동생이란 생각에 번갈아가며 공주의 옆에 있었고, 또한 시간이 나는 대로 자신들의 부족한 무공을 연마하였다. 그러나 호열의 명을 받은 후, 조향과 규화는 급한 볼일이 없는 이상 소호공주의 그림자였다.

"오래 기다렸습니까, 누이?"

"아닙니다. 저희도 방금 왔습니다."

"하하, 오랜만에 보니 몰라보겠습니다. 그동안 좋은 일만 있었나 봅니다."

"호호호, 그렇습니까?"

"참, 오늘은 본인이 매형과 정식으로 한잔하는 날이란 것을 깜빡 잊었습니다. 어서 앉으시지요."

"감사합니다."

호열은 건문제의 말에 고개를 숙여 보인 후 자신의 자리에 앉았다. 하지만 건문제로부터 매형이란 말을 들으니, 다소 어색한 감이 있었지만 싫지는 않았다. 그러나 옆에 있던 소호공주는 건문제의 말에 깜짝 놀라며 호열과 건문제를 번갈아 보고 있었다. 예상하지 못한 것이기 때문이었다. 그러나 이내 건문제가 호열을 받아주었음을 알 수 있었고, 만면에 화사한 웃음을 지어 보였다.

간단하게 식사를 하면서 세 명은 이야기꽃을 피웠다. 하지만 대화를 어색하게 하는 사안에 대해서는 일부러 피하는 듯, 호열과 건문제는 그동안 입에 담지도 않았던 것들로 담소를 나누었다. 대부분 여인들의 일과 가정에 관한 일, 그리고 '어디를 가보니 경치가 좋더라' 등과 같은 것들이 대화의 주제였다.

그러나 세 사람의 생각과는 달리, 즐거운 시간은 그리 오래가지 않았다. 이미 술시를 훨씬 넘은 시간까지 시간 가는 줄 모르고 있다가 끝났다고 생각될 무렵, 공손추가 자리를 함께 하게 된 것이다.

　미리 건문제에게 양해도 받지 않고 참석하게 된 공손추의 얼굴은, 다른 사람이 보기에도 굳어 있었다. 한눈에 보기에도 호열에게 할 말이 있어 왔음을 짐작할 수 있었다. 그에 건문제는 공손추에게 할 말이 있으면 다음에 하라는 언질을 주었지만, 공손추는 황망하다는 말을 되풀이하면서도 자리에서 일어서지 않고 호열을 바라보았다. 이에 난감해진 건문제는 화가 났지만, 자신의 부덕함으로 인해 벌어진 일이란 생각에 침음을 삼키며 공손추와 호열을 바라만 봐야 했다.

　"회주님과 공주님께는 황망한 일이나, 중요한 일이기에 이 자리에 있을 수밖에 없습니다. 너그럽게 용서해 주시고, 잘못한 것은 추후 꾸짖어주시기 바랍니다."

　"흐으음……."

　"그래, 공 부국주께선 무슨 일로 본인을 만나려고 온 것입니까? 대화할 것이 있다면, 내일 해도 충분할 것 같은데요?"

　"하지만 오늘이 아니면 안 됩니다. 그러니 잠시만 시간을 내주시기 바랍니다."

　"무슨 말을 하려고 그러는지 모르겠지만, 오랜 시간이 걸리지 않는다면 좋습니다. 말씀해 보시지요."

　"감사합니다, 임 대인. 흠! 다름이 아니라, 대명제국의 영원한 영광과 회주님 및 공주님의 안녕을 위하여 일해주시지 않겠습니까? 저희 천명회와 말입니다. 만약 임 대인께서 본 회와 뜻을 같이해 주신다면, 회주님과 본 회로서는 천군만마를 얻은 것과 같을 것입니다. 어떠십니까? 도와주십시오, 임 대인."

"부국주!"

"아……."

"……."

설마설마 하고 있던 건문제와 소호공주는 공손추의 말이 끝남과 동시에 입에서 놀라움이 가득한 탄성이 흘러나왔다. 그러나 호열은 공손추와 눈을 마주치고 있으면서도 굳게 입을 다물고 있었다.

"쉽게 결정할 일이 아니라는 것은 알고 있습니다. 그러나 그 일은 회주님과 본 회를 위한 것만은 아닙니다. 공주님과 더불어 아기씨를 위한 일도 됩니다. 아니, 크게 생각한다면 백성들을 위한 일이 될 것입니다. 그러니 대의를 위해 결심을 해주십시오. 부탁드립니다, 임 대인."

"흐으음, 지금 부국주는 무언가 잘못 알고 계시군요."

"예? 그 무슨……?"

"대의라 했습니까? 하지만 본인은 지금까지 살아오면서 대의를 행하고자 살지 않았습니다. 지극히 현실적으로 살아왔지요. 자신조차 살아남기 힘든 세상인데, 굳이 아까운 시간을 허비하면서까지 남을 위해 살 시간이 없었습니다. 그것은 지금도 마찬가지고요. 그러니 대의를 위해 도와달라는 말은 배부른 사람들에게나 통할 말이지요. 성공했을 경우 명예와 부귀를 얻을 수 있다고 해야겠지요."

"그, 그런……."

"또한! 안사람과 아기를 위해서 도와달라고요? 하지만 그 말도 틀렸습니다. 만약 본인이 천명회와 함께한다면, 매일 불안해하며 살아야 할 사람들이 바로 안사람과 식구들입니다. 물론 안전을 보장받을 수

있겠지만, 그렇다고 해서 모든 위험이 제거되는 것은 아닙니다. 그것
은 부국주도 인정할 것입니다. 그렇지 않습니까?"

"흐으음……."

"그리고 백성들을 위한다고 했는데, 백성들은 누가 황제가 되든 크
게 신경 쓰지 않습니다. 다만 황제가 굶지 않게 민생을 위해 최선을 다
해주기만 바랄 뿐입니다. 백성들에게 있어서 황제는 그런 존재입니다.
권위와 폭력을 앞세운 억압이 없다면, 백성들은 어떤 황제던지 믿고 따
를 것입니다. 그러니 백성들을 위한다면, 오히려 천명회의 봉기는 없
어야겠지요. 만약 지금과 같이 세상이 안정되어 갈 때 천명회가 봉기
를 한다면, 그것은 자신들의 욕망을 실현시키기 위한 행동일 뿐입니
다."

"뭐, 뭐라! 요, 욕망……?"

"부국주, 지금 자신의 본 모습을 한번 보시기 바랍니다. 자신의 내면
속에 자리잡고 있는 욕망이 없다 자신합니까? 한순간에 모든 것을 잃
어버린 복수를 하고자 하는 것은 아닙니까? 자신만이 옳다는 아집은
없습니까?"

"이……."

"단언할 수 없을 것입니다. 아마도 그것들이 모든 역경을 이겨내고
살아남을 수 있게 한 동기들일 것입니다. 이상입니다. 더 이상 할 말이
없군요."

"흐으음……."

"……."

방 안은 호열의 말에 조용해졌다. 공 부국주가 분노를 주체하지 못
하고 사지를 떨고 있어 탁자가 흔들거렸지만, 그것 말고는 숨소리조차

들릴 정도였다. 하지만 침묵의 시간은 그리 오래가지 않았다.

"이미 다른 생각을 갖고 있는데, 부국주가 괜한 말을 한 것 같구려. 하지만 다소 마음에 걸리는 것이 있는데, 모든 백성들이 행복하게 살기 위해선 황제가 바로서야 한다는 것이오. 황제가 바르지 않다면, 그것은 조만간 백성들의 고통으로 이어짐을 모르진 않을 것이오."

"그러나 지금의 황제는 실정을 하고 있지 않습니다. 그러니 천명회가 봉기할 명분으로 백성들을 위한다는 것은 맞지 않겠지요."

"그렇다면 정통성을 인정받은 황제였던 조카를 숙부가 찬탈한 것은 합당하다고 생각하는가?"

"그것은 합당하지 않지요. 당연한 말씀을 하고 계시군요. 하지만 과거를 생각해 보시기 바랍니다. 당시 상황을 직접 목격한 것은 아니지만, 회주께선 막 자리를 잡기 시작한 나라의 안녕보다 황권 강화를 위해 전념하지 않았습니까? 물론 그 일로 인해 위기의식을 느낀 현 황제가 봉기를 했지만 말입니다. 당시 황제는 홍무제로부터 북방을 지키라는 명을 받고 있었다고 들었습니다. 그런데 그런 그를 자극하였으니, 어찌 보면 회주께서 신하들의 말만 믿고 자만에 빠졌던 자업자득이라 할 수 있겠지요."

"크으으……."

"무, 무엄한……!"

호열의 입에서 나온 말들은 비수가 되어 건문제의 가슴에 파고들었다. 너무나 예리하고 깊어, 이미 어느 정도 아물었다 생각한 것들도 되살아나는 것 같았다.

"사, 상공! 그 말씀은 너무……."

"어찌 그런 말을 입에 담을 수 있단 말이냐, 이 간악한 놈! 내가 네놈을 본 회에 끌어들일 생각을 했다는 것이 한심스럽구나! 천륜을 어긴 황제가 주는 꿀이, 그렇게도 달았다는 말이냐? 조선인은 모두 네놈처럼 쓸개도 없다는 말이냐?"

쾅!

"뭐라! 지금 뭐라 했느냐!"

쿠우우우우웅~

공손추가 자신의 감정을 다스리지 못하고 언성을 높이자, 호열은 탁자를 두 손으로 내려치며 자리에서 일어섰다. 그러면서 공 부국주를 향해 자신의 기를 개방시켰다.

"흑! 으으으으~"

"사, 상공! 그만, 그만 하세요. 상, 공……!"

"크흐흠."

"헉헉……."

"으앙, 으아아앙~"

호열은 소호공주의 외침에 자신의 실수를 깨달았다. 한순간 억누르고 있었던 옛일들이 공손추에 의해 되살아나 머리를 휘어잡았지만, 소호공주의 목소리가 머리 속을 울리자 평정심을 되찾을 수 있었다. 하지만 이미 방 안은 난장판이 되어 있었다. 호열의 앞에 있던 탁자를 비롯해, 호열의 기운이 훑고 지나간 방 안은 싸늘한 분위기와 함께 냉기류가 흘렀다. 더불어 호열의 기운에 아기가 놀란 듯, 방 안은 아기의 울음소리가 울려 퍼질수록 분위기는 점점 더 무거워졌다.

'이럴 수가. 이것이 현실이란 말인가? 이럴 수는 없다. 어떻게 이런 일이 있을 수 있지? 그리고 앞으로 난 어떻게 해야 한단 말인가? 아……!'

소호공주는 눈앞에 벌어진 현실이 믿어지지 않았다. 즐거운 시간을 보내고 있었는데, 그것이 한순간에 물거품처럼 사라진 것이다. 더불어 원인을 제공한 공 부국주가 미웠다. 하지만 자신의 감정이 생각과는 다르게 흐름을 느꼈다. 호열을 뚫어지게 보고 있는 건문제가 안쓰럽게 보였던 것이다. 그리고 왜 공손추가 그런 말을 했는지 새삼 깨달을 수 있었다. 그에 소호공주는 일단의 사태를 해결하기 위해 결심을 해야만 했다. 자신의 결심이 어떤 영향을 미치게 될지 알 수 없었고 자신도 없었지만, 자신만이 얽힌 실타래를 풀 수 있었기 때문이다.

"상공, 소녀는 결심했습니다."

"……?"

"……?"

"소녀가 주제넘게 끼어든다고 생각하지 말아주세요. 하지만 어쩔 수 없습니다. 소녀가 나서지 않고는……."

"아니오. 부인이 무슨 결심을 했는지 모르지만, 할 말이 있으면 해보시오. 부인은 충분히 말할 자격이 있소."

"그렇게 말씀해 주시니 고맙습니다, 상공. 소녀는…… 이곳에 남겠습니다."

"부인……."

호열은 소호공주의 말에 가슴이 철렁 내려앉았다. 소호공주가 입을 열었을 때, 그리고 자신을 향해 애절한 눈빛을 했을 때 짐작은 했었지만, 소호공주의 말은 호열에게 철퇴보다 더 큰 충격을 안겨주었다.

"누, 누이……."

"회주는 아무 말 하지 마세요. 오늘은 신하가 아닌 누이로서 말하는 자리입니다."

"그, 흐으음……."

"상공, 상공께서 아우를 도와주지 않으셔도 됩니다. 다만 소녀는 아우가 자신의 자리를 찾을 때까지 지켜보고 싶고, 또한 옆에 있어주고 싶습니다. 그것이 현재 소녀의 마음입니다."

"알겠소, 부인. 부인이 그렇게 결심했다면, 그렇게 하시오. 더 이상 다른 말은 하지 않겠소. 그러나 나도 부인의 곁에 머물겠소. 하지만 그것뿐이오. 부인과 경민의 곁에 머물 뿐, 그 이상은 아니오."

"아닙니다. 그것만으로도 소녀에겐 감사한 일입니다. 미안합니다, 그리고 사랑합니다. 상공……."

"흐으음."

"흑흑흑~"

호열은 흐느끼는 소호공주를 감싸 안으며 등을 토닥여 주었다. 자신의 의지로 힘든 결정을 내렸지만, 소호공주는 호열에게 너무나 미안했다. 미안한 감정이 큰 만큼, 소호공주가 흘리는 눈물은 뜨거웠다.

호열과 소호공주를 지켜보는 건문제와 공손추는 아무런 말을 할 수가 없었다. 두 사람은 그저 소호공주의 울음이 그치길 조용히 기다리면서 자신들만의 상념에 빠져들었다. 그것이 어떤 것이든 상관없었다. 다만 이번의 일로 인해 자신의 처한 상황과 과거의 일들, 그리고 앞으로의 일들에 관하여 생각할 뿐이었다. 또한 자신들의 신념에 대해서도 다시 한 번 생각하게 되는 계기가 되었다.

제 6 장

좀 더 빨리 깨달았어야 했는데……

◆제6장 좀 더 빨리 깨달았어야 했는데……

회남에 머물러 있는 현원세가가 오랜만에 분주하게 움직이기 시작했다. 십일월에 들어선 지 열흘이 지나면서 올해는 더 이상 격전이 없다는 생각을 하고 있었는데, 갑자기 이동 명령이 하달된 것이다. 처음엔 무슨 영문인지 몰라 허둥거렸다. 거의 두 달을 쉬었으니 당연한 결과였다. 더구나 겨울 초입이라 할 수 있었기에 문인들의 혼란은 더욱 클 수밖에 없었다.

하지만 상황이 어떻게 된 것인지 파악한 후부터는 문인들의 행동이 확연히 달라졌다. 절대적인 믿음이 문인들을 일사불란하게 만들었다. 정신적인 지주 천승검 현원덕호가 연합맹을 향해 검을 높이 치켜든 것이다.

회남 곳곳에 사람들을 보내 염탐을 하고 있던 사람들은 서둘러 이 소식을 연합맹에 전했다. 겨울에 들어서자 긴장했던 마음이 풀어져 있던 연합맹은 소식을 접하자마자 크게 당황하며 진의를 파악하기 위해 동분서주해야 했다. 그러나 현원세가가 회남을 벗어나 남진을 하는 것이 목격되자, 더 이상 시간을 허비할 수가 없어 서둘러 현원세가를 맞이할 준비를 했다.

하지만 이미 어느 정도 준비를 마친 상황이었기에, 그리 큰 동요는 없었다. 오히려 현원세가가 빨리 오기를 기다리는 사람들이 있을 정도였다. 그러나 한편으로는 그동안 현원세가가 움직이지 않았던 이유에 대해서 알게 되고는 땅을 치며 안타까워했다. 어찌 생각해 보면, 가장 좋은 기회를 놓친 것이기 때문이다.

안경(安慶)에 현원세가가 도착했을 때, 연합맹을 비롯하여 모든 강호인들의 이목이 집중되었다. 황궁 또한 예외가 없었다. 안경에서 남경으로 가는 길이 갈리기 때문인데, 수로를 이용한 이동과 육로를 유지하여 이동 중 한 가지를 택해야만 했다. 하지만 모든 사람들이 예상했던 대로, 현원세가는 육로를 택했다. 육로보다 수로가 이동하는 데 편하긴 했지만, 일만 오천의 병력이 안전하게 타고 갈 만한 선박을 구하지 못한 것이 이유가 되었다.

그러나 보다 큰 이유는 따로 있었는데, 수로를 택할 경우 포양호에서 기습을 받을 수 있었기 때문이다. 육지에서 공격받는 것은 얼마든지 자신이 있었다. 그러나 몇몇 고수들을 제외하고는 수로에서 적을 맞을 생각이 없었다. 더구나 연합맹에는 장강수로십팔채(長江水路十八寨)와 같은 수전(水戰)에 능한 병력이 있었기에, 피곤하다고 해도 육로를 택할 수밖에 없었던 것이다.

내심 배를 타고 오기를 기다리고 있던 연합맹은, 현원세가가 강변을 따라 구강까지 육로로 이동한다는 소식을 듣고는 아쉬움을 감출 수 없었다. 구강에서 남창까지는 잘 닦여진 도로로 인해 빠르게 이동할 수 있을 뿐만 아니라, 기습을 할 수 있는 산지가 별로 없어 손을 쓸 수가 없었기 때문이다. 하지만 마냥 기다리고 있을 수 없다는 의견이 대부분이었기에, 연합맹에서는 녹림십팔채의 몇몇 산채가 힘을 합쳐 기습을 하도록 지시를 내렸다.

그에 녹림삼천(綠林三天)인 예락승과 육지보, 악남수가 강서성에 기반을 두고 있는 흑산채와 용호채(龍虎寨)를 중심으로 호북성의 양산채(梁山寨) 및 노교채(怒蛟寨), 그리고 호남성의 형산채(衡山寨) 둔천 명이 기습 작전에 투입되었다. 전력상으로 큰 차이가 났지만, 연합맹에서 독술에 능한 천독문(闡毒門) 장로들을 함께 파견하였기에 약간의 기대를 가질 수 있었다.

그러나 반대가 없었던 것은 아니었다. 녹림만 움직인다면 반대가 없었지만, 천독문 장로들이 투입된다는 사실에 제갈 부맹주를 비롯하여 몇몇 정파인들이 좋은 생각이 아니라며 반대를 했던 것이다. 하지만 독고 맹주와 송 군사의 적극적인 중재로 인해 정파인들은 자신들의 뜻을 꺾고 한발 물러서야만 했다. 본격적인 전투에 앞서 세인들의 비난은 감수할 수 있다는 것이었다. 아니, 감수해야 한다는 송 군사의 일장 연설이 있은 후, 정파인들은 배수진을 친다는 생각으로 어쩔 수 없이 승낙을 한 것이다. 이미 더 이상 물러설 수 없는 곳까지 밀린 상황이었기에, 자존심이 모든 것을 해결해 줄 수 없음을 절감하고 있었기 때문이다.

$*$ $*$ $*$

좀 더 빨리 깨달았어야 했는데……. 153

아침엔 제법 초겨울 날씨를 보이고 있어 쌀쌀했지만, 호열은 며칠 동안 경민과 함께 생활해서인지 봄처럼 느껴졌다. 건문제와 약간의 다툼이 있은 이후 소호공주와는 다소 서먹해졌지만, 호열은 시간이 해결해 줄 것을 알고 있었다. 또한 어제 오후 때쯤 조 검주를 비롯한 수하들이 함박웃음과 함께 도착해서 그런지, 소호공주와의 분위기는 사뭇 많이 좋아질 수 있었다.

"으으앙~"

"이런! 부인, 부인~"

"왜 그러세요, 상공?"

"경민이가 울음을 그치지 않고 있소~"

호열은 마당에 앉아 조향과 한가롭게 이야기꽃을 피우고 있는 소호공주를 부르며 경민을 달래려고 많은 애를 썼다. 그러나 좀처럼 울음을 그치게 할 수가 없었다. 그에 큰일이라도 난 듯 소호공주를 향해 목청을 높였다.

"으앙, 으아앙~"

"기저귀를 좀 보세요. 아마도 그것 때문에 그럴 거예요."

"기저귀? 부인, 지금 기저귀를 보라고 그런 거요?"

"예, 아기 옆에 깨끗한 기저귀 놓아두었으니까 상공께서 갈아주세요. 그러니까 조향이 너는 본녀가 황궁에 있을 때……."

"부, 휴~ 기저귀를 갈라니, 이거 참."

호열은 황당한 얼굴로 조향과 수다에 열중하고 있는 소호공주를 다시 한 번 불러보려다, 이내 고개를 젓고는 조심스럽게 경민의 기저귀로 손을 뻗었다. 하지만 조심스러웠다. 호열에겐 경민이 너무도 작아 손만 살짝 대도 큰일날 것 같았다.

'휴, 힘들군. 그나저나 이 녀석, 변 색깔은 좋네. 후후.'

거의 일각이란 시간을 허비해서야 경민의 기저귀를 깨끗이 갈아줄 수 있었다. 그 덕분에 덥지도 않은 초겨울, 그것도 한서불침의 호열이 이마의 땀을 닦아야 하는 수고를 해야 했다. 하지만 호열은 진짜 아버지가 된 것을 실감할 수 있었기에 기분이 너무도 좋았다. 깨끗한 기저귀의 느낌이 좋은지 방긋 웃는 경민의 싱그러움이 좋았고, 편안하고 안락한 시간이 좋았다. 다시는 이런 생활을 깨고 싶지 않다는 생각이 머리 속을 가득 메웠고, 행복이 어떤 것인지 깨닫고 있는 자신이 좋았다.

공손추는 오랜만에 건문제와 독대를 하고 있었다. 그날 호열에게 충격을 받은 공손추는 한동안 방 안에서 나오지 않고 있었는데, 장장 일주일이 지나서야 바깥출입을 하게 된 것이다. 하지만 밖에 나오자마자 찾은 것은 건문제의 방이었다.

"정녕 뜻을 정하신 것입니까?"

"그렇네, 부국주. 그전부터 생각했던 것이지만, 임 대인의 말을 듣고는 결심을 하게 되었지. 그날 임 대인이 한 말은, 휴~ 솔직히 충격 그 자체였는데, 새삼 스스로를 돌이켜 볼 수 있게 되었네."

"하지만 본 회엔 회주님을 따르는 수많은 사람들이 있습니다. 더불어 그들은 회주님 한 분을 위해 자신들의 모든 것을 걸고 있는 사람들입니다. 그들이 누구입니까? 모두 회주님의 충실한 신하들입니다. 또한 대명제국을 이끌고 있는 지도자들이고 인재들입니다. 그런 그들이 왜 회주님께 충성을 다하겠습니까? 또한 소신은 지금까지 왜 회주님을 보필해 왔겠습니까? 과연 명분이 없다면 수많은 고난들을 이겨내고 이렇게 자리할 수 있었겠습니까?"

"흐으음……."

"임 대인의 말은 깨끗이 잊어버리십시오. 그의 말이 전부 틀린 것은 아니지만, 그렇다고 모두 옳은 것도 아닙니다. 그가 그 나름대로의 인생관을 가지고 지금까지 살아왔듯이, 회주님과 소신들도 명분과 소신을 가지고 버텼습니다. 그것은 회주님도 잘 아시지 않습니까? 회주님……."

"휴~ 어찌 그것을 모르겠는가? 하지만 더 이상 피를 보고 싶지 않네. 본 회가 봉기를 하게 되면 피를 보지 않을 수 없네. 아마도 우리가 생각했던 것보다 많은 피를 보게 될 것이네. 핏물이 강물처럼 흐르겠지."

"……."

"또다시 나라를 핏물로 얼룩지게 할 수는 없네. 그것이 옳은 일이고 반드시 해야 하는 일이라고 해도, 솔직히 그것마저 본인은 욕심이고 욕망이지 않은가 하는 생각이 드네. 한때 부질없는 일이라 생각하면서도 살아남기 위해, 그리고 스스로의 존재 가치를 숙부와 백성들에게 알려주겠다는 절박한 마음에 무작정 움직였었지. 하지만 막상 지난 일들을 돌이켜 보니 그것밖에 없더군. 모든 것이 집착이었어."

"하지만 그것만으로도 충분한 가치가 있습니다. 아니, 가치있는 삶이었고, 헛되지 않는 세월이었습니다. 그것만은 부정하지 말아주십시오, 회주님. 만약 그것마저 부정하신다면, 그동안 수없이 많은 충신들의 희생을 욕되게 하는 것일 것입니다."

공손추는 가슴 밑바닥에서부터 올라오는 절규를 성토하며 건문제의 앞에 두 무릎을 꿇고 울부짖었다. 공손추의 충심이 그대로 건문제에게 전해졌는지, 건문제 역시 뜨거운 눈물을 흘리며 공손추를 향해 크게 고개를 끄덕여 주었다. 더 이상 다른 말을 할 필요는 없었다. 이미 건문제의 결심은 굳어졌고, 공손추 역시 그것을 받아들였다. 힘겨운 결정이었지만, 돌이킬 수는 없었다. 이로써 하늘은 다시 한 번 영락제의 편에 서게 되었고, 역사는 또다시 영락제의 손을 들어주게 되었다.

두 사람은 한동안 아무런 말 없이 서로를 바라보다가 따뜻한 햇살이 들어오는 창문을 향해 고개를 돌렸다. 그곳에는 태양이 자리하고 있었고, 아무런 대가 없이 모든 만물을 향해 공평하게 빛을 뿌려주고 있었다.

"이제 어떻게 하시겠습니까?"

"흐음, 글쎄… 역사 속에 묻히고자 결심했으니, 그렇게 해야겠지. 다만! 태평산장(太平山莊)의 장주 김소찬(金昭燦)만은 필히 척살을 해야겠지. 알겠는가? 선황제께서 극히 아껴주었거늘, 배덕을 저지른 것도 모자라 나라의 보물마저 빼돌렸으니 극형에 처해야 마땅할 것이네. 더불어 무슨 일이 있어도 추배도(推背圖)를 회수해야겠지."

"알겠습니다. 그 일은 소신이 기필코 완수하겠습니다."

"그렇게 하게. 하지만 쉽지 않을 것이네."

"……."

공손추는 건문제의 우려에 아무런 말도 하지 않았다. 다만 자신의 얼굴에 손을 가져다 댔다. 손에서 느껴지는 기분 나쁜 이질감이 느껴졌다. 얼굴을 사선으로 긋고 지나간 상처가 만져졌다. 한때 의형제였던 김소찬에게 배신을 당하면서 생긴 상처였다.

공손추가 밖으로 나간 후, 건문제는 오랜만에 시원한 바람을 맞고 있었다. 모든 욕망을 훌훌 날려 버려서 그런지, 한결 가슴이 시원하게 느껴졌고 어깨가 가벼워진 것 같았다.

‘이로써 누이도 행복해질 수 있을까? 후후, 별걱정을 다 하는군. 자신을 목숨보다 더 귀하게 여기는 사람이 곁에 있는데 행복해질 수밖에 없겠지. 그럼 이젠 정말 장사나 해야겠군. 더불어 백성들의 진정한 황제가 되겠다. 백성들 속에서 함께 웃고 울 수 있는, 백성들과 더불어 사는 황제…….’

건문제는 방 한쪽에 걸려 있는 검을 손에 쥐었다. 그런 후 천천히 뽑았는데, 검신 하단에 제황검(帝皇劍)이란 검명이 양각되어 있었다.

황궁오대보검.

하지만 제황검은 황궁오대보검이란 대외적인 위명뿐만 아니라, 대명제국의 황제를 상징하는 검이었다. 그것은 다시 말해 황제로서 지녀야 하는 정통성을 만대에 알리고 인정받는 것을 뜻하는데, 그런 귀중한 검이 영락제가 아닌 건문제의 손에 들려 있는 것이다. 찬란한 빛을 뿌리며…….

모든 미련을 털어버린 공손추의 발걸음은 호열을 향해 움직였다. 자신의 발을 잡고 있던 것으로부터 해방이 되자, 공손추는 오랜만에 무인으로 돌아간 것 같았다. 그리고 자신을 증명받고 싶었다. 물론 그 대상자는 호열이었고, 무인으로서 호열과 검을 마주할 수 있는 것은 영광이었기에 껄끄러움은 없었다.

공손추의 모습을 본 호열은 예전과는 분위기가 많이 달라져 있음을 알 수 있었다. 어떤 이유로 변화되었는지 모르지만, 그리 나쁘게 보이진 않았다. 항상 고뇌하고 모든 것을 억제하려고 애쓰던 모습에서, 평안함 속에 날카로움이 물씬 풍겨졌다. 마치 예전엔 잘 길들여진 종마 같은 느낌을 받았다면, 지금 자신의 눈앞에 서 있는 공손추는 고삐가

풀린 야생마 같았다.

"많은 변화가 있었나 봅니다. 축하를 드려야 될지 모르겠지만, 며칠 전보다 좋아진 것 같군요."

"그렇습니까? 모두 임 대인의 도움입니다."

"별말씀을."

"아닙니다. 도움이 컸습니다. 하지만 아직까지는 완전하지 못합니다."

"흐음, 그래서 이렇게 온 것입니까? 굳이 그럴 필요가 없을 것 같은데……?"

호열은 공손추와 대화를 하면서 자신을 찾아온 이유를 짐작할 수 있었다. 더불어 호열과 공손추의 대화를 듣고 있던 많은 사람들도 알 수 있었다. 자신들 역시 예전에 경험했었고, 호대령은 직접 흐열과 검을 마주한 일도 있었기 때문이다.

"부탁드립니다. 오늘이 무인으로서 가장 기억에 남는 날이 되도록 해주시기 바랍니다."

"흐으음……."

"…….""

호열의 대답이 없자, 공손추는 다시 한 번 깊숙이 고개를 숙여 보이며 포권을 취했다. 이에 호열은 피하기 어렵다는 것을 알그는 좌중을 훑어보았다. 마침 호열의 눈에 숭양검객(崇良劍客) 순현보(荀炫嫄)가 들어왔고, 호열은 순현보에게 고개를 끄덕여 보였다. 이에 흐열의 시선을 받은 순현보는 자신의 검을 호열에게 건네주고는 뒤로 물러섰고, 주변에 있던 사람들은 일정한 공간을 만들어주기 위해 뒤쪽으로 자리를 옮겼다.

"감사합니다, 임 대인."

스르르릉.

공손추의 검신이 검집을 빠져나오면서 청량한 소음을 냈다. 그에 호열도 순현보의 검을 뽑은 후, 담담한 눈으로 공손추를 바라보았다.

소호공주는 공손추가 갑자기 찾아와서 호열과 검을 마주하게 되자 속으로 놀라웠지만, 모든 사람들의 표정이 평안하고 담담한 것 같아 안심이 되었다. 무공을 모르지만, 두 사람 모두 살기가 없다는 것을 알 수 있었던 것이다.

"부탁드립니다. 하아앗!"

먼저 움직인 사람은 공손추였다. 공손추는 호열을 향해 거리를 좁히면서 수중의 검을 오른쪽에서 왼쪽으로 그어 올렸는데, 소호공주가 보기에 공손추의 모습은 처음 생각했던 것과는 달리 상당히 위험해 보였다. 그에 저도 모르게 놀란 소리가 나올 것 같아 얼른 입을 손으로 막아야만 했다. 그러나 평상시에도 큰 눈이 두 배는 더 커진 것 같았다.

깡!

"이얍! 하합⋯⋯!"

깡! 까강, 깡! 까가강~!

호열의 주변을 빠르게 돌기 시작하면서 공손추의 손이 바쁘게 움직였고, 그에 따라 다소 거친 소음이 두 사람 사이에서 가득 울려 퍼졌다. 그러나 십여 초가 흐르는 동안, 호열의 발걸음은 한 치의 미동도 없이 제자리에 박혀 있었다.

땅에 뿌리를 박고 있는 듯한 호열의 모습에서, 공손추는 무인으로서 오기가 발동하는 것을 느꼈다. 자신의 실력이 호열에 비할 수 없다는 것은 알고 있었지만, 그렇다고 해도 이 정도였는지는 몰랐었다. 무림을 이끌어가는 영도자들과 겨룰 수는 없겠지만, 그동안 나름대로 무림인들과 겨루어도 크게 손색이 없다 자부하고 있었다. 그런데 막상 호열과 검을 마주하고 보니, 자신은 호열의 발끝에도 미치지 못하는 존재처럼 느껴졌다. 그에 자신이 알고 있는 모든 초식을 호열에게 뿌려대기 시작했다.

"군마일영(軍馬一影)! 천주혈광(千柱血光)~!"

쾅! 콰르르르르~

한순간 호열과 삼 장을 떨어진 공손추의 입에서 발악과 같은 괴성이 터졌다. 그와 더불어 공손추의 검에서 하얀 검광이 발생하더니, 말의 형상을 유지하며 호열을 향해 거칠 것 없이 돌진을 했다. 하지만 그에 그친 것이 아니었다. 공손추의 수중에 들려져 있던 검이 한순간 모습을 감추더니, 말의 뒤를 쫓으며 호열을 향해 빠르게 날아갔다.

"하앗!"

자신을 향해 쇄도하는 것이 일종의 검강임을 알아본 호열은, 수중의 검을 정면으로 한 바퀴 휘두름과 동시에 검극을 미간과 일치되도록 세웠다. 그러자 푸른 빛이 검신뿐만 아니라 호열의 전체를 감싸면서 공손추가 펼친 검광과 마주쳤다.

마치 질풍처럼 호열을 감싼 검광을 짓이기려는 듯, 말은 자신의 몸을 가차없이 부딪치며 폭발했다. 그러나 그것으로 끝난 것이 아니었다. 그 뒤를 이어 쇄도한 공손추의 검이 수많은 빛의 기둥을 만들면서 붉게 달아올랐다.

푸앗! 콰앙! 쾅, 콰앙! 콰아이아앙~

"크헉! 끄으으음."

"……."

휘이이잉~

"쿨럭! 헉, 크으으음."

"……."

"아~"

"흐으음."

뽀얗게 피어오른 먼지가 마침 불기 시작하는 바람에 날리면서 일각도 되지 않는 짧은 격전의 전황이 모든 사람들의 시야에 들어왔다. 이미 예상을 했던 모습이지만, 공손추를 바라보는 몇몇의 입에선 안타까운 탄성이 터졌다. 공손추의 일방적인 공격을 받은 호열은 옷에 먼지하나 없이 서 있었는 데 반해, 공손추는 무려 오 장이나 뒤로 튕겨 나가면서 두 줄기 긴 고랑이 만들어졌던 것이다. 그러나 그것만이 전부가 아니었다. 공손추의 한쪽 무릎은 지면 깊숙이 꿇고 있었으며, 입가에선 연신 핏물을 토하고 있었다.

공손추는 가슴을 짓누르는 핏물을 모두 토하자, 가슴이 시원해지는 것 같았다. 그에 어느 정도 기력을 회복했다 생각한 공손추는 다리에 힘을 주며 일어서려고 했는데, 의지와는 상관없이 옆으로 쓰러지고 말았다. 순간 호열이 공격한 것이 아닌가 생각되었지만, 그것이 자신만의 생각이란 것을 알고는 어이없는 웃음을 지었다. 자신이 처한 상황을 깨달은 것이다.

자신이 마지막에 펼쳤던 공격, 그것은 공손추가 절대로 시전할 수 없는 무공이었다. 어디서 그런 용기가 용솟음쳤는지 모르겠지만, 공손추는 호열을 향해 자신의 한계를 훨씬 뛰어넘는 공격을 강행했으며, 그로 인해 적지 않은 내상을 입어 운신이 자유롭지 못하게 된 것이다.

호열은 수중의 검을 순현보에게 넘겨준 후, 천천히 공손추가 쓰러진

곳으로 걸어갔다. 내상을 입었지만, 가슴에 응어리졌던 핏덩어리를 제때 밖으로 분출해서 그런지 심각하지는 않았다. 호열이 암중으로 손을 쓴 것이지만, 생각했던 대로 공손추의 몸에 큰 이상이 없자 안도의 한숨이 나왔다.

"이제 만족하십니까?"

"허허, 육십이 넘는 세월을 살아오면서 오늘처럼 통쾌했던 적은 없었습니다."

"그렇다면 다행입니다."

호열은 공손추를 향해 고개를 끄덕여 주고는, 궁영칠과 신수남을 향해 공손추를 부축하도록 했다.

공손추는 두 사람의 부축을 받고는 몸을 일으킬 수 있었다. 하지만 일어선 몸을 지탱할 수 없었다. 이에 난감해하던 두 사람은, 규화가 가지고 온 들것에 공손추를 조심스럽게 눕힌 후 마당을 빠져나가려 했다. 하지만 공손추가 호열에게 할 말이 남았는지 제지를 시킨 후, 호열을 향해 고개를 돌렸다.

"크흠. 오늘 개안을 했습니다."

"……."

"하지만 무인으로서 안타까운 마음을 금할 수가 없군요. 개안을 했는데, 그것이 언제 죽을지 알 수 없는 나이라니. 허허, 그러나 이것도 복이겠지요. 좀 더 빨리 깨달았어야 했는데……."

"욕망과 집착을 버린 것만으로도 족하지 않습니까? 그 덕분에 앞으로 남은 삶은 자유로울 것이니 말입니다."

"허허, 듣고 보니 그렇군요. 이 은혜, 눈을 감는 순간까지 잊지 않겠습니다."

"……."

공손추의 말에 고개를 끄덕여 보인 호열은 두 사람에게 공손추를 데리고 가도록 명했다.

호열은 조금씩 멀어지는 공손추의 모습을 한동안 바라보다, 이내 소호공주가 있는 곳으로 걸음을 옮겼다. 소호공주는 호열을 향해 환한 미소를 지어주었다. 대립이 끝났음을 여인의 직감으로 알았는지, 며칠 동안 수심에 잠겨 있던 얼굴이 환하게 바뀌어 있었다.

공손추가 예전의 활기를 찾으려면 앞으로 족히 한 달은 고생을 해야 했다. 호열의 느낌이지만, 내년엔 천명회가 다른 이름으로 세상에 모습을 보일지도 모른다는 생각이 들었다. 잘된 일이었다. 원하기는 했지만 힘들다고 생각했었는데, 기다리던 일이 너무도 빨리 찾아온 것이다. 호열의 시야 가득, 소호공주와 경민이 자리하고 있었다.

◆제7장 저 녀석들이 녹림삼천이냐?

　　현원세가는 회남을 떠난 후 보름이 되어서야 구강에 도착할 수 있었다. 구강에 도착한 현원세가는 하루를 머물면서 피로를 푼 후 남창을 향해 바로 움직였는데, 십이월이 되기 전에 남창에 도착하기 위해서였다.

　　십이월이라고 해도 남창의 날씨는 북쪽과는 달리 혹독한 편이 아니었다. 바람이 다소 불기는 하지만, 그것은 무공이 어느 수준에 올라 있는 현원세가 전 문인들에겐 별다른 영향을 미칠 수 없었다. 그러나 일만 오천 명의 문인들이 제 실력을 발휘하려면 충분한 보급이 뒷받침되어야 하는데, 범 부총관이 그 일을 총괄하게 되면서 문인들보다 먼저 회남을 출발해 구강에 도착해서 보급품과 일꾼들을 구해야 했다.

　　하지만 범 부총관이 생각했던 것처럼 쉽지 않았다. 처음엔 자신들이 누구인지 몰랐던 사람들은 겨울에 웬 횡재냐 하면서 달려들더니, 자신들이 하는 일이 현원세가의 보급 물자를 나르는 일이라는 것을 알게 된 일꾼들이 못하겠다며 도망친 것이다. 범 부총관으로서는 황당한 일이지만, 일꾼들이 살고자 도망친 것을 나무랄 수는 없었다. 또한 그들에게 위협할 수도 없었다. 황제의 곱지 않은 시선이 부담스러웠기 때문이다.

다소 힘들긴 했지만, 범 부총관은 구강에 현원세가 문인들이 도착하기 하루 전에 보급품을 확보할 수 있었다. 그러나 남창까지 보급품을 옮길 일꾼들은 단 한 명도 구할 수가 없었다. 물건은 팔아도 생명을 담보로 일할 수는 없다는 것이 일관된 생각이었던 것이다. 하지만 상황이 어떻게 된 것인지 보고를 받은 곽 총관은 천 명의 문인들을 차출하여 일꾼들 대신 보급 물자를 나르도록 지시를 내렸다.

우여곡절 끝에 구강을 출발한 현원세가는 그럭저럭 평탄한 길을 따라 움직여서 그런지 순조롭게 남창으로 향했다. 더구나 남창은 강서성의 성도였기에, 그곳까지 이어지는 관도가 잘 닦여져 있었다. 따라서 보급 물자를 실은 수레들이 움직이는 데도 별 어려움이 없었다.

"가주님, 이렇게 간다면 오 일 후엔 남창에 도착할 수 있겠습니다."

"그렇겠군. 하지만 총관은 만일을 대비해서 경계를 강화해야 할 것이네. 저들도 더 이상 물러설 곳이 없다는 것을 알 것이니, 우리가 남창까지 쉽게 오도록 놔두지는 않을 것이네."

"소인도 그렇게 생각합니다. 그러나 이곳에서 남창까지는 기습을 할 만한 곳이 없습니다. 본 가로서는 잘된 일입니다."

"그렇기는 하지. 하지만 남창에 도착하기 전까지 마음을 놓지 말게. 저들도 광천뢰를 공개적으로 사용할 정도로 물불을 가리지 않고 있다는 점도 잊지 말고."

"알겠습니다, 가주님. 주의하겠습니다."

곽 총관은 현원승의 말에 깊숙이 고개를 숙여 보이며 전방을 향해 말을 몰았다. 곽 총관이 향하는 곳엔 소가주인 뇌전검(雷電劍) 현원득(玄遠得)과 천승뇌검전의 전주 천수도(千手刀) 답천훈(畓天暈)이 선두에 서서 문인들을 인도하고 있었다.

천승뇌검전의 부전주였던 답천훈은 회남을 떠나기 전 가주의 명으로 현원득으로부터 전주 자리를 이어받았다. 그와 더불어 현원승은 대외적으로 현원득을 세가의 소가주로 문인들에게 인식시켰으며, 현원득은 자신의 자리를 재확인하게 되었다.

현원득이 답천훈과 함께 선두에 섰을 때, 곽 총관과 답천훈을 비롯해서 많은 장로들이 후방으로 빠질 것을 권하였지만, 현원득은 자신이 소가주란 신분을 지니고 있기에 누구보다 선두에 서야 한다고 주장했다. 자신이 소가주란 신분만으로 안전한 곳으로 자리를 옮긴다면, 앞으로 목숨을 걸고 세가의 영광을 위해 연합맹과 싸워야 할 문인들에게 부끄럽다는 이유였다.

두두두두두두.

"응? 소가주님, 곽 총관께서 이쪽으로 오고 있는 것 같습니다."

"그렇군. 무슨 일이지?"

"글쎄요."

따각, 따각.

"워~"

히이이이힝~ 푸드드드.

"소가주님을 뵙습니다."

"아버님과 함께 있어야 할 총관이 이곳까지 어쩐 일인가?"

"뭐 좀 확인할 것이 있어서요. 답 전주, 전방에는 이상없는가?"

"하하, 그것 때문에 곽 총관이 온 것인가?"

"예, 소가주님. 가주님께서 주의를 해야 할 것 같다고 말씀하셔서 제가 직접 왔습니다."

"그렇군요. 지금까지는 이상없습니다."

"그런가? 이상이 없다니 다행이군."

"아마도 전방에 숲이 있어서 총관을 보낸 것인 줄 알겠는데, 너무 신경 쓰지 마시라고 전해주게. 그리고 본인도 마침 첨병(尖兵)을 보냈으니, 조금 있으면 그들이 소식을 전할 것이네. 그러니 총관이 그들이 보낸 정보를 아버님께 대신 보고해 주게."

"그렇습니까? 잘되었군요. 그렇게 하겠습니다, 소가주님."

현원득은 부친인 현원승이 너무 조심하는 것이 아닌가 하는 생각이 들었지만, 이내 고개를 좌우로 흔들며 유비무환을 생각했다. 세가의 힘이 아무리 강력하다고 해도, 남창에 모인 인원에 비하면 반의반밖에 되지 않았다. 어쩌면 그보다 더 적을 수도 있기에, 현원득은 중도에 기습이라도 벌어지면 병력 운용에 큰 차질이 빚어질 수도 있다는 생각이 들어 첨병을 잘 보냈다는 생각이 들었다.

"전주님, 전방에 나가 있는 첨병들이 안전하다는 소식을 보내왔습니다."

"알았다. 소가주님, 전방에 아무 일 없답니다."

"그런가? 다행히 아무 일 없나 보군. 총관, 아버님께 첨병이 전한 소식을 보고해 주게. 앞으로도 계속 첨병들이 보고를 할 것이니, 만약 기습이 있으면 우리가 먼저 알 것이네."

"알겠습니다, 소가주님. 이리얏, 하!"

두두두두두.

곽 총관이 되돌아간 후, 현원득은 답천훈과 이야기를 주고받으며 천천히 말을 몰았다. 관도를 따라 가는 것이라 별 어려움이 없었지만, 조금 후엔 주변에 나무들이 울창한 구릉지를 넘어야 했다. 첨병으로부터 안전하다는 보고를 받았기에 큰 걱정을 하지 않았지만, 아무래도 안 되겠던지 현원득은 답천훈에게 다시 한 번 첨병을 보내도록 명을 내렸다.

답천훈의 명을 받은 첨병들은 빠르게 숲을 향해 신형을 날렸고, 일각이 흘러 현원득이 숲으로 진입하는 초입에 다다를 때까지 돌아오지 않았다. 어디까지 들어간 것인지 모르지만, 선두가 숲에 이르기 전에 첨병들이 돌아와야 했다. 이에 이상함을 느낀 현원득이 선두의 행군을 멈추게 하고선 주변을 경계하도록 명을 내렸다.

"왜 그러십니까?"

"이미 돌아왔어야 할 첨병들이 오지 않았네. 그전에 갔던 첨병들 역시 돌아오지 않았고."

"그, 그렇군요. 생각하지 못했습니다."

"연합맹에서 준비를 한 모양이군. 훗, 그러나 이렇게 있을 수만은 없지 않은가?"

"맞는 말씀입니다. 곽 당주를 보내겠습니다."

"글쎄… 적들이 얼마나 매복해 있는지 모르는 상황에서 그들을 보낸다는 것은 좋은 생각이 아닌 것 같군. 군이 힘든 싸움을 시키느니, 이번에 천룡기검단(天龍起劍團)과 지호패검단(地虎覇劍團)을 보내는 것이 좋을 듯싶은데? 답 전주는 어떻게 생각하는가?"

"흐음…… 그것은 좋은 생각이 아닌 것 같습니다, 소가주님."

"응? 왜 그렇게 생각하는가?"

현원득은 답천훈이 흔쾌히 따라줄 것이라 생각하고 있었는데, 답천훈이 부정적인 답변을 하자 그 이유가 궁금했다.

"적들은 우리를 알고 있지만, 우리는 적을 모릅니다. 또한 적들은 준비를 완벽하게 했지만, 우리는 지금 막 도착했습니다."

"……."

"더욱이 천룡기검단과 지호패검단은 세가의 핵심입니다. 따라서 남창에 도착하기 전까지 그들의 전력이 훼손되어서는 안 됩니다. 오히려 추적에 능한 기랑추월당을 선두에 서도록 하고, 그 뒤를 본대가 따르는 것이 어떤가 합니다."

"흐흠, 답 전주의 말에도 일리가 있군. 그럼 아버님께 본인이 수하를 보내 답 전주의 생각을 보고하도록 하겠으니, 답 전주는 곽 당주에게 명해서 빨리 시행하도록 하게."

"그렇게 하겠습니다."

사사삭, 쓰으윽.

나무들 사이에 자리잡고 있던 그림자 하나가 나뭇가지를 살짝 옆으로 젖히며 머리를 앞으로 내밀며 두리번거렸다. 그러나 이내 아무런 일도 없었다는 듯이 나뭇가지를 원 상태로 돌려놓고는 햇빛이 비추지 못하는 어둠 속으로 사라졌다.

그 후로 일각이 흘렀다. 처음엔 새들 지저귀는 소리만 이따금씩 들리던 숲 속에, 그와는 다른 이질적인 소음이 멀리서 들려왔다.

따각, 따각, 따아각~

"저쪽 부근이 수상합니다. 새들의 지저귐이 잦아들었습니다."

"추호개, 다시 한 번 살펴봐라."

"예, 그럼 잠시만 이곳에 계십시오."

사사삭~

곽 당주의 명을 받은 추호개 궁지표가 조심스럽게 자신이 가리켰던 부근으로 신형을 날렸다. 오랜 경험으로 미루어, 기습하기 좋은 지점이란 생각이 들었던 것이다.

추호개는 천천히 주변을 살펴보았다. 직접적으로 눈에 띄지 않았지만, 누군가 자신의 행동 하나하나를 모두 주시하고 있음을 느낄 수 있었다. 온몸의 세포 하나하나가 위기의식을 느끼는 듯 요동을 쳤다.

'누군가 있다. 찜찜한 느낌, 이건 위험 신호다.'

위험을 감지한 추호개는 자신이 낼 수 있는 최고의 속도로 현원득이 있는 곳으로 신형을 날렸다.

쉬이이익~ 팟!

"컥! 이, 제길~!"

"적들이 눈치챘다. 공격하라!"

자신들의 기습이 너무도 어이없이 간파를 당하자, 노교채의 채주 절비마도(折批魔刀) 탁철용(卓撤龍)의 공격 명령이 떨어졌다. 이미 예락승으로부터 첫 기습이 실패할 수 있다는 언질을 받았기에 크게 동요하지는 않았지만, 현원세가의 무서움을 다시 한 번 생각하게 만드는 일이었다. 탁철용은 현원세가가 주변을 철저히 경계하면서 움직일지는 생각도 못했었다. 거칠 것 없이 남창까지 진군한 것이라 생각했었던 것이다.

"공격 명령이 떨어졌다. 노교채는 모두 공격하라!"

"와~ 공격하라~"

"죽어라! 이야압!"

추호개가 등에 단검이 박히면서 쓰러지자, 마치 공격 개시 신호처럼 사방에서 병장기를 높이 치켜든 녹림도들이 튀어나왔다.

"홍, 그렇지 않아도 기다리고 있었다. 답 전주, 적들을 하나도 남기지 말고 척살하도록!"

"옛, 소가주님! 모두 들었겠지? 단 한 놈도 살려 보내지 마라! 공격~!"

"공겨어억~!"

깡! 까앙, 까강! 까가까강~!

"크억, _끄으으으_."

"이익! 죽어라~!"

"_끄아아아_~"

처음 기치를 높이 들며 사방에서 현원세가를 공격해 들어가던 노교채의 문인들은 얼마 지나지 않아서 자신들의 한계를 드러내며 무더기로 쓰러지기 시작했다. 세 명이 달라붙어 한 명을 상대해도 버거운 판인데, 수적으로 보아도 열세에 놓여 있었던 것이다.

'안 되겠구나. 역시 현원세가의 정예들이군. 젠장!

"철수하라, 모두 철수~!"

"처, 철수하라~!"

"컥! _끄으으_~"

"우, 살려줘~"

"모두 도망쳐라, 산개하라~"

"뒤돌아보지 말고 도망쳐! 죽고 싶어? 도망치란 말이다! 어서~!"

"으아아~"

부채주와 몇몇 살아남은 문인들이 목청을 높이며 수하들이 철수하도록 명했으나, 현원세가의 검은 무차별했다. 도망치고자 하는 자라도 눈에 보이면 쫓아가서 가슴 깊이 검을 찔러 넣었다. 마치 토끼들을 사냥하는 늑대처럼 보였다. 현격한 힘의 차이가 분명히 드러난 것이다.

이에 피눈물을 흘리며 수하들의 죽음을 지켜보고 있던 탁철용은 이빨을 꽉 깨물며 복수를 다짐했다. 자신이 할 수 있다고는 생각하지 않지만, 그렇다고 복수마저 포기할 정도는 아니었다. 탁철용은 후일을 도모하자고 결심하고는 빠르게 전장을 빠져나갔다.

기껏 일각의 짧은 시간 동안, 이천 명의 노교채 문인들 중 칠백 명 정도만이 간신히 살아서 도망칠 수 있었다. 오천 명의 문인들 중 몸이 날쌔고 어느 정도 무공의 기틀이 잡혀 있던 자들만 골라서 온 것이라, 그 피해는 상상할 수 없을 정도였다.

노교채가 도망간 후, 현원세가는 현원득의 명령 하에 전열을 정비했다. 현원덕호가 있는 가운데와 보급품이 있는 후미 쪽은 아무런 피해도 입지 않았다. 다만 노교채에서 선두를 집중적으로 공격해 왔기에 어느 정도의 피해는 피할 수 없었다. 대략 오십 명 정도가 죽고 칠십 명 정도가 중상을 입었다. 가벼운 검상을 입은 문인들이 대략 백 명 정도 되었지만, 그리 큰 문제는 아니었다.

그러나 피해 상황을 전해 들은 현원득으로서는 입맛이 씁쓸했다. 거의 전멸에 가까운 피해를 입은 노교채에 비하면 피해라고 할 수도 없었지만, 전력의 손실을 보충할 인력이 없는 현원세가로서는 큰 문제였던 것이다. 하지만 당시 상황을 돌이켜 보면 어쩔 수 없었다는 것을 알 수 있었다. 대처를 한다고 했지만, 자신의 목숨을 도외시한 공격은 천승뇌검전 문인들에게 큰 위험이 되었던 것이다.

"지독하군. 마치 죽기 위해 온 것 같지 않은가?"

"저도 그렇게 느꼈습니다. 저들은 한번이라도 더 자신들의 병장기를 휘두르려고 악착같이 달려들었습니다. 녹림에서 본 가의 발목을 잡으려고 하는 것 같은데, 이건 어째……."

답천훈이 주변을 둘러보며 말끝을 흐리자, 현원득의 고개가 답천훈에게 향했다. 그러나 현원득 역시 답천훈이 무슨 말을 하려고 했는지 짐작하고 있었기에, 이내 숲으로 시선을 돌렸다.

"중상자들은 후방으로 옮기도록 하고, 경상자들은 상처를 치료한 후 계속 전진한다."

"소가주님, 지금 바로 출발하신다는 말씀입니까?"

"계속 가야지. 그럼 여기서 멈출 것인가?"

"사망자들은 어떻게 합니까? 그들의 시신은 안치해 준 후 가야 하지 않겠습니까?"

"당연하지. 그 일은 답 전주가 알아서 하도록 하게. 그들이 나중에 합류를 하더라도, 지금은 앞으로 계속 전진하는 것이 피해를 덜 입을 수 있는 방법이네. 밤이 되기 전에 구릉을 넘어야 하지 않겠는가."

"알겠습니다. 그렇게 하겠습니다."

깡, 까깡! 깡깡, 까아앙.

"죽어라~!"

"크억!"

"뒈져라, 이놈드을~!"

"죽어, 죽어, 죽어! 크하하하, 컥!"

"끄으으으~"

사람들이 생을 마감하며 질러대는 소리가 숲 구석구석까지 파고들었다.

"컥! _끄으으._"

털썩.

"사, 살려줘~"

"죽어!'

"크억! 주, 죽일 놈드을~"

"_흐으음._"

"소가주님, 모두 처리했습니다."

현원득과 답천훈은 수하의 보고에 고개를 끄덕이며 주변을 훑어보았다. 제대로 서 있는 사람은 모두 세가의 문인들뿐이었다.

"모두 도망갔는가?'

"그렇습니다, 소가주님. 하지만 이번엔 꽤 많았습니다."

"그렇군. 도대체 얼마나 많은 인원을 보낸 것인지……."

"그러게 말입니다. 본 가의 피해가 조금씩 늘어나고 있습니다."

"또 독을 사용했는가?'

"예, 그렇습니다. 사망자보다 부상자들이 더 많습니다. 중상에 불과하지만, 대부분 독이 묻혀져 있는 검에 당했습니다."

"이거 참……."

벌써 네 번째 공격이었다. 매 공격마다 천여 명이 넘는 늑림도들의 목숨을 대가로 받았지만, 그와 더불어 현원세가에서도 피해가 늘어나고 있었다. 더불어 녹림의 공격도 계속 이어졌다.

현원득과 답천훈은 처음 녹림의 공격에 황당한 표정을 지었지만, 세 번째 공격을 받고 적을 물리쳤을 때 충격적인 보고를 받고는 분노에 떨어야만 했다. 사망한 자들은 문제가 되지 않았지만, 경상을 당한 자들이 문제였다. 독, 문제는 독이었다. 검에 당한 상처야 별문제없었지만, 상처를 통해서 독에 중독이 되었던 것이다. 녹림의 공격이 계속될수록 독에 쓰러지는 수하들의 수도 늘어갔던 것이다.

"지금까지 피해가 어느 정도인가?"

"예. 사망자가 이백 명이고, 거동이 불가능한 중상자는 오백삼십 명 정도입니다. 또한 경상자가 총 삼천칠백 명이 넘고 있습니다. 모두 독에 중독이 되었고요."

"현재로서는 경상자들도 중상자에 포함시켜야 하니 거의 사천오백 명이 타격을 입은 것이군. 휴~ 심각한 수준이군. 거의 삼분의 일이 아닌가."

"그렇습니다. 대부분 천룡기검단과 지호패검단이 당했습니다."

"아버님께 가봐야 할 것 같네. 잠시 이곳을 중심으로 경계를 서도록 하게."

"예, 다녀오십시오."

현원득은 상황이 심각하다는 생각에 말 머리를 돌려 현원숭이 있는 곳으로 달려갔다. 그나마 뒤쪽으로 가니 피해를 입은 문인들이 없어 다행이었다.

"아버님, 소자 득입니다."

"그래, 잘 왔다. 그렇지 않아도 부르려고 하던 참이었다. 피해가 심각하다고?"

"그렇습니다, 아버님. 조금 있으면 날이 어두워집니다. 어서 이곳을 벗어나야 하는데, 상황이 여의치 않습니다."

"이거 참. 지금으로서는 강행밖에 없을 것 같은데, 그렇게 하자니 피해가 클 것 같구나. 어떻게 한다? 흐음… 우승상, 혹시 방도가 없겠나?"

현원승이 현원득의 말에 곤혹해하다가, 이내 자신의 옆에 있는 염상백의 의견을 들어보고자 고개를 돌렸다. 수많은 병사들을 거느려 보았던 대장군이니, 그 경험으로 난관을 타개했으면 하는 바람이었다.

　　"글쎄요, 지금으로서는 딱히 생각나는 것이 없습니다. 생각 같아서는 제가 나서고 싶지만, 나무들이 우거져 있어서 마상전에 능한 제 병사들로는 무리가 있습니다. 오히려 더 큰 낭패를 당할 수도 있고요. 하지만……."

　　"하지만?"

　　"상황이 심각하니 희생을 치르더라도 강행 돌파밖에는 없을 듯합니다. 그러나 그 선두엔 독에 중독당한 수하들이 서야겠지요."

　　"응? 그것이 무슨 말인가? 이미 독에 중독된 수하들을 선두에 세우다니?"

　　"어차피 현 상황에선 희생이 따르지 않고는 남창까지 갈 수가 없습니다. 그렇다면 남창까지 최대한 피해를 줄이면서 가야만 하는데, 상황이 이러니 경상자들을 위주로 한 방어로 위기를 모면할 수밖에 없습니다. 남창에 도착해도 모두 독에 중독되어 있으면 큰일이니까요."

　　"그렇다고 독에 당한 수하들을? 흐으음……."

　　현원승은 염상백의 방안에 고개가 절로 흔들렸다. 너무도 가혹한 방법이었기 때문이다. 독에 중독된 것도 모자라, 그들을 다시 죽음으로 몰아붙이는 형국이기 때문이었다. 그러나 달리 생각해 보면 하나의 방법이기도 했다.

　　"현재로서는 그 방법밖에 없을 듯합니다. 방어가 아니견 그들로 하여금 전면적인 공격을 펼치게 하던가요. 그 시간 동안 본대는 충분한 시간을 벌 수 있고, 숲을 빠져나갈 수 있을 것입니다. 더욱이 저들 중에 해독약을 지니고 있는 자가 있다면 금상첨화겠지요. 어차피 우리에 겐 해독약이 없습니다. 그렇다면 저들은 남창에 도착하기 전에 대부분 사경을 헤매던가 죽음을 면하지 못할 것입니다. 또한 남창까지 가는 동안에도 상당한 걸림돌로 작용하겠지요."

"그렇겠군. 흐음."

염상백의 설명이 계속 이어질수록 현원승과 현원득의 고개가 끄덕 여졌다. 충분히 가능성있다는 생각이 들었다. 현재로서는 무엇보다 남 창까지 도착해야 한다는 목적이 있기에, 현원승은 염상백의 방안을 적 극 수용하기로 했다.

답천훈에게 돌아온 현원득은, 답천훈에게 독에 중독된 수하들을 대 동하고 전면적인 공격을 명했다. 방어에 치중하지 않고 녹림 토벌을 명한 것이다. 또한 천독문 문인들이 보이면 죽이지 말고 사로잡도록 명했는데, 해독약을 얻기 위해서였다.

"너희들에게 가주님의 명이 떨어졌다. 어쩌면 가혹한 명이라 할 수 있으나, 너희들이 살고 본 가가 살아남을 수 있는 길은 이것 하나밖에 없다."

"……."

"그러나! 오늘 본 가를 위해 죽는다 해도 구천에 떠돌지 않도록, 기 필코 복수를 해주겠다. 하지만 죽지 말고 살아남도록! 목표는 천독문 이다. 알았나?"

"옛!"

"좋다, 이제 본 가의 저력을 보여줄 때다. 모두 공격하도록……!"

"공격~"

"공격하라~!'"

답천훈의 명이 떨어지자, 다섯 명씩 한 조를 이룬 문인들이 일제히 숲으로 달려갔다. 모두 삼천오백 명이 조금 넘었는데, 경상자들 중에서 상황이 악화된 인원을 제외한 전부였다. 하지만 이들이 숲으로 들어간 후 일각도 되지 않아 사방에서 사람들의 비명 소리가 들리기 시작했다. 마치 숲 전체가 도살장처럼 느껴질 정도였다.

"총채주님, 우리가 불리합니다! 이대로는 전멸입니다!"

"맞습니다, 총채주님! 이제 후퇴해야 합니다!"

"형님, 저도 엄 채주와 왕 채주의 말이 옳은 것 같습니다. 더 이상 수하들을 희생시킬 수는 없습니다."

"흐으음."

예락승은 한숨이 나왔다. 기껏 삼천오백 명밖에 안 되는 인원에 만이천 명이 밀리고 있었기 때문이다. 그것도 삶의 터전이라 할 수 있는 숲에서 당하는 것이라 치욕처럼 느껴졌다. 비록 이길 수 있다는 것은 생각하지도 못했지만, 이 정도로 어처구니없게 밀릴 정도로는 생각하지 못했었다. 완전히 도살이라 말해도 될 정도였다. 적은 기껏 천 명 정도 죽인 데 반하여, 수하들은 오천 명이 넘게 희생된 것이다.

"형님……."

"총채주님……."

"휴~ 알았다. 후퇴를 명하도록 해라. 단, 천독문 장로들에게 일러 현원세가가 숲을 벗어나기 전에 대량의 독을 살포해 놓도록 해라. 비록 후퇴를 하지만, 적들에게 뒷덜미까지 잡힐 수는 없지 않겠느냐. 어서 실행하도록."

"알겠습니다, 총채주님."

예락승의 명이 떨어지자, 한 명의 수하라도 더 살려야겠다는 생각에 각 산채의 채주들이 빠르게 신형을 움직였다. 그로부터 얼마 지나지 않아서 채주들의 목소리가 숲에 메아리쳤는데, 그 소리를 들은 수많은 녹림도들이 살았다는 표정과 함께 뿔뿔이 후퇴를 하기 시작했다.

"아우들, 우리도 가세."

"예, 형님."

예락승은 한껏 기가 꺾인 표정으로 한차례 현원세가가 있는 곳을 쳐다본 후 남창을 향해 신형을 날렸다. 더 이상 자신이 자리를 지킬 필요가 없었기에, 수하들의 정리는 각 채주들에게 일임할 생각이었다.

예락승이 막 숲을 벗어나는 지점에 들어섰을 때, 이미 명을 받았는지 천독문에서 지원받은 다섯 명의 장로들이 사방에 독을 살포하고 있는 모습이 보였다. 그에 만족한 표정을 지으며 그들을 지나치려고 할 때, 예락승은 자신을 뒤쫓는 무리가 있음을 알 수 있었다. 굳이 확인하지 않아도 그들이 누구인지 알 수 있었는데, 예락승은 가슴이 철렁 내려앉을 정도로 놀랐다.

"멈춰라!"

팟! 파팡~!

"이런! 어서 피하게, 어서~!"

"어림없는 소리! 누군가 했더니 녹림삼천이 왔었군."

쾅! 콰아아앙~!

"큭, 제길!"

"흐으음……."

예락승은 자신의 앞을 막아선 사람들을 보았는데, 그들 중에 현원득과 답천훈의 모습이 보였다. 또한 뒤쪽엔 천독문 장로들과 싸움을 하고 있는 자들이 십여 명 넘게 있었고, 다섯 명이 예락승 등의 뒤에 서서 검을 겨누고 있었다.

"당신들이 이곳까지 오다니… 훗, 다급하긴 했나 보군."

"독을 꽤 많이 사용했더군. 그 정도의 양이면 천독문에 있는 독을 전부 가지고 와야 했을 텐데?"

"전부는 아니지만, 상당한 양을 가지고 왔지. 하지만 지금은 다 사용했으니, 숲을 벗어나는 일이 쉽지는 않을 것이다."

"그런가? 하지만 해독약은 있겠지?"

"해독약……?"

현원득의 말을 들은 예락승은 왜 자신의 앞에 현원득과 답천훈이 서 있는지 이유를 알 수 있었다.

"해독약을 순순히 내놓는다면 고통없이 죽여주겠다."

"해독약이라? 우습군. 독은 가지고 왔는데, 해독약은 본 적이 없는 것 같군."

"뭐라! 이……!"

예락승의 말에 답천훈이 뛰쳐나갈 듯하자, 현원득이 얼른 제지를 하며 예락승을 쳐다보았다.

"정말 없는가……?"

"없다. 일부러 가지고 오지 않았지. 적을 죽이러 왔는데, 살리기 위한 해독약을 가지고 올 필요가 있었겠는가?"

"이, 흐으음……."

예락승의 말에 현원득과 답천훈의 전신에서 살을 에이는 듯한 살기가 일어났다. 특히 현원득의 전신에 붉은 기운이 아지랑이처럼 일렁거렸는데, 예락승은 현원득의 모습에서 자신의 피를 갈구하는 듯한 느낌을 받았다. 또한 온몸의 세포들이 도망가기 위해 발버둥 치는 것 같아 정신을 차릴 수가 없었다.

'흐음, 오늘은 쉬운 싸움이 아니겠군.'

"아우들, 무슨 일이 있어도 도망을 치도록 하게. 저들을 대적할 생각은 절대 하지 말도록. 알겠는가?"

"알겠습니다, 형님."

"형님이나 살아서 도망가시오. 괜히 우리들을 위해 시간 끌 생각 말고."

예락승은 육지보와 악남수에게 도망치도록 한 후, 자신이 남아서 시간을 끌 생각이었다. 하지만 예락승의 전음을 듣던 악남수는 예락승의 생각을 읽을 수 있었고, 그것을 못하도록 일침을 가했다. 예락승의 희생이 있을 시, 자신도 그와 같은 행동을 한다는 무언의 암시를 한 것이다.

"후후, 그렇게 하지."

악남수의 전음을 들은 예락승의 입가에 미소가 걸렸다. 긴장감으로 인해 뒤틀린 미소였지만, 굳어 있던 몸이 회복하는 데 약간의 도움이 되었다.

"이제 각자 유언은 끝났는가?"

"우리가 무슨 말을 했다고 유언으로 받아들이는지 모르겠군. 유언이란 죽기 전에 하는 것이 아니던가? 그렇다면 소가주, 당신이 해야 하는 것 아닌가?"

"후훗, 배짱은 좋구먼. 입도 아직 산 것 같고. 그러나! 조금 후에도 그 입이 살아 있는지 보고 싶군. 하핫!"

"수하들의 혈채를 받겠다. 죽어라~!"

예락승에게 가장 먼저 돌진한 것은 답천훈이었다. 서로 떨어진 거리가 얼마 되지 않아, 답천훈의 패왕도가 예락승의 허리로 무섭게 파고들었다.

"모두 이곳을 벗어나는 데 주력해라. 이얍!"

창! 차차차창! 차창~!

"알았습니다, 형님. 염려 마시구려! 하핫~!"

"크크, 오늘은 제사상 받는 날이 아니오! 앞으로 오십 년은 더 있어야 하지."

예락승은 답천훈을 상대하는 것보다 빠져나가는 것이 급선무였기에 옆으로 피하면서 빠르게 신형을 뒤로 뺐다. 육지보와 악남수 역시 예락승과 마찬가지였다.

"훗! 네놈들을 그냥 보낼 것 같더냐! 창룡십팔검(蒼龍十八劍)!"

"헛! 혈리섬(血釐閃)!"

답천훈의 공격을 피한 후 자리를 벗어나려던 예락승 앞에 현원득이 번뜩이는 검을 들이밀며 피할 수 있는 방위를 모두 차단하며 공격했다. 그에 깜짝 놀란 예락승은 피하기 힘들다는 판단에 검을 부딪쳤다.

창, 차차차창! 차차창~

"크윽! 이이이익~!"

한 초식을 시전한 것 같았던 현원득의 공격은 예락승의 검을 무려 열여덟 번이나 두들기고서 좌측으로 비껴갔다. 그러나 예락승이 검을 비스듬히 하지 않았다면 계속 이어질 연환 공격이었다. 후초식으로 이어질수록 그 위력이 증가하는 초식이기에, 예락승은 내상을 감수하고서 간신히 피할 수 있었다.

현원득의 공격을 피한 예락승은 한시름 놓을 수 있어 주변을 빠르게 돌아보았다. 이미 벗어났을 것으로 생각했던 육지보와 악남수가 시야에 들어왔다. 답천훈이 두 사람의 길목을 막아서고 있었던 것이다.

'이런, 여기서 정말 뼈를 묻어야 한단 말인가? 그럴 수는 없지! 아암~!'

"뭣들 하고 있는 거야! 빨리 벗어나지 않고!"

"치잇! 형님, 지금 그게 쉬운 줄 압니까?"

"누군 그러고 싶지 않아서 이렇게 있는 줄 아십니까? 형님이나 어서 벗어나기나 하쇼!"

"알았다."

"유사시 천뢰구를 사용하는 것 잊지 말아라. 모두 알았냐?"

"알겠소."

"혼자 죽지는 않을 것이니, 안심하시오. 저승길을 혼자 가면 섭섭하지 않겠소? 크크!"

"입만 살지 말고, 남수는 목숨이나 소중하게 간직해라."

"크크크, 알았소. 목숨 소중하게 생각할 테니, 형님도……."

"이크! 젠장! 죽일 놈 같으니라고!"

예락승의 전음에 정신을 집중하지 못하고 있던 악남수는 답천훈의 칼에 옷깃을 살짝 스치며 긴 혈선을 가슴에 새겨야 했다. 그러나 상처가 그리 깊은 것이 아니어서 움직이는 데는 지장이 없었다. 하지만 거친 입에선 연신 욕이 흘러나왔다.

예락승은 악남수의 모습을 보고선 더 이상 전음을 보내지 않았다. 상대가 쉽게 생각할 수 없는 고수였기에, 단 한순간이라도 정신을 분산하면 언제 목이 떨어질지 알 수 없었기 때문이다. 예락승은 현원득을 바라보며 이를 악물었다. 하지만 이내 현원득을 향해 전력으로 돌진해 들어갔다. 현원세가의 본대가 오기 전에 자리를 벗어나려면 살을 주는 것이라도 마다할 상황이 아니었던 것이다. 마냥 넋 놓고 있기보다는, 목숨을 도외시한 공격이 최상의 방법이었다. 그러나 이러한 생각을 한 것이 예락승만이 아니었던지, 육지보와 악남수 역시 조금 전과는 확연히 다른 모습을 보여주고 있었다.

차창! 차차차창, 창!

"하합, 혈리패천(血釐覇天)!"

"흥! 뇌전팔검(雷電八劍)~!"

콰아앙! 쾅, 콰앙~!

"광시성락(狂豺星落)~!"

"여기도 있다! 포형전일(怖刑電日)! 포형낙일(怖刑落日)~!"

콰! 콰르르르, 콰앙! 쾅! 콰아앙~!

"끄으윽, 으으~"

"제기랄!"

"뭐 하냐! 어서 피해~!"

예락승은 더 이상 현원득의 공격을 감당할 자신이 없어 수중에 감추어두었던 천뢰구를 힘껏 던졌다.

"헉! 소가주님, 천뢰구입니다!"

"이런! 이야압~!"

"알았소, 형님. 그럼 남창에서 봅시다. 하앗!"

콰앙~!

획! 휘이익~!

"크윽! 육 아우, 어서~!"

예락승이 던진 천뢰구가 폭발하면서 생긴 공간을 향해 악남수가 먼저 신형을 날렸다. 예락승이 천뢰구를 현원득에게 던져 공간이 생기자,

육지보가 예락승의 의중을 파악하고는 악남수를 먼저 빠져나가도록 답천훈을 붙잡아두었다. 그러나 현원득과 답천훈이 자리를 피한 것은 불과 초유의 시간도 되지 않았기에, 예락승과 육지보는 자신들이 가지고 있는 천뢰구를 마저 던져야 했다. 만약을 대비해 각자 두 개씩 가지고 왔던 것인데, 위기의 순간이 되자 미련없이 던진 것이다.

콰! 콰아아아앙~!

세 개의 천뢰구가 바로 터지자, 낙엽들이 비상하고 먼지가 하늘로 날아오르면서 시야가 뿌옇게 변했다.

"어서 가세!"

"예, 형님. 갑시다."

휘익, 휘이익~

"어딜 가려느냐!"

푸아아아앙!

격전장을 벗어났다 생각한 예락승과 육지보는 갑자기 뒤에서 들린 천둥 같은 소리에 깜짝 놀랐다. 더불어 자신들을 향해 뻗어오는 붉은 선이 보였다.

"헉! 피, 피해~"

"어딜!"

"이, 이런! 크어억~!"

"컥, 끄으으."

털썩!

"태상가주님을 뵙습니다."

"소손, 할아버님을 뵙습니다."

예락승과 육지보가 가슴과 배에 큰 구멍이 뚫린 후 땅바닥에 고개를 처박자마자, 답천훈이 있던 자리에서 현원덕호가 모습을 드러냈다. 그에 천뢰구의 폭발을 피하기 위해 자리를 벗어났던 현원득과 답천훈이 얼른 현원덕호 앞에 부복하였다.

"저 녀석들이 녹림삼천이냐?"

"그, 그렇습니다, 태상가주님."

"그렇다면 한 녀석은 놓쳤군."

현원덕호는 아쉽다는 듯 고개를 좌우로 흔들었다. 그러나 녹림인들에게 있어서 영웅이었던 두 명은 처참한 모습으로 땅바닥에 누워 있었다. 천하를 호령하지는 못했지만, 오만 명이 넘는 녹림십팔채를 통일했던 예락승과 육지보의 죽음은 너무도 허무했다.

"소, 송구합니다, 하, 할아버님."

"됐다."

"예, 예……."

현원득은 현원덕호의 낮은 음성을 듣자 오금이 저려 입술이 덜덜 떨렸다. 단 한 마디였지만, 현원득을 지탱시켜 주는 다리엔 힘이 빠져 있었다.

현원덕호는 현원득의 모습을 지켜보다가, 이내 고개를 돌리고서는 뒤따라온 현원승에게 시선을 주었다.

"가주, 지금 여기서 무엇을 하고 있었는가? 본좌가 잠깐 자리를 비우고 소림사에 다녀왔더니, 가주는 여기서 이런 꼴을 당하고 있었단 말인가?"

"죄송합니다, 아버님. 하지만 저들이 독을 사용하여 어쩔 수 없었습니다."

"독이라?"

"예, 검에 독을 묻혀서 공격하였기에 피해가 컸습니다."

"알았다. 그럼 천독문 녀석들에게 해독약을 받으면 되겠군."

현원덕호는 현원숭의 말에 고개를 끄덕여 보이고는, 한쪽에 무릎을 꿇고 있는 다섯 명을 향해 걸음을 옮겼다. 현원덕호가 움직이자, 그 뒤로 현원숭과 현원득이 따랐다.

"제, 제발 살려주십시오."

"사, 살려주십시오. 으으~"

현원덕호의 날카로운 시선을 감당할 수 없는 다섯 명의 천독문 장로들은 고개도 들지 못하고 살려달라는 말만 되풀이했다. 이에 현원덕호의 뒤에 있던 현원숭이 앞으로 나섰다.

"살고 싶으면 너희들이 풀어놓은 독의 해독약을 내놓아라. 그러면 살려주겠다."

"사, 살려주십시오."

"해독약을 내놓으면 살려준다고 하지 않았느냐! 어서 해독약을 내놓거라!"

"저, 그것이……."

"아버님, 저들은 해독약이 없습니다."

현원숭이 다그쳐도 살려달라는 말만 하며 고개도 들지 못하는 천독문 장로들을 보며, 현원득이 현원숭을 향해 자신이 예락숭에게 들었던 내용을 말했다.

"뭐라? 득아, 그것이 정말이냐?"

"그렇습니다, 아버님. 소자도 해독약을 구하려고 했지만, 저들은 처음부터 가지고 오지 않았습니다."

"아……."

"됐다. 해독약이 없어도 상관없다. 어차피 남창에 도착해서 천독문을 멸문시키면서 해독약을 찾으면 된다. 이곳에 더 이상 지체하지 말고 어서 출발할 준비나 해라."

"그, 휴~ 알겠습니다, 아버님. 곽 총관과 답 전주는 어서 출발할 준비를 서둘러라."

"예, 가주님."

현원승의 명을 받은 곽 총관과 답천훈은 문인들의 상태를 재정비하였다. 토벌에 나선 삼천오백 명 중 살아남은 인원이 천 명도 되지 않았다. 그나마 천 명도 이젠 중상자에 속할 정도로 운신이 어려웠다. 하지만 그와 더불어 숲에 깔린 녹림도의 수는 헤아릴 수 없을 정도로 많았다. 그에 답천훈은 오십 명의 수하들에게 죽은 문인들의 시신을 수습한 후 뒤따라오도록 명했다. 또한 움직일 수 없는 부상자들을 후위에 서게 한 후에야 출발시켰다. 하지만 숲에서 많은 시간을 허비하여 날이 저물기 시작하고 있기에 노숙 준비도 함께 해야 했다.

문인들이 출발을 하자, 현원덕호는 자신의 자리에 돌아온 후 휴식을 취했다.

'휴~ 자리를 비울 수가 없구나. 이천오백 명이 죽고, 독에 중독된 중상자만 천칠백 명이 넘는다니.'

피해 상황을 전해 들은 현원덕호는 인상을 찡그렸다. 그러나 이미 벌어진 상황이라 어찌할 수 없다는 것을 알기에 신경을 접고는 소림사에서 있었던 일을 정리하기 시작했다.

현원덕호는 세간에 떠돌고 있는 혜정 대사에 관한 일을 정확히 알아야만 했다. 소문만 믿고 연합맹을 공격할 수가 없었기 때문이다. 그에 직접 소림사를 찾아갔었고, 그곳에서 약간의 힘을 쓴 후어야 소문대로 혜정 대사가 무림을 떠나 은거했음을 확신할 수 있었다.

그 덕분에 소림사는 보리원(菩提院)과 장경각(藏經閣)이 불타고 장생

전(長生殿)의 원로들 중 반 이상이 해탈을 하게 되었다. 만약 혜정 대사가 소림사에 머물고 있다면 현원덕호가 이처럼 쉽게 소림사를 헤집고 다닐 수 없었을 것이다.

"그럼 이제 독고신검만 상대하면 되는가? 독고신검의 아들이 연합맹 맹주에 올랐다는 것은, 정파 녀석들도 고개를 숙일 수밖에 없었다는 말과 같다. 자존심만 있는 정파가 고개를 숙일 정도면, 후후~ 독고신검이 연합맹에 숨어 있다는 것이겠지. 오랜만에 보겠군."

현원덕호는 독고신검을 떠올려 보았다. 그러나 옛 모습밖에 기억이 나지 않았다. 하지만 그것만으로도 만족할 수 있었다. 어차피 변했다고 해도 알아보지 못할 정도는 아니었기 때문이다.

"문제는 그 녀석인데…… 이거 참, 그 녀석이 그때 죽지 않고 살아 있다면 골치 아프겠군. 둘을 한꺼번에 상대하기는 벅찰 것 같은데, 아무래도 상황을 보면서 각개격파를 해야 할 것 같군. 뭐, 둘이 한꺼번에 덤빈다면 상대하지 못할 것도 없겠지. 이 녀석만 있다면……."

현원덕호는 회남을 떠나기 전 현원승에게 돌려받은 자신의 애검 승천용혈검을 부드럽게 쓰다듬었다. 주인의 손길을 느끼는지, 승천용혈검은 잔 떨림으로 화답을 했다.

수많은 피를 먹었던 검, 승천하기 위해 인간의 피를 뒤집어써야 하는 혈룡의 정기가 서린 검.

승천용혈검은 보는 사람의 관점에 따라 가히 혈검이라 불리어도 손색이 없는 마검(魔劍)이었다. 하지만 현원덕호에게 있어선 둘도 없는 신검이기도 했다.

제 8 장

녀석, 벌써 이 정도까지 성장했던가……?

　　호열은 소호공주를 통해 건문제의 뜻을 전해 들을 수 있었다. 공손
추가 호열을 찾아왔던 날, 이미 건문제와 의견 합의를 본 것이었다. 그
에 호열은 정말로 홀가분하게 소호공주를 데리고 장백산에 갈 수 있다
생각하게 되었고, 그것을 소호공주에게 말했다.

　　호열의 계획을 들은 소호공주는 처음엔 고개를 저었지만, 건문제가
더 이상 황제의 자리에 연연하지 않음을 알기에 허락했다. 더불어 조
검주와 호대령 등도 호열과 함께하기로 하고, 그 준비를 서둘렀다. 비
록 겨울이 지나고 내년 봄에 출발한다는 호열의 언급이 있었지만, 언제
또다시 중원으로 돌아올지 알 수 없었기에 사람들의 움직임이 분주해
졌다. 예전에 친했던 친우들에게 서신을 보내는 일도 해야만 했고, 중
원의 경치를 하나라도 더 기억하려는 움직임도 많아졌다.

　　하지만 가장 바쁜 사람은 건문제였다. 공손추의 빈자리가 생각보다

컸던지, 건문제가 직접 몇몇 사람들의 지원을 받으며 표국의 일을 봐야만 했다. 처음엔 주변 사람들이 극구 만류하였으나, 건문제가 새롭게 뜻을 정하였음을 안 사람들은 그에 동조를 해야만 했다. 마음을 비웠다고 해도, 건문제가 누구보다 힘든 시기를 보내게 될 것임을 짐작할 수 있었던 것이다.

"부인, 잠시 다녀올 곳이 있소."

"옛? 어디를 가시기에 소녀에게 그런 말씀을 다 하세요?"

호열의 말에 의구심을 느낀 소호공주는 동그런 눈으로 호열을 향해 고개를 돌렸다. 호열이 어디를 갔다가 오든 크게 신경 쓰지 않고 있었지만, 갑자기 정색을 하며 허락을 구하는 것 같은 호열의 말에 자신도 모르게 불안감이 엄습했던 것이다.

"뭐, 그렇게 놀란 표정으로 볼 것은 없소. 예전에 한 번 이야기한 적이 있을 것이오. 운영이라고 의동생을 한 번 보고 올까 하오."

"의동생이요……? 아, 상공께 들은 기억이 나네요. 장백산에서 결의형제를 맺었다는 분 말씀이죠?"

"그렇소."

"그렇군요. 그런데 지금이요?"

"아마 지금 만나지 않으면 몇 년은 못 볼 것 같아서 말이오. 어쩌면 생각보다 오랫동안 볼 수 없을 것 같고 해서……."

호열은 소호공주의 질문에 머리를 긁적이며 계면쩍은 표정을 지었다.

호열이 운영을 만나봐야겠다는 생각이 든 것은 조 검주를 제외한 호대령 등이 친우들을 만나거나 가족들을 데리고 오는 것을 본 이후부터였다. 그나마 소호공주를 만나기 전 남창에 있을 때, 호열이 마음만 먹었으면 운영을 볼 수도 있었다. 그런데 당시 호열은 그렇게 하지 않았고, 지금에 와서 그것을 후회하고 있는 것이다. 더욱이 현원세가가 남창으로 이동을 시작했다는 소식을 전해 듣고는 마음이 급해졌다.

"무슨 말씀인지 알겠어요. 그런데 그분은 어디에 계신가요? 상공께서 소녀에게 찾아오실 정도면 멀리 계신 것 같은데……."

"그렇게 멀리 있지는 않소. 지금 남창에 있는데, 아마 이삼 일 정도면 다녀올 수 있을 것 같소. 늦어도 일주일 정도면 무난하다는 생각이오."

"남창이요?"

"그렇소. 왜 그러시오?"

"소녀도 지금 무림이 어떻게 돌아가고 있는지 알고 있습니다. 그런데 남창에 지금 가시겠다는 것입니까? 상공, 남창은 지금 현원세가와 연합맹이 한창 격전을 치르는 곳이 아닙니까!"

"하하, 아직은 아니오. 소문을 들어보니 연합맹에서 현원세가를 기습했는데, 그로 인해서 현원세가가 적지 않은 피해를 입었는지 아직 남창에 다다르지 못했다는구려. 그러니 그들과 마주칠 걱정은 없소. 그러니 안심하시구려."

호열은 소호공주가 무슨 걱정을 하고 있는지 알고는 만면에 인자한 미소를 지어 보였다. 그러면서 등을 토닥여 주었는데, 소호공주는 그제서야 안심이 되었는지 불안한 기색이 엷어졌다.

"그럼 얼른 다녀오세요. 참, 그럼 혼자 가시는 건가요? 아니지요? 웬만하면 조재현님과 함께 가시는 것이 어떠세요?"

"조재현과 말이오? 하하, 괜찮소. 오히려 혼자 움직이는 것이 편하고, 더 빨리 갔다가 올 수 있소. 그러니 신경 쓰지 마시오. 내 다 알아서 할 테니까."

무림에 미련을 버리고 장백산으로 간다는 것이 정해졌을 때, 조재현은 철혈검주라는 명예를 버리고 예전의 자신을 찾겠다는 의지를 호열에게 전했다. 그에 호열도 흔쾌히 받아들이고 조재현을 부를 때 그의 성명을 불러주었으며, 다른 사람들도 그렇게 했다. 처음엔 호대령 등이 조재현을 대할 때 어색한 면이 없지는 않았지만, 며칠이 흐르면서 오히려 예전보다 더 친밀해진 것을 호열은 볼 수 있었다.

"알겠어요. 소녀가 너무 민감했나 봅니다. 그럼 다녀오세요."

"알겠소. 오늘은 너무 늦었으니 내일 아침에 출발하겠소."

"예, 그렇게 하세요."

아직 점심때도 되지 않았는데 호열이 늦었다고 하자 이상한 얼굴로 바라보던 소호공주는, 호열의 시선이 경민에게 머무르자 입가에 미소를 지으며 호열의 품 안에 안겼다.

호열이 만리표국을 나선 것은 사시가 조금 넘어서였다. 규화가 말을 준비하였지만, 호열은 말을 타고 가면 귀찮다고 말하며 간단한 준비조차 하지 않고 맨몸으로 길을 나섰다.

호열은 장사를 벗어나 사람들의 시선이 느껴지지 않는 곳까지 느긋하게 걸어갔다. 그러다 자신을 보는 시선이 하나도 없자, 호열은 어의섬을 시전하며 남창을 향해 빠르게 움직였다. 어의공을 사용하여 남창까지 바로 갈 수 있었지만, 왠지 그렇게 하고 싶지 않았다. 굳이 힘들이고 가지 않아도 하루조차 걸리지 않아서 갈 수 있었기에 무리를 하면서까지 갈 필요가 없다 생각한 것이다.

호열이 전력을 다해 어의섬을 펼치자, 호열의 앞에 있던 사물들이

긴 선을 그리며 지나쳐 갔다. 남창까지 쉬지 않고 달린 호열은 마치 긴 동굴을 지난 것 같다는 생각이 들 정도였다.

'이거 참, 어떻게 이런 일이 있을 수 있지? 오는 도중에 피해를 입었다고 들었는데?'

저녁이 되지 않아 남창에 도착한 호열은 자신의 생각보다 현원세가가 빨리 도착했음을 알았다. 아니, 정확히 말하면 호열과 동시에 남창에 도착한 것이다.

이미 녹림에 의해 현원세가가 막대한 피해를 입었다는 소문이 강호에 퍼져 있었다. 더욱이 그것이 며칠 전의 일이었기에, 호열은 당연히 현원세가가 남창에 도착하기 전에 운영을 볼 수 있다 생각했었다. 그런데 생각했던 것이 틀려져 버리자, 호열은 운영을 향해 바로 가지 않고 현원세가의 상황을 관찰해 보기로 했다.

현원세가는 예전에 호열이 머물던 곳을 중심으로 넓게 포진하였다. 호열이 보기에 현원세가에서 연합맹을 바로 공격은 않을 듯싶었다. 남창까지 오는 여정이 힘들었는지 임시 막사를 치는 데 열중하였으며, 한쪽에서는 저녁 준비를 하느라 부산했던 것이다.

현원세가를 관찰하던 중, 호열의 시야에 들어오는 사람이 있었다. 현원덕호였다.

현원덕호는 현원승과 곽 총관에게 한창 지시를 내리고 있었는데, 호열이 그런 현원덕호를 보게 된 것이다.

'저 사람이 현원덕호인가 보군. 오늘밤에 찾아가 볼까? 어떤 사람인지 궁금한데… 훗, 내가 지금 무슨 생각을 하고 있는 거야? 운영의 얼굴만 보고 난 후 은거할 텐데.'

현원덕호의 전신에서 뿜어져 나오는 기운에 호기심을 느꼈던 호열은 이내 고개를 좌우로 흔들며 자조적인 미소를 지었다. 자신도 느끼지 못하는 사이에 벌써 무림인이 다 되었다고 생각한 것이다. 단순한 호기심이 아니라 현원덕호를 봄으로써 호승심을 느꼈던 호열이었다.

'저 정도면 혜정이나 독고신검이 나서지 않고는 상대할 사람이 없겠는데? 그러나 혜정과 독고신검은 한 수 아래겠어. 실력은 비슷할지 몰라도 암계가 대단한 자인 것 같군. 흐흠, 혁무량이 나선다면 무난하겠지만.'

나름대로 혁무량과 현원덕호의 비무를 머리 속에 그려본 후, 호열은 자신이 잊어버리고 있었던 것을 깨달았다.

'그럼 운영이 저 현원덕호와 두 번이나 겨루었었단 말인가? 그 녀석, 많이 성장했나 보군. 그나저나…… 빨리 봤으면 좋겠지만 상황이 여의치 않네. 오늘밤은 좀 그렇고, 언제쯤 찾아가면 바쁘지 않으려나?'

호열은 현원세가가 도착해서 본격적인 전투 준비를 하기 전에 운영을 찾아가야겠다는 생각을 했다. 괜히 싸움에 끼어들기도 싫었기 때문이다. 그렇다고 한창 바쁘게 움직여야 할 운영을 방해하고 싶지도 않았다. 정말로 운영이 현원덕호를 상대할 수 있다면, 지금이야말로 대책을 세우고 고심하며 가장 바쁜 시간을 보내야 하기 때문이다. 그에 호열은 적당한 시간을 골라야만 했고, 현원세가의 움직임을 세밀하게 주시하였다. 공격할 시간을 알면, 그에 맞추어 시간을 만들면 되었기 때문이다.

간단하게 저녁을 먹었는지, 현원덕호의 막사에 일단의 사람들이 안으로 들어갔다. 현원승과 현원득, 그리고 곽 총관과 우승상 염상백이었다. 한눈에 보아도 작전 회의를 하기 위하여 들어가는 것으로 보였다.

'작전 회의인가? 귀 기울여 볼 만하겠군.'

　막사 안은 다섯 개의 화롯불로 인해 훈훈한 공기가 감돌고 있었다. 바닥에는 임시로 지어놓은 막사답지 않게 평평한 나무가 촘촘하게 이어져 있었고, 그 위에 작은 동물들의 가죽을 이어서 만든 양탄자가 깔려 있었다.

　"진영은 잘 갖추었느냐?"

　"예, 아버님. 보급품도 충분히 풀었습니다. 오늘은 편안하게 쉬도록 했습니다."

　"잘했다. 하지만 경계를 늦추지 말아야 할 것이다."

　"예, 이미 답 전주가 수하들에게 명을 내렸습니다. 그런데 언제쯤 공격하실 생각이십니까?"

　"조만간 하게 되겠지. 그러나 알아봐야 할 것이 있다."

　"알아볼 것이라 하심은……?"

　"독고신검과 정운영에 관해서다."

　"아~"

　현원숭은 현원덕호의 말을 듣고는 절로 고개가 끄덕여졌다. 승리를 하기 위해선 필히 알아보아야 할 사람들이었다.

　"독고신검이 세상에 모습을 보이지 않고 있다 하나, 그것이 언제까지인지 모르고 있다. 더욱이 자신이 나서야 할 상황에서도 나서지 않음은 필히 경계해야 할 일이다."

　"그렇군요."

　"그렇다. 세상에 독고신검의 성격이 포악하고 단순하다 소문이 났지만, 본좌가 아는 독고신검은 참을성이 뛰어날 뿐만 아니라 주도면밀한 사람이다. 단순한 성격은 독고신검에게 어울리는 말이 아니라 오히려 혜정이 어울렸지. 무슨 말인지 알겠느냐?"

"예, 알겠습니다. 조사를 해보고, 그래도 파악이 안 되면 그에 따른 준비를 하겠습니다."

"그렇게 해라. 또한, 그 과정에서 정운영에 대한 정보도 확인해야 할 것이다."

"그자는 당시 아버님께 중상을 입은 것이 확실한 것 같습니다. 연합 맹에서 단속을 하고 있지만, 남창엔 소문이 파다하게 퍼져 있는 비밀 아닌 비밀입니다."

"오히려 그것이 역공이면 어떻게 할 생각이냐?"

"옛? 그, 그건. 으음⋯⋯."

남창에 들러 파악한 정보를 자신있게 말한 현원승은 현원덕호의 말에 순간적으로 할 말이 없었다. 현원덕호의 성격을 잊고 있었던 것이다. 현원승이 알고 있는 현원덕호는 모든 일에 있어서 정확하게 확인되지 않은 정보는 일고의 가치조차 없는 정보였던 것이다.

"승아, 매사에 있어서 중요한 일들은 직접 확인해야 한다는 것을 명심해야 할 것이다. 단 한순간의 방심이 피눈물로 돌아오는 법이다. 특히 큰 싸움을 앞에 두고 있다면 두말할 필요도 없겠지. 승패의 여부는 단 하나의 방심에서 갈린다는 것을 잊지 말거라."

"예, 아버님. 명심하겠습니다."

"그래, 그럼 그 일은 네게 맡기겠다. 그리고⋯ 곽 총관."

"예, 태상가주님."

"곽 총관은 보급에 신경을 쓰도록 하라. 생각 같아서는 빨리 마무리 짓고 본 가로 돌아가고 싶지만, 장기전도 생각해야 할 것이다. 혜정이 없던 무림맹은 쉽게 생각할 수 있었지만, 이곳은 다르다. 알겠느냐?"

"알겠습니다. 그렇지 않아도 부총관에게 남창에서 보급품을 조달할 수 있는 준비를 하도록 명했습니다. 최소한 삼 개월 정도는 가능할 것 같습니다."

"허허허, 잘됐군."

곽 총관의 보고에 현원덕호가 웃음과 함께 고개를 끄덕였다. 자신의 생각을 읽고 스스로 움직이는 곽 총관의 세심함에 마음이 흡족했다.

"또한 답 전주가 연합맹의 주위를 철저히 경계하도록 했습니다. 연합맹에서 기습을 강행하려고 한다 하더라도, 답 전주가 먼저 알 수 있을 것입니다."

"잘했다. 그럼 득이는 답 전주와 함께 주변 경계를 철저히 하도록 하라. 개미 한 마리라도 빠져나간다거나 들어가는 일이 있어서는 안될 것이다. 연합맹을 무너뜨림으로 해서, 무림을 완벽하게 접수할 것이다. 알겠느냐?"

"예, 할아버님. 소손, 무슨 일이 있어도 할아버님의 기대에 부응하겠습니다."

"좋다. 그럼 가주와 우승상만 남고 너희들은 이만 나가보거라."

"예, 할아버님."

"알겠습니다, 태상가주님."

현원덕호의 명에 현원득을 비롯한 두 명은 빠르게 막사를 나갔다. 앞으로 바빠질 것이기에 일찍 쉬려는 목적도 있었지만, 중압감에서 풀려 그런지 막사 밖으로 나서자 시원한 공기가 폐를 탁 트이게 만들었다.

"우승상은 어떻게 할 생각인가? 황궁에 들어간 첩자로부터 소식을 들었다."

"저도 들었습니다. 하지만 지금 돌아갈 수는 없지 않겠습니까?"

"그렇게 말해 주니 고맙기는 한데, 봄에 정로군이 출병을 하면 본국이 위험해지지 않겠나?"

"그렇더라도 지금은 움직일 수 없습니다. 현재 청랑군은 전력의 사할 정도 됩니다. 오천의 병력이 본국으로 돌아가면, 연합맹을 공격하는 데 큰 지장이 있을 것입니다. 그것을 잘 알고 있는데, 어떻게 본국으로 돌아갈 수 있겠습니까. 차라리 연합맹을 완전히 와해시킨 후 돌아가겠습니다. 최소한 이월 달이 가기 전엔 끝낼 수 있겠지요. 아니, 이월 안으로 끝내주십시오. 부탁드립니다."

"흐으음."

현원덕호는 염상백이 자신을 향해 깊숙이 고개를 숙이자 침음을 삼켜야만 했다. 염상백의 생각을 알 수 있어서 안심이 되었지만 그에 따른 부담감도 적지 않았다. 청랑군의 핵심 정예가 빠진 타타르 국을 정로군이 공격한다면, 타타르 국으로서는 힘든 싸움을 할 수밖에 없을 것은 물론 궁극에 가서는 패배밖에 없었다. 하지만 염상백과 청랑군을 타타르 국으로 보낼 수는 더 더욱 없었다. 그렇게 되면 지금까지 싸운 것들이 모두 물거품이 되기 때문이다.

"알겠다. 최선을 다하도록 하지."

"감사합니다, 태상가주님."

"감사는 무슨. 오히려 본좌가 우승상의 성심에 감사해야지."

"……."

"그리고… 가주는 본 가가 연합맹을 와해시키는 순간 마교와 협상을 벌여야 할 것이다. 이번 전투가 끝나면 전력상으로 본 가가 열세에 놓여 협상을 매듭짓는 데 힘들 것이지만, 그렇다고 마교가 동진하는 것을 두고 볼 수는 없지 않겠느냐."

"흐음… 아버님 생각은 알겠지만, 다소 무리가 있는 것 같습니다."

현원덕호의 말을 듣던 현원승의 고개가 좌우로 크게 움직였다.

"무리가 있다……?"

"예, 그렇습니다. 우선 아버님께서 언급하셨듯이, 본 가는 마교를 상대할 여력이 없습니다. 그것은 지금도 마찬가지입니다. 마교가 본격적으로 동진을 하기 시작하면, 현재의 전력으로도 대치 상태를 유지할 수 있는 정도입니다. 그것도 힘겨운 싸움이 될 것은 자명하고요. 그것은 아버님께서도 아실 것입니다. 다만 아버님께서 마교가 본 가와 협약을 맺으리라 생각하시는 이면엔, 본 가의 세력보다 아버님의 두력을 믿으시는 것이라 생각합니다."

"흐으음……."

"하지만 그들의 뒤엔 천마 혁무량이 버티고 있습니다. 물론 혜정 대사와 은거를 했다는 소문이 있지만 확인된 것은 아닙니다."

"그것은 네 말이 맞다. 확인된 것이 아니지."

"그렇습니다. 그러나 문제는 마교의 힘이 천마 혁무량만은 아니라는 것입니다. 마교엔 대외적으로 교주가 나서지만, 내부적으론 교주와 대등한 대종사가 있습니다. 무력만을 놓고 본다면 교주보다 한 수 위에 있다고 생각되는 자가 대종사입니다. 더불어 두 사람에게는 미칠지 모르겠지만, 원로원주도 있습니다. 현재 마교는 그들 세 명이 버티고 있는 철옹성입니다. 그런 그들이 아버님의 위세에 눌려 본 가와 협약을 맺으려고 하겠습니까?"

"딴은 그렇겠구나. 하지만 그들은 가주가 충분히 상대할 수 있지 않겠느냐?"

"소자를 높게 생각해 주시는 것은 고맙사오나, 소자는 그들 중 원로 원주만이 백중지세를 논할 수 있습니다. 교주와 대종사는 소자로서도 부담이 되는 자들입니다."

"휴~ 그렇겠구나. 그렇겠어……."

현원승의 대답을 들은 현원덕호는 예전 혁무량을 대할 때 느꼈던 심정을 또다시 자신의 아들이 느끼고 있음을 알 수 있었다. 그만큼 마교는 단순한 문제가 아니었다. 다른 문파에선 한 명도 볼 수 없는 절대의 고수를 언제나 두 명이 함께 자리하고 있는 곳이 바로 마교였다.

교주와 대종사.

마교는 이들이 있어서 건재하는 것이고, 또한 세상의 모든 문파와 강호인들이 두려워하는 곳이다. 더불어 막강한 무공을 지니고 있는 원로원이 있다는 것은 현원덕호에겐 심각한 문제였다. 그만큼 마교는 현원세가에 있어서 대를 이어 앞을 가로막는 벽이었다.

"그리고 하나 더 말씀드릴 것이 있습니다."

"또 있더냐?"

"마교에 관한 것은 아닙니다. 그러나 아버님께서 간과하시고 계신 것이 있는 것 같아 말씀드리고자 합니다."

"그래, 네가 말할 정도면 대세에 영향을 미칠 수 있는 것이겠지. 말해 보아라."

현원덕호는 아들 현원승이 좀처럼 많은 말을 하지 않는다는 것을 알고 있었다. 그러나 중요한 일은 철저하게 놓치는 일이 없었다. 다소 우유부단한 성격을 지니고 있어 잔인하지 못했지만, 현원덕호의 피가 이어진 관계로 매사에 철저한 준비를 하였다. 비록 과감하지는 못했지만, 나름대로 결단력이 있었던 것이다.

"예. 소자가 언급하고자 하는 인물은 바로 철혈검황 임호열에 관해서입니다."

"철혈검황 임호열……?"

"아버님도 들어보셨을 것입니다. 일전에 본 가가 한번 싸운 일도 있었고, 신농가에서 마교의 동진을 막았던 인물입니다. 그러나 무림이 그를 주목한 것은, 신농가에서 천마 혁무량과 대치를 하면서부터입니다. 당시 일에 대해서 아버님은 무림에 소문이 과장되게 났다고 말씀하셨지만, 소자는 그렇게 생각하지 않습니다. 소자는 폭풍의 핵이 될 수 있는 자가 바로 그라 생각합니다."

"허허, 무슨 말을 하고자 하는지 알겠다. 그러나 너무 과한 것은 좋지 않구나. 천마 혁무량이 어떤 인물인지 넌 모른다. 그는 이 아비도 한 수 양보하는 인물이다. 한마디로 이 세상에서 유일하게 이 아비가 인정하는 인물이란 말이다."

"……."

"그런데 겨우 그런 자가 그와 겨룰 정도란 말이냐? 황제의 녹이나 받아먹던 그가? 허허, 웃음밖에 나오지 않는구나."

현원덕호는 현원승의 말에 어이없는 생각이 들어 웃었다. 그러나 이런 현원덕호를 바라보는 현원승은 답답했다. 강호에 떠도는 소문이 과장된다는 것은 모두 알고 있는 일이지만, 근거없는 소문이 나도는 경우는 없었던 것이다.

"아버님, 별호에 황(皇)이란 글자를 달 수 있는 자가 몇이나 되겠습니까? 아마 없을 것입니다. 더구나 아버님 말씀대로 그는 황제의 신하였습니다. 그것도 제독이란 지고 무상한 자리였고요. 그런데 황제가 임호열의 별호에 황 자가 들어가는 것을 좋게 생각했겠습니까? 소자라면 아니라 생각합니다."

"흐으음……."

"그런데 그는 대외적으로 철혈검황이란 별호를 사용하고 있습니다. 그것은 황제조차 그를 건드릴 수 없다는 것을 단적으로 보여주는 것이 아니겠습니까? 아버님, 임호열이란 자를 주시하셔야 하고 경계하셔야 할 것입니다. 지금은 둥지를 잃었다 하지만, 그가 마음만 먹으면 언제든지 그와 같은 세력을 만들 수 있는 자입니다. 아니, 어쩌면 더 큰 성세를 만들지 모릅니다. 황제가 채운 족쇄(足鎖)를 벗었으니까요."

"네 말을 듣고 보니 한번쯤 만나고 싶은 자로구나. 알았다. 한번 기회가 되면 만나보도록 하겠다. 그러니 더 이상 그에 관하여 거론하지 말거라. 지금은 눈앞의 일이나 신경 쓰도록 하자꾸나."

현원승의 말이 이어질수록, 현원승에 대한 호칭이 부드럽게 변하여 있었다. 가주라는 딱딱한 호칭을 쓰던 현원덕호로서는 많은 변화였다. 공식적인 자리에선 잘 쓰지 않는 말이었는데, 현원덕호는 염상백이 함께 자리하여 정세를 논하는 자리에 스스럼없이 현원승을 대한 것이다. 그것은 다시 말해 현원승을 현원덕호가 공식적으로 인정하고 있다는 것을 보여주는 것이었다.

"소자가 미흡하였습니다. 그럼 더 이상 그에 관하여 언급하지 않겠습니다."

"허허, 알았다. 그럼 이제 연합맹에 관하여 논해볼까? 우선 본좌의 생각으론, 한 일주일 정도는 이 상태를 유지하는 것이 좋을 듯하구나. 그동안 적의 허실을 알아보는 것이 좋겠지. 어떻게 생각하는가, 우승상?"

"그렇게 하는 것이 좋을 것 같습니다. 더욱이 저들은 공성전을 생각할 수 있습니다. 그에 대한 대비도 해야 할 것입니다."

"그렇군. 그럼 그 일은 나중에 가주와 의논하여 처리하도록 하게. 그리고……."

유시에 시작된 회의는 술시정이 넘어서는 시간까지 이어졌다. 그동안 많은 이야기들이 오고 갔지만, 호열에겐 그리 큰 비중이 없는 것들이었다. 그에 호열은 더 이상 현원덕호 등에게 귀를 기울이지 않고 남창 등왕각으로 신형을 날렸다.

'훗, 그래도 나에 대해서 신경을 쓰는 자가 있었군. 나도 기회가 되면 만나보지. 현원덕호라, 천승검이란 말이지? 검으로 일대종사가 된 사람이니 한번 만나보는 것도 나쁘진 않겠지.'

호열은 등왕각으로 신형을 날리면서 현원승이 했던 말을 되새겨 보았다. 그와 더불어 기회가 되면 자신을 한번 만나보겠다는 현원덕호의 말도 생각해 보았다. 만날 생각도 하지 않던 자신에게 선심 쓰듯 말하는 것이 우스웠지만, 이제는 자신이 한번 만나보아야겠다고 생각하는 호열이었다.

*   *   *

세인들의 예상을 깨고, 현원세가와 연합맹의 대치는 팔 일 동안 이어졌다. 남창에 도착하자마자 바로 공격할 것 같았던 현원세가의 행보에 많은 의구심이 들었지만, 언제 터질지 모를 활화산을 보는 것처럼 모든 사람들의 이목이 남창에 집중되고 있었다.

호열은 앞으로 오 일 안에 현원세가가 연합맹을 향해 검을 치켜들 것을 알 수 있었다. 하루에 반나절 이상을 현원세가의 동쾌를 살피는 데 주력한 피나는 성과였다. 물론 호열에게 있어서 이러한 것은 별문제가 아니었지만, 한곳에 반나절이나 머물러 있어야 한다는 것은 쉬운 일이 아니었다. 더구나 호열이 몸을 숨긴 곳이 현원덕호가 머물러 있는 막사와 십 장밖에 떨어지지 않은 곳이었기에 움직임이 자유롭지 못했다. 처음엔 사십 장 밖에서 자리를 잡았지만, 하루가 지나기 시작하면서 호열의 대담성이 십 장까지 이르게 한 것이다.

호열은 현원세가의 공격 날짜가 정해지자, 그동안 미루어왔던 운영과의 만남을 생각했다. 더 이상 뒤로 미룰 수가 없었던 것이다. 마치 운영을 만나는 선물로 현원세가의 공격 날짜를 말해 줄 생각을 하니 기분도 좋아졌다.

화롯불이 없이는 한 치 앞도 볼 수 없는 캄캄한 밤.

호열은 그동안 입지 않았던 흑색무복으로 갈아입고 야행길을 나섰다. 우선 현원세가의 경계망을 뚫어야 했는데, 이미 여러 번 했던 일이기에 큰 어려움 없이 성벽 근처까지 다다를 수 있었다. 그러나 성벽을 넘는 일은 쉽지 않았다. 생각 같아서는 어의공을 시전하고 싶었지만, 어의공은 자신이 가고자 하는 곳을 정확히 알아야 하는 것은 물론, 그곳에 어떠한 물체도 없어야 했다. 그렇지 않으면 자신의 기가 이상한 방향으로 흘러가는 일이 발생할 것이기 때문이다.

그에 어쩔 수 없이 어의섬을 시전해야 했는데, 생각지 못한 문제가 발생했다. 바로 무복이었다. 야행을 해야 한다는 생각에 고심하여 구한 무복이었는데, 성벽을 대낮같이 환하게 밝히는 화롯불로 인해 흑색무복이 발목을 잡히게 된 것이다.

'이거 참, 누가 야행하는 데 흑색무복이 편하다고 했어? 이건 완전히 나 여기 있소 하는 것이잖아.'

호열은 내심 투덜거리며 성벽에 경계가 허술한 곳을 찾아보았다. 어의섬을 펼치면 자신의 존재를 파악하지 못하겠지만, 고수들이 신경을 곤두세우고 있는 상황에서 그러한 것은 어디까지나 자신의 바람일 수도 있는 것이다. 더구나 현원세가라는 큰 적이 바로 눈앞에 있으니 경계병들이라 해도 조금만 이상한 기척을 느끼면 복잡한 상황에 처할 수 있었다. 그에 귀찮은 일을 자초할 필요가 없는 호열은 굳이 무리를 할 필요가 없다 생각한 것이다.

'물샐틈없는 경비군. 하지만…….'

호열은 화롯불과 화롯불 사이의 미세한 어둠을 틈타 성벽을 오를 수 있었다. 이미 경비들이 어디에 있는지 파악을 마친 상태라 성벽을 넘은 후의 진행은 빨랐다. 하지만 운영이 어디에 머물고 있는지 알 수 없기에 이곳저곳을 돌아다녀야 했다. 아무리 운영의 기척을 찾으려고 해도 찾을 수 없었던 것이다.

현원덕호를 상대할 정도로 성장했다면, 그에 합당한 실력이 있다는 것이다. 그런데 아무리 주변을 샅샅이 살펴보아도, 연합맹겐 현원덕호와 비슷한 수준의 기운이 느껴지지 않았다.

'뭐야? 혹시 이곳에 없는 것인가? 그럴 리가 없는데……? 이거 참.'

호열은 혹시 자신이 실수한 것이 아닌가 하여 다시 한 번 찾아보았다. 그러나 아무리 찾아보아도 운영으로 짐작될 만한 기운을 찾을 수 없었다. 독고 맹주나 구파일방의 장문인들, 그리고 여타 짐작할 수 있는 인물들은 느껴졌지만, 정작 있어야 할 운영은 없었던 것이다. 그에 호열은 혹시나 하는 마음으로 극히 미세한 기운들까지 찾아보기 시작했다. 운영이 부상당했다는 소문이 생각났던 것이다.

'제발, 아무 일 없어야 할 텐데…….'

극히 미세한 기운까지 찾다 보니 시간이 한없이 흘렀다. 호열이 성안으로 잠입한 후 한 시진이 흐른 것이다.

호열은 부상자들로 보이는 기운을 여럿 탐지할 수 있었다. 그러나 운영이 차지하는 비중으로 보아선 여러 명이 함께 머물 수 있는 곳에 없다 판단되었고, 그에 부상자 한 명이 머물고 있는 곳들을 찾아보았다.

'저곳인가? 하지만 이건 다 죽어가는 사람의 것인데……? 하지만 딱히 의심될 만한 곳이 없는데? 아니지, 우선 짐작되는 곳부터 찾아보자. 이렇게 있는다고 해결될 것 같지 않군.'

목표를 정한 호열의 신형이 밤 안개 속으로 사라졌다. 운영이 있을 것으로 짐작되는 곳을 향해 신형을 날린 것이다.

스으으윽—

'이곳인가?'

"이, 이런! 정말이잖아?"

방 안으로 스며든 호열은 주변에 아무도 없다는 것을 확인하고는 모습을 드러냈다. 그런 후 침상에 누워 있는 사람의 얼굴을 확인한 결과, 많이 수척해졌지만 운영이 확실했다. 호열이 한눈에 보기에도 생명을 부지하고 있는 것 자체가 신기할 수준이었다. 한줄기 살려고 하는 의지의 끈이 생명선을 붙잡고 있을 정도로, 외부에서 손가락으로 살짝 충격만 준다 해도 끊어질 수 있는 최악의 상황이었다.

운영의 얼굴을 보면서 한동안 아무런 행동도 하지 못했던 호열의 손이 바빠지기 시작했다. 외부에서 일체 접촉을 할 수 없을 정도였기에 호열은 운영의 몸에 손을 대지 않는 선에서 정확한 운영의 상태를 확인해야 했다.

"모든 세맥들이 끊어졌군. 임독양맥은 거의 막힌 상태고…… 내상으로 인해 오장육부가 이미 기능을 멈춘 후고 근육들도 굳어 있군. 부

상을 당한 지가 오래되서 그런지 진원진기도 고갈이 되어 있네. 휴~
그나마 단전이 완전히 파괴되지 않아서 다행이구나."

어느 정도 운영의 상세를 확인한 호열의 이마에 깊은 주름이 잡혔
다. 생각했던 것보다 심각한 수준이었던 것이다. 미약하게나마 숨을
쉬기는 하지만, 생명체라고 말할 수 없는 정도였다.

"우선은 오장육부를 치유하고 내상을 손봐야겠구나."

호열은 극도의 긴장감을 유지하며 운영의 의복을 벗겼다. 일체의 신
체적인 접촉을 할 수 없기에, 운영의 몸을 공중에 띄운 후 도든 일이 이
루어졌다. 그러나 의복이 벗겨진 운영은 침상에 내려오지 않았다. 이왕
시작한 이상, 호열은 운영의 신체를 허공에 띄운 후 치료할 생각이었다.

"쉽지가 않네? 평상시라면 일도 아닌데……."

호열은 극히 미세한 기운을 오장육부에 흘려보냈다. 약간이라도 과
도한 기운이 들어가면 그 순간 운영의 생은 마감하는 것이기에, 호열은
운영의 오장육부가 수용할 수 있는 기운을 계속해서 흘려보내고 어루
만지며 회복시키는 데 주력했다.

다행히 호열의 이런 노고가 헛되지 않았는지, 이각이 흐른 후부터 미
동하는 것 같지도 않았던 심장이 조금씩 활력을 되찾기 시작했다. 더불
어 아기의 심장처럼 팔딱팔딱 뛰기 시작했는데, 그 후로 일각이 더 지
나기 시작하자 심장 뛰는 간격이 일반 사람과 같은 수준으로 길어졌다.

호열은 가장 어려운 부분이 끝났음을 알 수 있었다. 심장이 제 기능
을 하기 시작했다는 것은 많은 것을 말해 주고 있었다. 하나는 운영의
숨이 망자의 강을 건너가는 중간에 되돌아왔다는 것이고, 그로 인해 다
른 기능들도 살아날 수 있다는 것이었다.

그러나 아직 숨이 완전히 돌아온 것은 아니었다. 오장육브 중 인간

이 세상을 살아갈 수 있게 해주는 가장 기본적인 장기는 심장과 폐였다. 억지로 심장을 살려놓았다고 해도 폐가 제 기능을 해야 했다. 그에 호열은 기능이 많이 약화된 폐를 어루만지기 시작했다. 심장이 제 기능을 하기 위해서는 무엇보다 폐가 살아나야 하기 때문이다.

얼마 동안 제대로 숨을 쉬지 못했는지, 운영의 폐는 정상인의 일 할도 안 되는 기능만 간신히 유지하고 있었다. 그러나 호열의 머리를 아프게 한 것은 이 정도가 아니었다. 폐에 피가 들어찬 것이다. 현원덕호의 공격으로 인해 내상을 입고, 그 여파가 폐까지 미치는 바람에 그리 된 것이었다. 단순하게 말해 살아 있는 것이 기적이었다.

"폐 속에 차 있는 피를 몸 밖으로 빼내야 하는데, 그렇게 되면 간신히 생명을 유지시켜 주고 있는 진원진기가 충격으로 끊기게 될 것이다. 하지만 피를 빼지 않고는 폐를 어찌할 수 없는데……."

호열은 한동안 고심하지 않을 수 없었다. 생각 같아서는 진원진기를 먼저 살려낸 후 다른 곳을 회복시켜 볼까 했으나, 그것이 옳지 않다는 것을 알고 있었다.

진원진기는 원천진기라고도 하는데, 인간이 세상에 나오면서 일정한 양을 자연으로부터 받아들인 후 서서히 사라지는 자연의 기였다. 따라서 인간의 수명이 다했다는 것은, 바로 원천진기인 진원진기가 사라졌음을 말하는 것이라 할 수 있었다. 그러나 함부로 진원진기를 손 댈 순 없었다. 진원진기가 약해졌다 함은 생명을 이어주던 각 장기의 기능들도 약해졌음을 말한다. 따라서 장기들이 완전히 회복되지 않은 상황에서 진원진기를 회복시킨다는 것은, 다시 말해 회광반조의 현상이 벌어질 수도 있는 것이다.

죽음의 문턱에서 인간은 뜻하지 않게 큰 힘을 발휘한다. 그것은 진원진기가 마지막 생을 마감하는 순간 큰 폭발이 일어나 금방 죽을 것 같은 사람도 살아난 것처럼 한순간 활기를 주는 것이었다. 그렇기에 이미 끊어지려고 하는 진원진기에 기를 불어넣는 것은, 그것을 살려내는 것이 아니라 폭발시키는 것과 같았다.

호열은 여러 방법들을 떠올려 보았으나, 다른 방법이 없었다. 있다면 피를 빼내는 방법뿐이었다. 그에 호열은 어쩔 수 없이 운영의 입을 통해 빼낼 수밖에 없었고, 어의심기를 얇은 관의 형태로 구체화한 후 운영의 입을 통해 폐까지 투입해야 했다.

호열의 생각은 위험천만한 발상이었다. 조금이라도 잘못 건들면 어의심기에 의해 식도는 물론 폐가 손상을 입을 수도 있었기 때문이다. 그것은 호열로서도 회복시킬 수 없는 상처가 될 수도 있었다. 하지만 어쩔 수 없이 모험을 하지 않을 수 없었고, 호열은 자신이 생각한 방법을 강행했다.

간신히 폐까지 이어진 어의심기는 응고된 피를 서서히 풀어주며 빨아올렸다. 천잠사보다도 얇아 인간의 눈에 거의 보이지 않던 어의심기가 폐 속의 피를 빨아올리면서 하나의 붉은 선으로 나타났다. 하지만 요사스럽거나 귀기가 느껴지진 않았다.

이각의 시간이 흘렀다. 워낙 힘든 작업이었고, 호열에게 극한의 집중력을 요구하는 일이었다. 다행히 마지막 한 방울까지 응고된 피를 완전히 폐 밖으로 빼낼 수 있었지만, 호열은 어의심기를 거두자마자 이마에 흐르는 땀을 닦지도 못하고 벽에 기대야 했다.

"휴~ 이로써 오장육부는 모두 제자리를 찾을 수 있게 된 것인가?"

폐 속의 피를 빼낸 호열은 잠시의 휴식을 취한 후 간장과 비장 및 신장 등 아직 기능을 찾지 못한 오장육부의 나머지 장기들을 빠르게 회복시켰다. 아직 내상을 완전히 회복시키고 진기를 다스리지 않았지만, 운영은 일반 사람들과 같은 삶이 가능할 정도의 신체로 회복된 것이다. 운영의 부상을 보고 죽음을 떠올렸던 많은 사람들이 현재의 운영을 보면 기적이라고 서슴없이 말할 정도로, 시퍼렇던 운영의 신체에 조금씩 혈색이 돌기 시작하는 작은 변화가 일어났다.

"이제 최소한 생명엔 지장이 없겠군. 그럼 이제 진원진기를 다스려볼까……?"

오장육부가 재생되기라도 한 듯 활발히 움직이자, 진원진기도 그와 더불어 조금씩 생기를 찾아가고 있었다. 하지만 그 움직임이 너무도 느렸기에, 호열의 따뜻한 손길이 필요했다. 그에 호열은 어의심기로 진원진기에 생기를 불어넣어 주었으며, 생명의 근원은 서서히 자신의 자리를 잡아가기 시작했다.

"휴……."

진원진기를 완벽히 회복시킨 호열의 입에서 긴 여운이 담긴 한숨이 나왔다. 겨우 두 시진도 안 되는 짧은 시간이었지만, 호열에게 있어선 일 년 이상의 시간이 지난 것처럼 느껴질 정도였다.

운영의 몸은 이제 허공에 떠 있지 않았다. 미약하던 진원진기가 살아난 이상 굳이 허공에 떠 있을 필요가 없었던 것이다.

"녀석, 그동안 많이 힘들었나 보구나. 미안하다, 좀 더 빨리 찾아왔어야 했는데……."

운영을 침상에 내려놓은 호열은 일각을 쉰 후 운영의 상반신을 일으킨 후 운기조식을 할 수 있도록 결가부좌를 하게 만들고는 침상에 앉혔다. 그런 후 명문혈에 왼손을 살포시 가져다 댄 후 천천히 어의심기를 시전하였다.

호열이 가장 먼저 한 것은 내상을 치유하는 일이었다. 현월덕호의 어떤 공격에 당했는지, 운영의 몸 구석구석에 자리잡고 있어야 할 혈맥들이 뒤틀려 있었던 것이다. 하지만 오랜 시간이 지나지 않아 은영의 내상을 다스릴 수 있었고, 호열은 내상이 사라짐과 동시에 기의 운행이 멈춰 막히기 일보 직전의 임독양맥을 한 번에 뚫어버렸다. 또한 그 기운은 운영이 개척해 놓았던 세맥들을 향해 거침없이 나아갔고, 호열의 인도에 의해 다시 임독양맥에 모여들며 임독양맥을 거침없이 돈 후 단전에 쌓이기 시작했다. 호열이 처음 운영을 치유하려 했을 때에 비해서는 너무도 쉬운 일이었다. 처음 길을 열어주는 것도 아니었고, 그저 예전에 개척해 놓은 길을 다시 한 번 답습해 주는 정도로도 치유가 되기 시작한 것이다.

"훗, 이제 자연 치유가 되겠군."

호열은 자신의 인도가 없어도 운영의 기가 스스로 자신의 자리를 잡기 시작하자 명문혈에서 손을 뗐다. 호열로서는 운영이 자연 치유를 하기 시작하자 더 이상 자신이 개입한다는 것은 불필요했던 것이다. 아직 의식이 불분명한 상태에서 자연 치유 능력이 발휘된다는 것이 무엇인지 알 수 있었던 것이다.

자기성찰.

깨달음.

미지의 탐험.

운영은 꺼져 가던 생명에 불씨가 붙자, 자신도 모르게 깨달음의 영역으로 들어선 것이었다.

"의외인데? 녀석, 벌써 이 정도까지 성장했던가……?"

운영의 몸은 침상에 있지 않았다. 침상과 일 장 반 정도 떨어진 허공에 멈추어 있었다. 호열에 의해 허공에 뜬 것이 아니라, 스스로의 의지로 허공에 떠 있는 것이었다. 또한 운영의 전신엔 눈을 부시게 만들 정도의 금광이 서서히 뻗치기 시작했다. 처음엔 단전을 중심으로 생성되었던 금광이 서서히 그 모습을 실체화시키면서 운영의 주변으로 확장된 것이다.

운영의 몸에서 일어나는 것은 삼화취정이나 오기조원과 같은 경지가 아니었다. 운영은 완벽하지 않지만 금단을 형성하기 시작했고, 그것이 조금씩 실체화되고 있었다.

호열은 운영의 변화를 보면서 어떤 변화가 일어났는지 알 수 있었다. 호열도 금단선공에 대해서 잘 알고 있었기에, 운영이 지금 금단선공의 마지막을 향해 다가가고 있음을 놀라워하고 있었다. 그러나 호열은 알고 있었다. 금단선공의 마지막은 생성과 확장을 거쳐 다시 원래의 크기로 재구성되어야 완성되는 것이었다.

하지만 운영의 모습을 확인한 호열은 고개를 저어야만 했다. 아쉽지만 운영의 상태는 확장까지 이어지겠지만 재구성까지 이를 수는 없었다. 그것은 바로 금단선공을 창안한 자허 진인(紫虛眞人)이 죽음 직전에 마지막으로 깨달음을 얻고서 완성할 수 있었던 선도의 마지막이자 시작이었던 것이다. 다만 세월이 흘러 운영에게 선도의 복이 내려진다면 그 끝을 볼 수 있겠지만, 아직은 요원한 것이었다.

하지만 금단선공의 확장은 주변에 큰 파장을 불러일으킬 수 있었다. 공기 중에 녹아 있는 자연의 기를 끌어들이기 때문이었다. 이것은 당연한 일이었지만, 그로 인해서 현원덕호나 독고후 같은 고수의 이목을 끌 수 있었다. 그것은 호열이 원하는 상황이 아니었다. 이에 호열은 얼른 운영의 주변을 외부로부터 차단시켜야 했으며, 운영의 변화는 이목을 끌지 않는 가운데 서서히 완성되고 있었다.

본인은 본인의 의지가 가는 방향으로 움직일 것입니다

본인은 본인의 의지가 가는 방향으로 움직일 것입니다

운영은 꿈을 꾸고 있었다. 처음엔 자신이 어릴 적 아버지에게 받았던 목검에 대해 생각났고, 목검을 가지고 장난을 치던 것도 생각났다. 또한 아버지에게 가전무공에 대해 들었고, 그것을 익히던 과정도 생각이 났다. 그러나 평온하던 운영의 얼굴에 조금씩 변화가 보이기 시작하는 것은 호열과 첫 만남이 떠올랐을 때였다. 그 후로 좋았던 기억들과 마을을 떠나 중원에 들어왔던 일, 현운 장문인과의 만남과 호열과 헤어지고 소림사에 갔었던 일 등등.

운영의 꿈이 어릴 때부터 시작해서 현원덕호와 있었던 마지막 격투까지 이르자, 한순간 굳게 감겼던 두 눈이 번쩍 뜨이며 형형한 금광을 뿜어냈다. 하지만 언제 눈을 떴나 생각될 정도로 운영의 눈은 순식간에 감겼다. 더불어 운영의 몸을 감싸고 있던 금광은 서서히 사라지고, 금광이 완전히 사라졌을 때 운영의 신형은 결가부좌를 한 상태로 침상에 내려와 있었다.

"날이 밝기 시작하는데……."

운영이 정신을 차릴 것 같지 않자, 호열은 난감했다. 벌써 시간은 묘시 초에 이르러 있어, 조만간 날이 환하게 밝기 시작할 것이기 때문이다. 호열로서는 더 이상 기다릴 시간이 없었다. 정신을 차린 운영과 많은 이야기를 나누고 싶었지만, 옛 무림맹 사람들과 얼굴을 마주하기가 거북했다. 더불어 소호공주를 납치했던 옛 패혈맹 사람들, 정확히 적혈마검 독고성준과 얼굴을 마주할 생각이 없었던 것이다. 만약 현 상태에 독고성준과 마주칠 경우, 호열은 자신이 어떠한 행동을 할지 짐작할 수 없었기 때문이다.

"이렇게 되면 내일 다시 올까나? 아니지. 현 상태라면 현원덕호와 겨루어도 크게 밀리지 않을 정도니, 나중에 기회가 되면 다시 볼 수 있겠지. 후훗, 얼굴만 보고 가니 섭섭하지만 나중에 보자."

호열은 운영의 상태를 다시 한 번 점검한 후, 입가에 미소를 지으며 성밖으로 신형을 움직였다. 아직 날이 완전히 밝지 않아 화롯불이 사방을 밝히고 있었지만, 호열의 행보를 막을 수 있는 것은 없었다. 더욱이 마음의 짐도 덜은 것 같아 홀가분한 상태라 호열의 발걸음도 운영을 만나기 위해 잠입했을 때보다 훨씬 가벼워 보였다.

휘이이, 탁.

"훗, 잘되겠지."

성벽에 오른 호열은 운영이 있던 곳을 잠시 돌아본 후 성밖을 향해 고개를 돌렸다. 태양이 떠오르는 것을 볼 수 있는 동쪽이 아닌 그 반대쪽이지만, 서서히 밝아지기 시작하는 시점의 대지는 장관을 연출하고 있었다. 밤 안개가 자욱하게 깔려 있는 숲의 파수꾼처럼, 현원세가에서 밝히고 있는 화롯불이 태양의 출현을 반기듯 일렁거렸다.

"무량수불……."

"임 대인이십니까?"

"응?"

호열은 막 성밖으로 신형을 날리려다가 자신을 부르는 소리에 깜짝 놀랐다. 아무리 주변 경계를 하지 않고 있다고 해도, 이십 장 안에 사람이 있는 것을 몰랐다는 것은 말도 되지 않았다. 하지만 못 들은 척 신형을 날릴 수가 없었다. 자신을 부르는 사람들이 누구인지 알고 있었기 때문이다.

"흠……."

"오랜만에 뵙습니다, 임 대인."

"아미타불……."

"그렇군요. 두 분, 오랜만입니다. 그간 무량하셨습니까?"

"글쎄요. 보시는 그대로입니다, 아미타불."

"하하, 그럼 평안하시군요."

호열은 담현 방장의 자조 섞인 말에 활짝 웃으며 말했다. 살짝 비꼬는 듯한 어투였지만 호열의 말을 듣는 담현 방장과 연정 장문인의 안색은 일체의 변화도 없었다. 그저 호열의 도발과 같은 말을 듣고도 담담하게 받아들일 뿐이었다. 이에 호열은 무언가 이상한 생각이 들었고, 서로 간에 아무런 대화가 오고 가지 않은 수유의 시간이 흐른 후 두 사람이 자신을 기다리고 있었음을 알 수 있었다.

"얼마나 되었습니까?"

"허허, 그리 오래되지 않았습니다."

"……."

"아미타불, 오늘로 이십 일째군요."

"이십 일? 헛, 이거 참. 두 분께서 본인 때문에 고생이 많았겠습니다."

"아미타불."

"무량수불……."

"그런데 두 분께선 본인이 왜 이곳에 온다고 생각했습니까? 그럴 이유가 없었을 텐데요?"

"동생 분이 사경을 헤매고 있는데, 임 대인께서 오시지 않으면 말이 안 되지요. 그래, 정 대협은 만나보았습니까?"

"흐으음……."

호열은 담현 방장의 말을 듣고는 침음을 삼켜야 했다.

'저들이 나와 운영의 관계를 알고 있었나? 내가 말했었던가? 아닌데? 안사람을 제외한 그 누구에게도 지금까지 나와 운영에 대해서 말한 일이 없는데?

"어떻게 아셨습니까? 그 누구에게도 말한 기억이 없는데……?"

"아미타불… 그렇게 놀라실 필요 없습니다. 모두 정 대협께 들었습니다."

"운영이가……?"

"예. 임 대인께서 철혈검문을 해체한 후 무한을 떠나셨을 때, 정 대협께서 하루 늦게 무한에 갔던 일이 있습니다. 아쉽게도 임 대인을 보지 못하고 회남으로 와야 했는데, 그때 무림정세를 논하게 되면서 알게 되었습니다."

"그렇군요. 그럼 다른 사람들도……?"

"아닙니다. 빈승과 여기 계신 연정 장문인 및 제갈 부맹주, 그리고 독고 맹주와 송 군사 다섯 명만 알고 있습니다."

"……."

호열은 담현 방장의 말을 듣고는 다행이란 생각에 고개를 끄덕였다. 비록 독고 맹주와 송 군사가 알고 있다는 것에 눈살을 찌푸렸지만, 담현 방장이 그와 같은 사실을 알고도 다른 사람들에게 알리지 않은 것이 고마웠다. 사실 무림을 떠나기로 마음을 정한 자신에겐 고마울 것이 없지만, 앞으로 무림에서 명성을 드높이게 될 운영으로서는 좋은 것만은 아니었던 것이다.

"알겠습니다. 그런데 아직 본인을 기다린 이유에 대해선 듣지 못했군요."

"흐으음……."

"무량수불……."

"한가하게 있을 정도로 시간이 남아돌지 않습니다. 그리고 대충 짐작이 가니, 할 말이 있다면 그냥 하시지요."

호열은 한동안 아무런 말 없이 자신을 바라보고 있자, 답답한 마음에 자신이 생각했던 것을 직설적으로 말했다.

"임 대인께서 짐작하고 계시니, 그럼 편안하게 말하겠습니다."

"그렇게 하시지요."

"임 대인, 저희를 도와주시지 않겠습니까? 현 무림은 풍전등화와 같습니다. 바람이 불면 언제 꺼질지 알 수 없을 정도입니다."

"현원덕호를 상대해 달라는 말입니까?"

"헛, 흐으음."

"아미타불……."

호열이 너무도 정확하게 핵심을 찌르자, 연정 장문인과 담현 방장은 호열의 앞에 고개조차 들 수 없을 정도로 붉게 달아올랐다. 어찌 보면 담현 방장과 연정 장문인의 말은 정도를 훨씬 넘어선 처사일 수도 있었다. 몇백 년을 이어온 문파에 비한다면 극히 짧은 세월이었지만, 호열과 두 사람은 무림에서 많은 것이 서로 얽혀 있는 관계였다. 반목과 대립, 그리고 멸시와 등용 및 배척. 하지만 지금은 다시 구원의 손길을 요청하는 것이다.

"임 대인……."

"아, 우선 본인의 말을 먼저……."

"여기들 계셨군요."

"흐음."

휘이이~ 탁, 타탁!

호열은 이미 세 명이 자신을 향해 다가오는 것을 알 수 있었지만 자리를 떠날 수 없었다. 자신에게 다가오는 세 명이 누구인지 알기에 굳이 만나고 싶지 않았지만, 담현 방장에게 자신의 생각을 확실하게 말하려고 하는 차에 끊기게 되었기 때문이다. 사실 호열로서는 곤란한 자리를 벗어나기만 하면 되었다. 자신이 벗어나고자 했다면 아무도 막을 수 없었기 때문이다. 그러나 그렇게 하지 못했다. 아니, 그렇게 하지 않았다. 올지 안 올지 모를 사람을 만나기 위해 이십 일을 기다렸던 두 사람에 노고에 대한 예의는 지켜야 하기 때문이다.

호열의 앞에 새롭게 나타난 사람은 독고 맹주와 제갈 부맹주, 그리고 송 군사였다. 하지만 무공을 익히지 않은 송 군사는 독고 맹주의 부축을 받으며 왔다.

호열의 시선은 자연스럽게 송 군사를 향했고, 이마에 주름이 깊게 패었다. 그러나 호열의 이러한 반응은 순식간에 사라졌다. 비록 묵은

앙금이 있었지만, 자신이 천명회를 찾아 소호공주와 만났다는 것을 알릴 필요가 없었던 것이다. 그저 무림이 조용해졌을 때, 패혈맹에 죄를 물으면 되었기 때문이다.

"임 대인, 역시 이곳에 오셨군요."

"오랜만에 뵙는 것 같군요, 제갈… 부맹주."

"그렇군요. 소문은 들었습니다. 그런데 황궁으로 돌아가지 않으신다고 들었는데……?"

"개인적인 사정이 있어서요. 그런데 마치 여러분 모두 계획이라도 짠 듯하군요?"

"어쩔 수 없었습니다. 넓은 아량으로 이해해 주시기 바랍니다."

"훗!"

"이렇게 다시 만나게 되는구려, 임 대인."

"어서 오십시오, 임 대인."

"만나고 싶은 얼굴이 아닌데, 이렇게 오게 되었습니다. 그러나 금방 물러갈 것이니 신경 쓰지 않아도 될 것입니다. 독고 맹주, 송 군사."

"일전의 불미스러운 일이 있었다고 하나, 무림에 그 정도의 일은 비일비재합니다. 그런데 어찌 그런 일로 임 대인을 박대할 수 있겠습니까. 벌써 잊었으니 신경 쓰지 마시지요."

"글쎄요. 독고 맹주께서 잊으셨다니 본인으로서는 다행이군요. 하지만 잊지 못하는 사람도 종종 있지요. 하하, 사실 그런 사람들 중에 본인도 포함되더군요."

호열은 독고 맹주의 말에 화답을 하면서 송 군사를 향해 예리한 눈빛을 보냈다. 마음으로는 자신의 행동을 제지하고 싶었으나, 그것이 잘 되지 않고 있었다.

아무리 나이가 들었다고 해도 호열의 반응이 자신에게 좋지 않음을 눈치챌 수 있었다. 처음엔 호열의 반응에 어리둥절했으나, 이내 패혈맹이 철혈검문을 기습했었다는 것을 호열이 알게 되었음을 짐작할 수 있었다. 등에서 식은땀이 흘렀다. 호열의 얼굴을 마주하고 있는 송 군사의 표정엔 미세한 미동조차 없었지만, 심장을 시작해서 온몸의 기관들이 놀라고 있었다.

'알았어! 임 대인이 알아버렸다! 아~ 어찌한단 말인가? 만약 지금…… 그렇구나! 임 대인도 현재 자신이 움직여선 안 된다는 것을 알고 있다. 그래서 정 대협만 보고 가려는 것이구나!'

"옛일을 모두 기억해야 하는 것은 아니지만, 기억해야만 하는 것은 잊고 싶어도 잊지 못하는 법이지요. 또한… 잊지 않음은 언젠가 다시 한 번 생각나게 하겠지요."

"그렇지요. 세상일이란 인간사라 할 수 있고, 인간사엔 기억해야 할 것이 있고, 잊어버려도 무관한 것이 있음을 왜 모르겠습니까."

송 군사의 말에 호열도 우회적으로 화답을 했다. 자신은 영원히 잊지 않을 것이니, 소호공주와 관련된 자들 역시 잊지 말고 기다리란 말이었다.

제갈 부맹주는 호열과 송 군사의 분위기가 상당히 좋지 않다는 것을 느낄 수 있었다. 그러한 것은 다른 사람들도 마찬가지였다. 다만 사건의 전모를 알고 있는 독고 맹주만이 속으로나마 동생 독고성준의 섣부른 행동을 탓할 뿐이었다.

분위기 반전이 필요했다. 그렇지 않고는 호열을 만나서 얻을 수 있는 것이 없었다. 그에 제갈 부맹주는 얼른 화제를 자신이 원하는 방향으로 돌릴 필요성이 있었다.

"임 대인, 저희가 헛되이 시간만 허비한 것은 아닌가 봅니다. 이렇게 임 대인을 마주하고 있으니 말입니다."

"글쎄요, 그것은 모르는 일이지요. 훗! 그리고 보잘것없는 본인의 얼굴을 보기 위해, 무림을 영도하는 여러분이 며칠 동안 밤이슬을 맞았다고 하면 무림인들 모두가 웃을 것입니다. 그렇지 않습니까, 송 군사?"

"그렇지 않을 것입니다. 임 대인과 만날 수 있다면 며칠이 아니라 몇 달이라도 상관없지요. 임 대인이 무림에서 차지하는 비중을 생각한다면 말입니다."

"비중이라……."

"그렇습니다. 그 누가 있어 무림에서 임 대인의 명성을 인정하지 않겠습니까?"

"명성이라니요? 허헛, 이거 참. 오늘 귀 간지러운 말을 너무 많이 듣는군요. 아마도 평생 귀를 파야 할 것 같습니다."

호열은 송 군사의 말을 들으면서 진짜로 자신의 귀를 파기 시작했다. 더구나 귀를 파면서 무척 간지럽다는 표정을 지었는데, 보는 사람이 진짜 간지러운가 의구심이 생길 정도였다.

"그러나 명성이 무엇입니까? 세상에 이름을 알렸다면, 그 이름에 대한 의무도 존재하겠지요."

"의무라……?"

"그렇습니다. 의무란 세상이 필요로 할 때, 그 소임을 다하는 것이 아닙니까? 명성이 커지는 만큼, 그에 따르는 의무 또한 커지기 마련입니다. 그렇기에 모든 사람들이 명성을 얻고 싶어하지만, 더불어 부담스러워하는 것이 아니겠습니까. 그렇지 않습니까, 임 대인?"

송 군사는 호열의 물음에 자신이 생각하고 있는 것을 말했다. 그것은 호열 역시 자신과 같은 생각을 하고 있다 판단했기 때문이다. 최소한 황제의 녹을 먹던 관리였다면, 또한 무림에서 한자리를 차지했던 비중있는 사람이라면, 영수들의 부탁을 차마 거절하지 못하리라 생각한 것이다. 그러나 송 군사가 호열에게 자신의 생각을 서슴없이 말한 것은 이유가 있었다. 최소한 무엇이 작고 무엇이 큰일인지, 송 군사는 호열이 능히 판단할 수 있는 사람이라 생각했던 것이다.

"으으음."

'뭐라? 소임을 다하라? 웃기는군.'

호열은 송 군사의 말에 울화가 치밀었지만, 또 한편으론 웃음도 나왔다. 더불어 송 군사가 자신을 너무 모른다는 것을 알 수 있었다.

"임 대인, 무림을 구해주시지 않겠습니까? 지금과 같은 시기엔 임 대인 같은 분이 절실합니다."

"제갈 부맹주, 본인은 굳이 연합맹과 연을 맺고 싶지 않군요. 그 이유에 대해서는 잘 아시리라 봅니다."

"그, 그렇지만……."

"아미타불. 임 대인, 무슨 말씀인지 알겠습니다. 하지만 지금은 대의를 생각해 주시기 바랍니다."

"담현 방장, 대의란 누구의 기준으로 볼 때 말하는 것입니까?"

"물론 민심이 곧 천심이라 했으니, 당연히 대의란 백성들의 뜻이 아니겠습니까?"

"그렇군요. 그렇다면 어느 나라의 백성들을 말하는 것입니까? 이미 현원세가가 원나라의 후신이란 타타르 국의 지원을 받고 있다는 것을 알고 있습니다. 그렇다면 그들 역시 타타르 국 백성들의 뜻을 따르고 있는 것이 아닙니까? 당연히 보는 시각 차이에 따라서 대의란 세우기 나름 아닙니까?"

"무슨 말씀인지 알겠습니다. 하지만 어찌 현원세가에 대의가 있다 하겠습니까. 또한 대명제국의 신하였던 임 대인께서 어찌 그런 말씀을 하십니까? 당연히 백성이란 대명제국의 백성들을 말하는 것이고, 빈승이 말한 대의란 대명제국의 안위에 관한 것이 아니겠습니까?"

담현 방장은 호열이 말도 안 되는 것으로 대답을 회피하려 든다고 생각했는지 마지막 말이 끝났을 때는 얼굴이 붉게 달아올라 있었다. 평상시였다면 인자한 얼굴로 운답을 했겠지만, 상황이 여의치 않아 자신도 모르게 불끈한 것이다.

그러나 담현 방장의 대답을 들은 호열의 얼굴에는 엷은 미소가 걸렸다. 자신이 원하는 대답이 나온 것이다.

"훗, 그럼 담현 방장이 말한 대의는 본인에게 해당되지 않는군요."

"옛? 그, 그 무슨······?"

"임, 임 대인!"

"······?"

"어찌 그런 말을······?"

"모르셨습니까? 아니면 알고도 본인에게 그런 말을 한 것입니까? 본인은 명나라 백성이 아닙니다. 조선의 백성입니다. 그런데 어찌 명나라의 대의를 세우는 데 본인을 언급하는지 모르겠습니다."

"헉, 그런······!"

"아~"

"무량수불······."

"그, 그렇군요. 아미타불··· 빈승이 그 점을 잊고 있었군요······."

호열의 말에 담현 방장을 비롯한 모든 사람들의 얼굴이 놀람과 황당함, 그리고 비통함으로 변하였다. 또한 호열의 매몰찬 말에 서운하기까지 했다. 하지만 호열의 말은 사실이었다. 또한 철혈검문의 일이 세상에 알려졌을 때 호열의 출신도 만천하에 드러났다. 더구나 그 일로 인해 무림에서 호열 자체를 부정하기까지 했었다. 그러한 일들이 주마등처럼 담현 방장과 다른 사람들의 머리 속을 강타했다.

　　"그러니 더 이상 본인에게 대의니 뭐니 하면서 강요하지 마시기 바랍니다. 본인은 본인의 의지가 가는 방향으로 움직일 것입니다. 이것은 그 누구도 간섭할 수 없습니다. 만약 간섭하려고 한다면 본인과 검을 나누어야겠지요."

　　"크흐으음!"

　　"……."

　　"그럼 더 이상 본인에게 할 말이 없다면 이만 가보도록 하겠습니다. 그럼 이……."

　　"자, 잠시만 기다리십시오."

　　"……? 제갈 부맹주, 본인에게 더 할 말이 남아 있던가요?"

　　"흐음, 아닙니다."

　　"그런데 왜……?"

　　"임 대인에 대한 저희의 생각이 짧았음을 인정합니다. 또한 더 이상 그에 대한 말도 하지 않겠습니다. 더불어 본 맹에선 임 대인에 관한 모든 것을 잊도록 하겠습니다."

　　"……."

　　"따라서 모든 것이 정리되는 상황인 지금, 예전에 부탁받은 그것을 해결해야 할 것 같군요."

"부탁받은 것이오?"

호열은 기분 좋게 마무리했다는 생각으로 흡족한 미소를 지으며 떠나려고 하다가, 갑자기 자신을 불러 세운 후 이상한 말을 하는 제갈 부맹주를 의심스러운 눈으로 쳐다보았다. 그러나 호기심도 일어났다. 또 무슨 이상한 말로 자신을 잡아둘지 기대가 됐던 것이다.

"금의위에서 연통이 왔습니다. 금의위 총교두가 황제의 교지를 받들기 위해서 보냈다고 했는데, 서신엔 후에 임 대인과 연이 닿는다면 무한에 오셨으면 한다고 전해달라는 내용이었습니다."

"금의위 총교두?"

'금의위에 총교두라는 직책이 있었던가? 없었던 것으로 기억하는데……?'

"예. 아마도 임 대인이 황제의 교지를 받지 않음으로써 무림에 뜻이 있다 생각했던지, 무림의 이목이 집중된 본 맹을 한번쯤 들를 것이라 생각했던 것 같습니다. 사실 이유가 어찌 되었든, 그의 생각이 맞았지만 말입니다."

제갈 부맹주의 말에 호열도 고개를 끄덕여 동의했다. 충분히 가능성 있는 말이었기 때문이다.

"참, 서신의 발신인엔 추진엽이라 적혀 있었습니다."

"추진엽? 추 총관……?"

호열은 제갈 부맹주의 말이 이어질수록 놀란 눈으로 바라보았다. 갑자기 생각하지 못한 인물이 언급되고 있었기 때문이다.

"아마도 예전 철혈검문의 추 총관일 것입니다. 황궁으로 복귀한 후 금의위 총교두로 승차한 것 같습니다."

"그렇군요. 그런데 단지 무한으로 와달라는 것밖에 없었습니까?"

"아닙니다. 아마도 무작정 무한에 들러달라 하면 임 대인이 오지 않을 것 같았던지, 이유에 관해 자세하게 언급이 되었더군요."

"……?"

"황제는 임 대인이 추 총교두 편으로 보낸 철혈검을 받지 않고, 다시 임 대인에게 보낸다 합니다. 이미 하사한 검임으로 그것을 회수하는 것은 옳지 않다고 내린 명이랍니다. 이상입니다."

"철혈검이라… 다른 내용은 없었습니까?"

"예, 더 이상은 없었습니다. 아마도 철혈검은 무한에 있는 것 같군요."

"흐으음……."

호열은 제갈 부맹주의 말을 들으면서 영락제가 무엇 때문에 철혈검을 돌려보내는지 의심이 들었다. 그러나 더 이상 알 수 없을 것 같았다. 사실 있다고 해도 모두 알려줄 것 같지 않았다. 그에 추후 무한에 가면 확인해 보겠다는 것으로 결론을 내렸다.

"감사합니다, 제갈 부맹주. 덕분에 좋은 정보를 알게 되었습니다. 그럼 본인은 이만 가보겠습니다."

"그렇게 하시지요."

"예, 그럼 이만."

호열은 한 치의 미련 없이 성밖으로 신형을 날렸다. 더 이상 있어보았자 피곤한 일밖에 없다고 생각했던 것이다. 비록 철혈검에 관해 알게 되었지만, 그것은 추후 결정하면 되는 일이었다. 그렇기에 다른 말이 나오기 전에 얼른 자리를 벗어난 것이다.

담현 방장 등은 호열이 사라지자 절로 한숨이 나왔다. 비록 좋지 않은 일이 있었지만, 그렇다고 해도 자신들이 고개를 숙이고 들어가면 호열이 도와줄 것이라 생각했었다. 그런데 그것이 자신들의 자만이었다는 것을 뼈저리게 느낄 수 있었으며, 무림의 앞날이 걱정되어 숨도 제대로 쉴 수 없을 정도였다.

"휴~ 실로 무림의 앞날이 어둡기만 한 것 같습니다. 무림은 언제 꺼질지 모를 바람 앞의 촛불과 같은 상황인데, 구원의 손길을 보내주었으면 하는 사람은 등을 돌렸으니. 아미타불……."

"그러게 말입니다. 무량수불."

"그러나 방관만 하지는 못할 것입니다."

"응?"

"예? 송 군사, 그게 무슨……?"

자신의 처지가 비참하여 한탄을 하던 담현 방장과 연정 장문인은 송 군사의 갑작스러운 말에 깜짝 놀랐다. 언뜻 들었지만, 그냥 한 말 같지가 않았던 것이다. 무언가 자신들이 모르는 의미심장한 뜻이 내포되어 있다는 느낌을 받았던 것이다.

"다른 뜻은 없습니다. 혹시나 해서 약간의 손을 써놓았을 뿐입니다."

"그 무슨! 혹시 임 대인에게 암계를 사용했단 말입니까? 도대체……!"

"아미타불……."

"……."

"흐으음."

담현 방장과 연정 장문인은 송 군사의 설명에 크게 놀라며 되물었으나, 송 군사가 굳게 입을 다물고 열지 않자 제갈 부맹주를 향해 고개가 돌아갔다. 자세한 해명을 바라는 눈빛이었다.

그러나 제갈 부맹주는 두 사람의 시선이 부담스러운지 침음을 삼키며 고개를 송 군사가 있는 방향으로 돌렸다. 상황을 알고 싶으면 송 군사를 통해 들어야 한다는 것을 간접적으로 보여준 것이다.

이에 담현 방장과 연정 장문인은 건드려서는 안 될 사람을 다시 건드리는 것이 아닌가 하는 불안감에 송 군사에게 상황 설명을 재촉하는 눈빛을 보냈다. 만약 자신들의 생각대로 호열을 곤란하게 하는 암계가 펼쳐졌다면 되돌릴 수 있을 때 막아야 한단 판단이 섰기 때문이다. 하지만 두 사람의 시선을 받는 송 군사는 차분했다.

"송 군사……!"

"허허, 이거 참. 정 두 분께서 알고 싶으시면 말씀드리겠습니다. 사실 임 대인에게 직접적으로 암계를 사용한 것은 아닙니다. 암계는 현원덕호에게 향했지요."

"현원덕호……?"

"그렇습니다. 예 장로와 육 장로가 현원덕호의 손에 무참히 살해당한 후, 본 맹은 현원덕호를 상대할 대안으로 임 대인을 지목했습니다. 정 대협이 사경을 헤매고 있는 상황에서 다른 대안이 없었다는 것은 두 분도 잘 아실 것입니다."

송 군사의 말에 담현 방장과 연정 장문인의 고개가 끄덕여졌다. 사실 논의를 하는 회의장엔 두 사람도 함께 참석했었고, 임호열이란 대안을 언급한 사람이 바로 그들이었기 때문이다.

"하지만 임 대인이 우리의 요구를 들어줄 것인지에 대해선 장담을 할 수 없었습니다. 그것은 제갈 부맹주도 마찬가지였습니다. 그래서 임 대인을 끌어들이는데 현원덕호를 이용하자는 결론이 나왔습니다. 임 대인이 찾아가지 않아도 현원덕호가 임 대인을 찾도록 만든 것이지요."

"어떻게……?"

"처음엔 막막했습니다. 사실 임 대인을 움직일 수 있는 수단이 없었으니까요. 그러나 한 가지 방법이 떠올랐습니다. 그것은 철혈검문을 해체한 후에도 임 대인이 무림을 떠나지 않고 방황하고 있다는 것입니다. 물론 그 이면엔 임 대인의 안사람인 소호공주가 일단의 무리에 의해 납치된 일입니다. 그래서 처음 그 일을 한 무리들이 현원세가이고, 현원덕호의 명으로 행해졌다는 것을 강호에 소문내려고 했습니다."

"흐음……."

"무량수불……."

"하지만 제갈 부맹주와 상의한 결과, 좋은 방법이 아니란 결론이 나왔습니다. 그 이유는 임 대인이 소문의 근거지를 확인하려 할 경우, 본맹이 난처해질 수 있다는 것이 컸습니다. 그러나 황궁 역시 그 문제를 주시하고 있기에 사용할 수 없었습니다. 조금만 생각해도 이간 계획이란 것이 눈에 보였기 때문입니다."

"……."

"그래서 다른 방법을 찾던 중, 제갈 부맹주가 조금 전에 언급했듯이 금의위에서 서신이 왔습니다. 임 대인에게 무한을 방문해 달라는 내용이었습니다. 그에 혹시라도 임 대인이 본 맹을 찾을 경우 그 이야기를 해준다면 무한으로 가지 않을까 생각했습니다. 확률은 반반이지만, 안 간다는 보장도 없으니까요. 다른 것은 없습니다. 그리고 임 대인이 무한으로 갈 것이란 정보가 현원덕호의 귀에 들어갈 수 있도록 남창에 약간의 작업을 해두었습니다. 물론 현원덕호의 귀에 들어가는 시간은 우리가 임 대인을 만난 후 이각 정도가 되었을 것입니다."

"그럼 현원덕호가 임 대인을 만나기 위해 움직이지 않으면 소용도 없는 계획이 아닙니까?"

"그렇습니다. 물론 임 대인이 지금 무한으로 출발하지 않아도 소용 없겠지요. 그래도 아무것도 하지 않은 것보다는 낫다는 생각에 일을 꾸며보았습니다. 더불어 임 대인이 가지 않고 현원덕호가 간다고 해도 괜찮습니다. 지금 그곳으로 본 맹이 준비한 사람들이 가고 있기 때문입니다."

"예? 그 무슨……"

"흐음. 누가 갔습니까? 필시 살아선 돌아올 수 없다는 것을 잘 알 텐데요."

"맞는 말씀입니다. 살아선 돌아올 수 없는 길입니다. 하지만 다행히 지원한 사람이 있었고, 그 일의 성사 여부를 목숨으로 완수할 것입니다."

"그, 그렇군요."

"무량수불……"

담현 방장과 연정 장문인은 송 군사의 설명을 통해 현원덕호를 상대하기 위해 떠난 사람이 누구인지 짐작할 수 있었다. 그래서 더욱더 놀랄 수밖에 없었다. 그동안의 명성이나 지위를 모두 버리고 갈 사람이 아니었기 때문이다.

"솔직히 지금도 암계가 성공한다는 장담을 할 수 없습니다. 단지 현원덕호에게 타격을 줄 수 있기를 바랄 뿐입니다. 그렇게 된다면 조금이나마 본 맹에 승산이 있으니까요."

"아미타불……"

"……."

송 군사의 설명이 끝나자 담현 방장과 연정 장문인은 서로를 한참 동안 쳐다보았다. 그렇다고 전음이 오고 간 것도 아니었다. 그저 서로의 얼굴을 바라볼 뿐이었다. 정확히 눈이었지만, 그것만으로도 서로의 뜻이 전해지는지 말 한마디 없었다.

일각여 동안 일체의 행동도 없던 담현 방장과 연정 장문인은 누가 먼저라 할 것 없이 동시에 고개를 끄덕였다.

"모든 일은 인간의 의지로 될 수 없지만, 하늘이 원한다면 가능도 하겠지요. 아미타불……."

"하늘의 뜻이 우리에게 있어야 하는데, 그것이 걱정입니다. 무량수불."

담현 방장과 연정 장문인의 시선은 자연스럽게 호열이 떠나간 방향을 향했다. 비록 자신들이 정당한 방법을 사용한 것은 아니지만, 송 군사의 암계가 하늘의 보살핌으로 성공할 수 있기를 바랐다. 그러나 호열이 간 방향은 무한으로 가는 방향이 아니었다. 무한으로 가려면 북쪽으로 가야 하는데, 호열이 간 방향은 서쪽이었다. 이제 인간들이 할 수 있는 것은 없었다. 하늘이 어떤 결정을 하느냐에 따라서, 모든 것이 결정되는 것이다. 두 사람은 그것을 알고 있었고, 하늘의 뜻이 자신들에게 웃어주기를 빌었다.

"그렇게 될 것입니다. 아니, 안 되도 하늘의 뜻이 본 맹에 있도록 할 것입니다. 그래야 중원이 살아남을 수 있으니까요."

"본인도 중원이 살아남을 수 있다면 최선을 다할 것입니다. 앞으로 현원세가와 마교가 사라지지 않는 한, 본인의 맹세는 영원할 것입니다."

“…….”

다섯 명의 영수들의 발걸음이 향한 곳은 호열이 한동안 들어갔다가 나온 곳이었다. 그곳엔 운영이 있었고, 운영은 서서히 깨어나고 있었다.

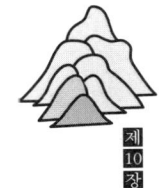

짐은 단순히 부마를 원하지 않소이다

◆제10장 **짐은 단순히 부마를 원하지 않소이다**

연합맹을 빠져나온 호열은 남창으로 향했다. 하지만 호열의 신형은 빠르게 움직이지 않았다. 현원세가의 영향력이 미치는 곳을 벗어나자, 어떨 때는 걷기도 하고, 어떨 때는 어의섬을 시전했다. 그러나 시원한 움직임은 아니었다.

이미 연합맹에 들러 운영의 모습을 본 호열이 굳이 남창에 갈 필요는 없었다. 바로 장사를 향해 신형을 날려도 괜찮았고, 또한 처음의 계획도 그것이었다. 그러나 언제부터인가 호열의 발걸음을 잡아끄는 무언가가 자꾸만 머리 속을 헤집고 다니는 것 같아 호열의 심기가 편하지 않았다. 그에 호열은 남창에 돌아온 후 등용각 자신의 객방에 들어갔다.

"훗, 계산도 끝내고서 다시 들르다니. 점소이 녀석이 이상한 눈초리로 보겠군."

객방 안을 쭉 둘러본 호열은 침상 앞에 놓여져 있는 의자에 앉았다. 아직 태양도 모습을 보이지 않고 있는 묘시였지만, 객방을 책임지고 있는 점소이들이 분주하게 움직이고 있었다. 조금 있으면 객방에 음식들을 준비해야 했고, 더러는 일찍 나서는 사람들이 있어 청소도 해야 했기 때문이다. 그래야 손님들을 한 명이라도 더 받을 수 있기 때문이다.

의자에 앉아 한동안 생각에 잠겨 있던 호열은 시끄럽게 움직이고 있는 점소이에게 차를 가져오도록 했다. 얼마 되지 않아 점소이의 손에 따뜻한 김이 모락모락 피어오르는 차가 들려져 왔고, 호열은 그 차를 몇 모금 마시며 제갈 부맹주가 마지막에 했던 말을 생각하고 있었다.

"아, 괜히 찜찜하군. 아무래도 무한으로 가야겠다. 내년 봄에 장백산으로 가다가 무한에 들르면 되겠지만, 그렇게 되면 공주가 불편할 것이다. 차라리 지금 혼자 갔다가 오는 것이 속 편하겠지. 그래, 어차피 갈 것, 철혈검이나 받아와야겠다. 그나저나 황제가 웬 선심인지 모르겠네?"

결심이 서자, 목구멍으로 넘어가는 차 맛이 달게 느껴졌다. 느낌이 좋았다. 그에 호열은 점소이에게 아침을 준비하도록 했다. 아직 이른 시간이었지만, 마땅히 아침에 할 일이 없어 공복이나 달랠 생각으로 시킨 것이다. 또한 점심 전에만 출발하면 되었기에, 호열은 등왕각 최상층에 올라 남경 시내를 구경하면서 시간을 보낼 생각이었다. 아니, 모든 것이 정리된 상태라 점심을 먹고 느긋하게 출발해도 상관없었다.

하지만 호열에게 문제가 없는 것은 아니었다. 바로 무한에 들렀다가 장사로 향할 때, 아내인 소호공주와 경민이에게 줄 선물을 준비하는 일이었다. 지금까지 특별하게 선물을 준비한 경험이 없기에 더욱 난감했다. 특히 경민에게 줄 선물을 생각하니 머리가 다 아플 정도였다. 사내아이라면 큰 문제가 없을 듯한데, 여자 아이에게 줄 선물이 마땅치 않았던 것이다. 그것도 이제 갓 태어난 아이였으니…….

묘시정이라 해도 아직 태양이 떠오르려면 이른 시간이라 밤 안개가 막사들 사이를 유영하며 자신들의 체취를 남기고 있었다. 하지만 막사 밖은 식사를 준비하는 병사들에 의해서 시끄러워지기 시작했다. 사망자가 삼천 명이 넘고 있어 이제는 만이천 명 정도밖에 되지 않았지만, 그래도 한번에 많은 사람들이 식사를 해야 하기에 손과 발이 보이지 않을 정도로 분주하게 움직였다. 더러는 입에 담지 못할 욕들이 난무하여 시끄러운 소음에 선잠에서 깬 병사들 눈에는 마치 전쟁터를 보는 것 같았지만, 무슨 소린지 알기 때문에 귀를 막고 조금이라도 더 자고자 몸을 움츠렸다. 자신이 깼다는 것이 너무도 아쉬웠기에, 조금이라도 그 아쉬움을 달래기 위한 몸부림이었다.

현원덕호도 아침에 일찍 깼는지 자신의 막사를 나와 시원한 공기를 들이마셨다. 하지만 이미 운기조식으로 하루를 시작한 후였다. 그러나 표정은 개운하지 않았다.

'나도 나이가 들었나? 밤잠이 점점 더 짧아지는 것 같구나'

애써 자신의 나이가 얼마나 됐는지 헤아려 보다 '확실한가? 확실하군' 이란 생각과 함께 백팔십이라는 숫자를 확인한 현원덕호의 표정엔 쓸쓸함이 물씬 풍겼다. 아무리 천하제일인이라 자칭을 해도 흘러가는 세월을 잡을 수는 없었다. 그렇기에 흘러간 세월을 원망하면서도 어쩔 수 없다는 생각에 고개를 좌우로 저으며 태양이 떠오르면서 조금씩 사라지기 시작하는 밤 안개를 바라보았다.

'내가 마치 밤 안개처럼 느껴지는구나! 허헛, 태양에 의해 사라지는 밤 안개라……!'

절로 나오는 한숨에 시름이 조금 덜어지자, 현원덕호의 시야에 범 부총관이 현원승이 머물고 있는 막사로 빠르게 움직이는 것이 보였다. 열심히 일하는 것은 보기 좋았지만, 이미 공격할 날짜가 정해진 상황에 아침부터 범 부총관이 바쁘게 움직여야 할 상황은 없었다. 더구나 범 부총관이 현원승의 막사로 들어간 후, 수유의 시간이 지나지 않아 곽 총관도 현원승의 막사로 들어갔다. 이에 이상함을 느낀 현원덕호의 발걸음은 자연스럽게 현원승의 막사로 향했다.

"그것이 사실인가? 큰일이로군!"

"그렇습니다, 가주님! 그는 황군을 움직일 수 있는 자입니다. 그런데 지금 그가 연합맹을 나와 무한으로 향하고 있다 합니다."

"이거 참, 임호열이라…… 도대체 그자가 연합맹엔 무슨 일로 들어갔었단 말인가? 더구나 무한이라……?"

"가주님, 어쩌면 상황이 심각하게 전개될 수도 있습니다."

"아직 모르는 일이니 속단하지는 말게. 아무리 그가 연합맹에 협조를 한다고 해도, 본 가를 상대하는 것은 어려울 것이네."

"하지만 그의 등장은 달가운 일이 아닙니다. 다행히 정운영이 태상 맹주님의 공격을 받은 후 사경을 헤매고 있지만, 아직 독고신검의 행방을 정확하게 파악하지 못한 상황입니다. 그런데 정운영보다 우위에 있을지 모를 고수가 연합맹에 등장할 수도 있는 것입니다."

"그렇겠군. 우선 그가 연합맹을 나왔다는 것은, 그들과 이야기를 나누었다는 것이니. 이거 참."

현원승은 곽 총관의 말에 심각한 표정을 지으며 고개를 끄덕였다.

"옳으신 말씀입니다. 그들과 어떤 대화가 오고 갔는지 므르지만, 만난 것은 확실할 것입니다."

"그러나 이해가 안 되는 부분이 있는데, 어떻게 이런 정브가 본 가까지 흘러들 수가 있었냐 하는 것이네. 더구나 이런 중요한 정보가 등왕각이라니, 곽 총관은 가능성이 있다고 보는가?"

"그 점은 소인도 이상하게 생각하여 확인해 보았습니다. 그런데 본가가 남창에 도착했던 날, 임호열로 보이는 자가 등왕각에 투숙을 했답니다. 사실 처음엔 등왕각뿐만 아니라 아무도 신경 쓰지 않았습니다. 본 가도 오늘에서야 알게 되었습니다."

"임호열, 그자가 등왕각에 머물고 있었단 말인가?"

"예. 그렇습니다. 아마도 그날부터 본 가의 주변을 주시하고 있었던 것 같습니다. 그러나 본 가가 공격할 날짜를 알게 되었고, 그 일로 연합맹에 들어간 것 같습니다."

"흐음, 그렇겠군."

곽 총관의 계속되는 설명을 들으며, 현원숭의 고개는 수시로 움직였다. 충분히 가능성있는 일이었기 때문이다. 그러나 한편으론 경계해야 할 사람이 주변을 배회하는데 감지하지 못했다는 것이 한심스러웠다. 하지만 그 일은 자신과 문인들에게 있어서 능력 밖의 일이란 생각이 들었다. 생각의 끝이 여기에 이르러서야 현원숭의 굳었던 안색이 조금 풀어질 수 있었다.

"하지만 말이네. 군이 공격 날짜를 알게 되었다는 것만으로 그가 연합맹에 들어갈 일이 있겠는가? 그 정도는 당일 알아도 상관없지 않은가? 이미 서로가 모든 것을 준비한 상태인데……?"

"그렇습니다. 그 정도는 정보라고 할 수 없는 것입니다.'

“……?”

곽 총관의 말에 현원승은 의문을 드러냈다. 하지만 일체의 표정 변화가 없는 곽 총관의 얼굴을 보았을 때 마음이 편안했다. 곽 총관의 표정을 통해 이미 자신이 한 질문에 대한 답을 준비하고 있었음을 알 수 있었던 것이다.

곽 총관은 현원승의 표정 변화를 보며, 이제 자신의 의견을 분명하게 말할 때가 되었음을 알았다. 생각이 아니라 의견이었다. 받아들이는 사람에 따라서 생각으로 치부될 수도 있지만, 현원승은 의견으로 받아들이는 사람이었다. 그만큼 자신을 믿고 있었으며, 능력을 인정해 주고 있었다.

“사실 가주님도 일전에 언급했었듯이, 임호열은 가장 경계를 해야 할 자입니다. 그러나 본 가가 확인한 것은 그리 많지 않습니다. 등왕각에 머물렀던 수상한 자가 임호열이라 추측이 가능한 것도 점소이를 통해서였습니다. 더구나 임호열이 무한으로 간다는 것 역시 점소이의 입을 통해 얻은 정보입니다. 다시 말해, 등왕각에 머물렀던 자가 임호열이 아닐 수도 있다는 것입니다. 그러나 소인은 그자가 임호열이 맞다고 봅니다.”

“……?”

“사실 임호열이 연합맹과 연수를 한다는 것은 예견되었던 일입니다. 현재 임호열은 철혈검문을 해체한 후 무림을 떠돌고 있습니다. 황제의 교지를 거부했으니 뜻은 무림에 있다는 것인데, 연합맹에서 그런 임호열을 외면하고 있는 것입니다. 임호열로서는 쉽게 무림에서 재기할 수 없는 입장이지요.”

“……그렇군.”

"그런데 임호열에게 기회가 온 것입니다. 바로 본 가와 연합맹 간의 격전입니다. 임호열은 연합맹에 자신의 도움을 주면서 무림에서의 활동은 인정받을 수 있고, 연합맹으로서는 임호열의 제의가 못마땅해도 받아들일 수밖에 없을 것입니다. 더구나 임호열은 연합맹에 들어갔다가 무한으로 떠났습니다. 그것이 무엇이겠습니까? 예전 철혈검문이 있던 곳은 동창의 안가로 바뀌어 있습니다. 더구나 무한을 중심으로 그 일대엔 금의위 고수들이 일만 명이나 주둔하고 있는 실정입니다. 오군도독부의 병사들은 동원할 수 없지만, 아마도 금의위는 임호열의 명이 어느 정도 통할 것입니다. 더구나 현재 금의위 총교두엔 철혈검문 당시 총관이었던 인물이 자리하고 있습니다."

"그럼 임호열이 무한으로 갔다는 것은, 금의위를 동원하기 위함이란 말인가?"

"아마도 그럴 것입니다. 그렇지 않고선 임호열이 무한으로 갈 일이 없습니다. 연합맹으로서는 임호열 혼자 도와준다고 해도 받아들였을 것이지만, 아마도 소인이 생각했던 것보다 연합맹의 거부감이 심각했던가, 아니면 임호열이 무림에서 활동하는 것 이상의 보장을 원했을 것입니다."

"이것 참. 그럼 연합맹과 임호열의 연수는 기정사실이란 말이군. 어떻게 한다? 흐음… 어쩔 수 없군. 곽 총관, 아버님께 이 사실을 알려야겠네."

"그렇게 하시는 것이 좋을 듯합니다."

"이미 다 들었다."

"아, 아버님 오셨습니까!"

"태상가주님을 뵙습니다."

현원승과 곽 총관, 그리고 범 부총관은 현원덕호가 막사 안으로 들어오자 깜짝 놀랐다. 그러나 세 사람은 얼른 자리에서 일어나 현원덕호를 맞이했다.

현원덕호는 현원승이 비켜선 자리에 앉고는 세 사람 역시 자리에 앉도록 했다.

"곽 총관, 임호열 그자가 무한으로 간 것이 확실하더냐?"

"옛? 예, 그렇습니다. 점소이의 말로는, 어제저녁때 계산을 하면서 오늘 아침에 떠난다는 말을 했다 합니다. 하지만 새벽에 정보를 듣고 찾아가 보니, 객방은 비어 있었습니다. 아마도 연합맹에 들어갔던 시간에 찾아갔었나 봅니다. 그러나 임호열로 여겨지는 자가 무한으로 간다는 정보를 어젯밤 점소이를 통해 확인했습니다."

"그럼 지금 무한으로 가는 길목을 차단한다고 해도 소용없겠구나."

"그렇지 않습니다. 사실 의외이긴 하지만, 오늘 아침에 임호열이 객방에 있었다고 합니다. 아마도 아침 식사를 한 후 출발할 것 같습니다."

"그래? 그렇다면 다행이다."

"……?"

"본좌가 그를 만나보겠다."

"아, 아버님?"

"태상가주님, 그것은 너무 위험합니다!"

현원승 및 곽 총관 등은 현원덕호의 말에 깜짝 놀라며 의자에서 일어섰다. 현원세가를 받치는 구심점이 위험한 자와 만난다는 것은 있을 수 없는 일이었다. 전투가 벌어지는 상황도 아니었기에 더욱 그러했다.

그러나 세 사람의 시선을 받는 현원덕호는 자신의 의지를 꺾지 않았다. 일체의 미동도 허용하지 않았던 것이다. 그에 세 사람은 답답한 가슴을 진정시킨 후, 힘겹게 자신의 자리에 앉았다.

"그럼 장로들을 대동하고 가십시오. 아버님 혼자서는 안 됩니다!"

"뭐라? 장로들을……?"

"소자의 말을 들어주십시오, 아버님!"

"그렇습니다, 태상가주님! 그자는 너무 위험합니다."

"허헛, 이거 참. 그렇게도 그자를 높이 평가하고 있었더냐?"

"……."

"……."

"가주, 굳이 그렇게 할 필요가 없을 것이다. 본좌는 그와 싸우러 가는 것이 아니라, 그를 본 가에 끌어들이기 위해 가려는 것이다. 만약 그가 본좌에 필적하는 실력이라면, 본좌는 그에게 대등한 연수를 권할 것이다. 물론 향후 무림에서 자유로운 활동과 세력 구축도 인정할 것이며, 무림에서 그의 위상도 인정해 줄 것이다. 본좌와 동등하게 말이다. 무슨 뜻인지 알겠느냐?"

"옛? 그, 그럼?"

"아~"

　현원덕호의 설명을 들은 현원승과 범 부총관은 놀란 나머지 입을 다물 수 없었다. 자신들이 알고 있는 현원덕호의 입에선 절대 나올 수 없는 말이었기 때문이다. 그러나 정작 말한 사람은 아무렇지 않다는 표정을 짓고 있었다. 또한 무엇인가를 곰곰이 생각하고 있는 곽 총관 역시 입을 굳게 다물고 있었다.

"어떠냐? 본좌도 이제 더 이상 적을 만들 필요가 없다 생각한다. 그러니 본 가가 그에 대한 적대 행위를 하지 않는다면 본 가와 연수를 할 수도 있을 것이다."

"태상가주님, 이런 말씀 드려서 죄송하지만 태상가주님께서 생각하시는 것은 힘들 것 같습니다."

"응? 곽 총관, 본좌의 생각이 틀렸단 말이냐?"

"사실 임호열에 관한 사항은 좀 복잡합니다, 태상가주님."

"복잡하다?"

"예. 만약 임호열이 황궁과 연관이 없다면 충분한 가능성이 있습니다. 그러나 그는 황궁과 연관이 있습니다. 그것은 임호열이 황제의 교지를 받지 않았다고 해도 완전히 끊어진 것이 아닙니다. 더구나 소호공주를 아내로 받아들였다고 해도 마찬가지입니다. 언제든지 끊어진 것을 다시 이을 수 있다는 것입니다."

"흐음……."

"더구나 그는 조선인입니다. 그런 조선인이 제독이 됐다는 것은 무엇이겠습니까? 그만큼 황제의 신망을 받았다는 것입니다. 그런데 그가 황제가 좋게 생각하고 있지 않은 본 가와 뜻을 함께하겠습니까? 더욱이 연합맹과 연수하겠다고 했다면, 그것은 더욱 힘든 일이 될 것입니다."

"아~"

"……."

곽 총관의 설명이 끝나자, 현원승의 입에서 탄성과 같은 비음이 흘러나왔다. 그러나 정작 이야기를 듣고 있던 현원덕호의 얼굴은 굳어졌다.

"흐음, 그렇다면 본 가와 함께하지 않을 것이란 말이군. 그런가, 곽 총관?"

"그렇습니다, 태상가주님. 차라리 이번 기회에 그의 역량을 확인하고, 연수가 아닌 중립을 지키도록 해야 합니다. 그것이 아마도 본 가가 그와 맺을 수 있는 최대의 협상일 것입니다."

"……한마디로, 본 가가 그의 눈치를 봐야 한다는 말이군. 그런가?"

"송구합니다, 태상가주님."

"……."

곽 총관의 수긍에 굳어졌던 현원덕호의 얼굴이 더욱더 딱딱해졌다.

어찌 보면 곽 총관의 말은 현원덕호와 현원세가의 자존심을 땅에 떨어뜨리는 말이었다. 그러나 곽 총관은 한 치의 망설임도 없이 현원덕호에게 그러한 것을 말하고, 또한 인정까지 하는 말을 서슴없이 했던 것이다.

"그럼 그와의 만남에서 좋은 결과가 나오지 않는다면 승부를 봐야 한다는 결론이군. 무슨 일이 있어도 말이야."

"지당하신 말씀입니다. 그가 연합맹과 연수를 하게 된 순간, 그것은 이미 결정된 일입니다. 그가 태상가주님의 제안을 받아들이지 않을 경우, 그 길밖에는 본 가가 연합맹을 누르고 무림을 이끌어갈 수 없습니다."

"알았다. 그렇게 하겠다. 곽 총관은 본좌를 수행할 준비를 하도록 하라."

"명을 받들겠습니다, 태상가주님."

"또한! 만약에라도 그와 검을 겨룰 수 있으니, 그에 따른 검토를 하고 충분한 인원을 준비하라. 바로 출발하겠다."

"옛, 태상가주님."

현원덕호의 명에 고개를 깊숙이 숙여 보인 곽 총관은 범 부총관을 대동하고 빠르게 막사를 나섰다. 명이 떨어졌으니, 그에 맞는 준비를 해야 했기 때문이다. 그러나 상대가 호열이었기에, 곽 총관은 세심한 준비를 해야만 했다. 적이라 판단이 되면 무슨 일이 있어도 끝을 보아야 할 인물이었기 때문이다.

*　　　　*　　　　*

서서히 떠오르는 태양.

그에 따라 어둠을 밝히던 화롯불들이 하나둘씩 꺼지기 시작했다. 그러나 날이 완전히 밝기 전까지 화롯불이 꺼지지 않는 곳이 있었다. 세상을 발 아래 두고 있는 듯 자리하고 있는 건물의 위용은 태양보다 찬란할 정도였는데, 화롯불들은 일 장의 간격을 두고 사방을 환하게 밝혀주고 있었다. 또한 건물을 호위하고 있는 듯, 건물과 화롯불 주변을 경계하고 있는 병사들의 눈빛이 섬광처럼 빛을 발하고 있었다.

건청궁(乾淸宮).

대명제국의 황제인 영락제가 기거하고 있는 곳이었다. 동창과 금의위에 의해 철통같이 경계가 되고 있는 건청궁은, 신선이라고 해도 함부로 들어갈 수 없을 정도였다.

"기침하셨느냐?"

"아니옵니다, 공주님."

"수태감(首太監)은 본녀가 왔으니 뵈어도 되냐고 여쭙거라."

"하오나 아직……."

수태감 진방(振昉)은 선혜공주의 말에 난색을 표했다. 아무리 영락제가 총애하는 선혜공주라 해도, 침소 밖으로 기침을 하지 않은 영락제에게 기별을 넣을 수는 없었던 것이다. 정난의 변 때 영락제를 도와 사십이라는 작다면 작은 나이에 내궁 수태감의 자리에 올라 영락제의 옆에서 보좌를 하게 되었지만, 아무리 옆에 있어 신망이 두텁다고 해도 쉽게 할 수 없는 일이었다.

"어서! 급하다!"

"하지만 공주님, 아직 폐하께선 기침을 하시지 않으셨습니다. 그것은 불경죄입니다."

"그것은 본녀도 알고 있다. 그러나 한시가 급한 일이다."

"공주님, 하지만……."

"어헛! 지금 본녀가 급하다고 하지 않았느냐! 어서 아버님께 고하도록 하라."

"휴~ 알겠습니다, 공주님. 흠! 황제 폐하, 선혜공주께서 뵙기를 청하옵니다."

"……."

밤사이 목소리가 잠겨 있기에 한번 푼 후, 수태감 진방은 영락제의 침소를 향해 몸을 돌린 후 고개를 깊숙이 숙였다. 그런 후 선혜공주의 바람대로 힘껏 목청을 높였는데, 수태감의 얇은 목소리가 조용하던 건청궁에 울려 퍼졌다. 하지만 침소에 든 영락제로부터 아무턴 답이 나오지 않았다. 그에 난처해진 수태감은 선혜공주를 쳐다보았고, 선혜공주는 고개를 까딱이며 다시 고하라는 행동을 취했다.

"황제 폐하, 선혜공주께서 뵙기를 청하고 있사옵니다."

"헛흠! 알았다. 수태감은 들여보내도록 하라."

"알겠사옵니다, 폐하. 공주님, 안으로 들어가십시오."

"고맙네, 수태감. 나중에 오늘 일에 대한 보상은 적절히 하겠네."

"알겠습니다, 공주님."

진방은 선혜공주의 말에 어색한 미소를 지어 보이며 깊숙이 고개를 숙여 예를 다했다. 나중에 영락제로부터 핀잔을 들을 수 있었지만, 그에 따른 보상을 선혜공주가 해준다고 하기에 다소 걱정도 줄었다. 더욱이 영락제가 생각보다 빨리 기침을 하게 되었으니, 오늘은 평상시보다 일찍 쉴 수 있었다. 그 시간이 비록 영락제가 정사를 주관하는 태화전(太和殿)에 드는 미사까지였지만, 그렇다고 해도 평상시보다 한 시진 정도를 더 쉴 수 있었기에 기분이 좋은 것은 어쩔 수 없었다.

영락제의 옆에는 이번에 새롭게 귀비(貴妃)가 된 김씨(金氏)가 있었다. 본명은 김운소(金澐昭)로 영락제가 정난의 변을 일으킬 당시 많은 도움을 주었던 태평산장의 장주 김소찬의 딸이었다. 올해 스물셋으로 선혜공주보다 네 살이나 어렸으나, 황궁에서의 지위는 삼부인이라 칭할 정도로 재상과 버금갈 정도로 영향력이 상당했다.

선혜공주는 등을 살짝 돌리고 머리를 다듬고 있는 김 귀비에게 살짝 고개를 숙여 보여 예를 취한 후, 영락제의 앞에 무릎을 꿇었다.

"아바마마를 뵈옵니다. 밤새 평안하셨는지요."

"그래, 잘 잤다. 그런데 선혜야, 이른 새벽부터 무슨 일이냐?"

"이른 아침부터 무례한 줄 알지만, 급한 마음에 이렇게 오게 되었습니다. 송구하옵니다, 아바마마."

"흐흠, 그래. 네 모습을 보니 다급한 일이 있는 것 같구나. 어서 말해 보거라. 도대체 무슨 일이기에 이렇게 다급한 얼굴로 이 아비를 찾은 것이더냐?"

갑작스러운 선혜공주의 방문에 기분이 다소 언짢았던 영락제는 선혜공주의 안색이 평소와 달리 좋지 않아 보여 걱정이 되었다. 그에 언짢았던 마음은 싹 사라지고 걱정이 앞섰다.

"실은 아바마마께 청이 있어 이렇게 왔사옵니다."

"청이라……?"

"예, 아바마마."

"흐으음, 무슨 일인지 모르지만, 네가 꽤 다급한 모양이구나! 그래, 어서 말해 보거라."

"감읍하옵니다, 아바마마. 실은 소녀에게 십만의 군사를 움직일 수 있는 권한을 주셨으면 하옵니다."

"십만?"

"……?"

선혜공주의 갑작스러운 주청.

선혜공주의 주청을 들은 영락제와 김 귀비는 깜짝 놀랐다. 더욱이 선혜공주를 불편하게 생각하고 있던 김 귀비로서는 의구심이 가득 담긴 눈으로 선혜공주를 바라보았다.

"도대체 무엇 때문에 그렇게 많은 군사가 필요한 것이더냐?"

"무림에 나갈 일이 있사옵니다."

"무림? 무림에 나가는 것은 좋다만, 그 많은 군사들을 어디에 사용하려고 그러는지 소상히 말해 보거라. 그래야 이 아비가 판단할 수 있을 것 같구나."

"실은… 아바마마, 소녀는 한 분을 만나고 또한 도와주기 위해 군사가 필요합니다."

"누구… 혹시 그때 외궁에 잠시 머물렀던 자를 말함이더냐?"

영락제는 몇 달 전 선혜공주와 함께 황궁에 들어온 후 외궁에 머물렀던 인물이 있었다는 것을 상기했다. 그러나 그 인물이 누구인지 정확히 모르고 있었기에, 혹시나 하는 마음으로 물어본 것이다. 무림에 몇 번 나갔었지만, 선혜공주가 군사들을 대동하고 무림에 나갈 일은 딱히 떠오르지 않았던 것이다.

"그렇사옵니다, 아바마마. 그분은 지금 연합맹에 있다 하는데, 연합맹은 현재 현원세가의 공격이 임박한지라 풍전등화와 같은 상황입니다. 비록 황궁이 무림의 일에 개입할 수는 없다고 하나, 직접 개입하지 않고 십만의 병사들이 남창 근교에 머물게 되도 현원세가에서 쉽게 준동하지 못할 것이라 사료되옵니다."

"흠! 네 뜻은 알겠다면, 그런 이유로 군사들을 움직일 수는 없느니라. 또한, 내년 봄엔 정로군을 이끌고 북방 원정을 하게 된다. 그런데 어찌 사사로운 정 때문에 군사들을 동원할 수 있단 말이냐. 그것은 안 될 말이다."

영락제는 선혜공주의 표정을 보면서, 선혜공주가 자신은 얼굴도 보지 못한 그 사내를 깊이 사모하고 있음을 알 수 있었다. 하지만 군사를 동원한다는 것을 들어줄 수는 없었다. 아무리 공주의 신분이라고 하나, 개인적으로 군사를 동원하게 되면 황제와 나라의 병사들이 아니라 사병이었다. 또한 허락할 경우, 그것은 후에도 전례가 되는 법이었다.

"소녀도 쉽지 않음을 알고 있사옵니다. 그러나 그분은 능히 아바마마의 기대에 부응할 수 있는 분입니다. 더욱이 그분은 아바마마께서 인정하셨던 임 제독의 하나밖에 없는 의동생입니다."

"무엇이? 지금 그것이 사실이더냐?"

"그렇사옵니다, 아바마마."

"흐으음……."

'임 제독의 의동생이라? 의동생, 임 제독이라…….'

영락제의 눈은 선혜공주의 입에서 호열에 관한 언급이 된 후 제황의 눈으로 변해 있었다.

"무림에서 차지하는 그분의 비중은 실로 대단하옵니다. 또한 명성보다 더 높은 무공도 지니고 있습니다."

"……."

"일전에 소녀를 따라 황궁에 왔던 것을 기억하실 것이고, 그때 아바마마께선 그분을 보시지 못했지만 동창을 통해 알고 계실 것입니다. 그렇다면 그분이 누군지 아시지 않습니까? 바로 삼성이마 중 한 명인 천승검 현원덕호와 대등한 대결을 펼쳤던 분입니다."

"흐으음……."

"더욱이 그분께선 임 제독과는 달리 한인(漢人)입니다. 바로 아바마마의 진정한 백성이란 것입니다. 그렇기에 소녀가 이렇게 아바마마께 무례한 주청을 올리는 것이옵니다. 어려운 이때 그분을 도와준다면, 향후 그분은 아바마마의 북방 원정에 많은 도움을 줄 것입니다."

"후~ 삼성이마와 대등한 실력이라……."

선혜공주가 한 말들 중 영락제의 귀에 들어온 것은 딱 두 가지였다. 바로 삼성이마와 대등한 실력을 지녔다는 것과 한인이라는 것이었다.

선혜공주는 영락제가 생각에 잠겨 있자, 더 이상 운영에 관하여 언급할 수가 없었다. 앞으로 모든 것은 영락제에 의해 정해질 것이고, 자신은 어떤 결정이 나도 그에 따라야 했다. 그것이 비록 군사를 동원할 수 없다는 명일지라도…….

일각이 흐르는 동안 생각에 잠겨 있던 영락제가 두 눈을 뜨고 선혜 공주의 얼굴을 바라보았다. 하지만 영락제의 눈빛은 따뜻한 아버지의 눈빛이 아니었다. 만천하를 발 아래 두고 있는 제황의 눈빛이었다.

"오늘 일은 못 들은 것으로 하겠다. 그러니 선혜는 더 이상 이번 일을 거론하지 말도록 하라."

"아바… 마마……?"

"아무리 그가 뛰어난 자이고 네가 마음에 두고 있다고 해도, 그것은 사적인 일에 지나지 않는다. 더욱이 철혈검문의 일로 황궁은 특별한 일이 없을 경우 무림에 군사들을 동원할 수 없다. 그러한 것을 세상에 공표한 것이 불과 세 달 전의 일이다. 그런데 어찌 군사를 동원할 수 있겠느냐."

"아~"

"또한, 이 아비는 그가 이번의 위기를 스스로 극복하는 것이 장래를 위해 좋다는 생각이다. 아마도 그것은 네게도 큰 도움이 될 것이다."

"옛? 아바마마, 그것이 무슨 말씀이신지……?"

"사나이란 역경을 스스로 헤쳐 나갈 때 진정한 자신을 알 수 있단다. 더욱이 앞으로 부마가 될 사람이라면 더욱 그렇게 해야 할 것이다. 어찌 스스로의 일조차 이겨낼 수 없는 자가 부마가 될 수 있겠느냐! 또한 이 아비의 생각으론 그가 네 도움을 바라지 않을 것 같구나. 아마도 그가 진정한 사내라면 말이다. 알겠느냐?"

"하지만……."

"어헛, 그만 하거라."

"…예, 아바마마……."

선혜공주는 영락제의 말이 무슨 뜻인지 알았지만, 쉽게 자신의 뜻을 꺾지 못했다. 자신의 뜻을 꺾자니 운영의 위험을 방관하는 것밖에 되지 않았던 것이다. 그러나 마지막엔 어쩔 수 없다는 것을 알고 있었다. 자신이 운영을 위해 해줄 수 있는 것은 여기까지가 전부였기 때문이다.

선혜공주의 표정이 슬픔으로 변하자, 그것을 바라보는 영락제의 마음도 편하지 않았다. 그러나 그것은 어쩔 수 없는 일이었다. 더욱이 자신이 알고 있는 사나이라는 것은, 스스로 강해질 수 있는 사내를 뜻하는 것이었다. 또한 그것이 사랑하는 딸에게도 좋다고 생각되어 선혜공주의 주청을 매몰차게 거절한 것이다.

영락제의 침소를 나온 선혜공주의 발걸음엔 힘이 하나도 없었다. 그러나 영락제의 뜻이 어디에 있는지 알고 있기에 어쩔 수 없었다. 모든 것이 자신을 위해서임을 잘 알고 있었기 때문이다.

'부디, 부디 무사하기를 바랄 뿐입니다. 소녀가 할 수 있는 것은 여기까지네요. 죄송합니다……'

선혜공주가 침소를 나간 후, 영락제는 의관을 정제하고 식사를 하기 위해 자리에서 일어나 있었다. 또한 이미 모든 준비를 마친 김 귀비 역시 영락제를 따라 침소를 나섰다.

"폐하, 선혜공주의 주청을 들어주시지 그랬습니까? 선혜공주가 그 사람을 깊이 사모하고 있는 것 같던데요."

"귀비의 말은 알겠지만, 사나이란 모름지기 자신의 일은 스스로 알아서 해야 하는 법이오. 본인도 연합맹이 어렵다는 것을 알고 있소이다. 그러나 그러한 것을 극복했을 경우, 그는 선혜의 진정한 부군이 될 수 있소. 짐은 단순히 부마를 원하지 않소이다. 그저 그런 부마를 원했다면 벌써 선혜를 출가시켰을 것이오. 그렇지 않기에 선혜의 주청을 들어주지 않은 것이오."

"그렇군요. 하지만 선혜공주의 마음이 이번 일로 크게 상하지나 않을까, 그것이 염려가 되옵니다."

"흠, 사실 그것은 본인도 걱정이 되오. 하지만 어쩔 수 없는 일이니 귀비는 더 이상 그 일을 거론하지 말도록 하시오."

"알겠사옵니다, 폐하."

'이미 폐하의 마음은 정해지셨구나! 그나저나 선혜공주의 마음을 송두리째 빼앗은 남자는 어떤 사람일까? 임 제독의 의동생이라 했으니, 그 역시 대단한 사람이긴 할 텐데······.'

김 귀비는 한편으로 부럽기도 하고, 다른 한편으론 선혜공주가 군사들을 동원하지 못한 것이 잘되었다는 생각이 들었다. 어찌 되었든, 귀비로서는 영락제의 결정이 마음에 들었다. 비록 겉으로는 선혜공주의 상처를 염려하고 있었지만······.

제11장

과한 힘은 없는 것보다 못하다?

◆ 제11장 과한 힘은 없는 것보다 못하다?

　등왕각을 나서는 호열의 발걸음은 가벼웠다. 점심을 먹고 출발한 것
이라 생각보다 늦은 출발이었지만, 굳이 신경 쓸 정도는 아니었다. 어
차피 어의섬을 시전하면 저녁을 먹기 전에 무한에 도착할 수 있었기
때문이다.
　점심을 먹기 전 등왕각 최상층에 올라 포양호에 이르는 강줄기를 바
라보던 호열은, 무한으로 가는 길을 육로가 아닌 배를 타고 가면 어떨
까 하는 생각도 했었다. 그러나 귀찮기도 했지만, 소호공주와 경민의
얼굴이 떠올라 그렇게 할 수 없었다.
　대로를 따라 남창 시내를 벗어난 호열은 무한과 얼마 떨어지지 않은
곳에 위치한 악주(鄂州)로 방향을 정했다. 어차피 수로를 이용할 생각
이 아니었기에, 무한까지 가는 직선로는 악주를 경유해서 가는 것이 최
단로였다.

"이거 대로로 가자니 보는 눈이 많네. 그렇다고 마냥 걸어갈 수도 없으니, 어떻게 한다? 이럴 줄 알았으면 새벽에 출발하는 것인데."

호열은 자신과 함께 걸음을 옮기고 있는 사람들을 보았다. 길이 잘 닦여 있어서 그런지 대로를 이용하는 사람들이 상당히 많았다.

"휴, 모르겠다. 대로에서 조금 벗어나서 가면 되겠지."

호열은 대로에서 약간 벗어난 후, 어의섬을 시전하였다. 대로엔 사람들이 많이 있었지만, 호열에게 신경 쓰고 있는 사람이 없어 별 무리 없이 앞으로 나아갈 수 있었다. 그러나 호열도 생각하지 못한 것이 있었는데, 대로를 이용하지 못하니 작은 산이라도 나타나면 그것을 타고 넘어야 했다. 또한 안의(安義)를 지나는 곳에선 강을 건너야 했다. 물론 강을 건너기 위해 배를 탈 수도 있었지만, 이왕 사람들 눈에 띄지 않게 가기 시작하여 거침없이 강물 위로 신형을 날렸다.

"우우~"

푸하아앙~

콰아아아앙~

호열의 발밑에 흘러가던 강물이 사방으로 물줄기를 뿌렸다. 마치 해룡이 강을 건너는 듯 보일 정도로 장관을 연출하였다. 사실 다른 사람들의 눈을 의식하는 호열의 성격상 이런 일은 파격적인 일이었다. 그러나 포구와는 상당히 떨어져 있었고, 강가 주변을 살펴보아도 인적이 없었다. 그에 기분 전환도 할 겸해서 사방에 큰 물보라를 일으키며 강을 건넌 것이다.

"하하하, 정말 기분이 상쾌하구나. 이렇게 상쾌할 수가. 나중에 경민이 크거든 다시 한 번 해봐야겠구나. 하하하~"

강가에 도착한 호열은 자신이 건너온 반대편 강가를 보면서 크게 웃었다. 아직 호열이 건너온 길목의 물들이 작은 물결을 만들고 있었다. 그 모습을 한동안 바라보던 호열은 물결이 완전히 사라지자 자리를 떠났다.

호열이 강가를 떠난 후 일각이 흐르지 않아 앞에 작은 산이 나타났다. 그리 절경도 아니어서 이름도 없었다. 하지만 산으로 들어서고 얼마 지나지 않아서 꽤 절경이란 느낌을 받았다. 악록산처럼 깎아지는 봉우리들은 없었지만, 꽤 깊어 보이는 절벽도 눈에 들어왔다.

호열은 주변 절경을 둘러보면서 자신이 가는 길이 아무도 다녔던 흔적이 없다는 것을 알 수 있었다. 어쩌다 사냥꾼들이 다녔던 흔적을 찾을 수 있었지만, 그것은 정말 어쩌다 보일 정도로 극히 희박했다.

"이런 곳에 밑이 보이지 않을 정도로 깊은 절벽이 있다니. 더구나 절벽이 날카로워 무공이 낮은 사람은 떨어져도 빠져나올 수조차 없겠구나."

호열은 산이란 정말 들어서지 않고는 모를 곳이구나라는 생각이 들었다. 산에 접어들기 전 보았던 전경은 단지 조금 높은, 그러나 험해 보이지 않았던 산이었다. 그러나 막상 산에 들어서고 정상을 향해 갈수록 눈을 즐겁게 하는 절경이 즐비했다. 마치 예전 조선에서 생활할 때 상인들을 따라 지리산을 오르던 기억이 떠오를 정도였다.

"훗, 이렇게 되면 직접 경험하지 않고는 속을 알 수 없는 것이 세 가지가 되는가? 그렇군. 정말 세 가지가 아니던가. 하하하~"

호열은 산에 대해서 생각하다가 크게 웃었다.

직접 속을 보기 전에는 알 수 없는 것.

그것은 누구나 알 수 있듯이 첫째로 사람의 마음이었고, 두 번째로 바다 속이었다. 그리고 호열이 마지막으로 생각한 것은 산이었다. 그만큼 밖에서 보는 산과 안에서 보는 산은 확실히 달랐던 것이다.

'응? 이곳에 사람들이……?'

기분 좋게 산에 오르던 호열의 발걸음이 멈추었다. 사십 장 밖에 많은 인기척이 느껴졌던 것이다. 또한 자신의 뒤쪽에도 일단의 사람들이 따르고 있다는 것을 알 수 있었다. 사람이 지나다녔던 흔적이 없어 경계가 느슨해진 탓도 있었지만, 무엇보다 주변 경치를 정신없이 감상하느라 주변 경계를 소홀히 해서 늦게 알 수 있었던 것이다.

무언가 상황이 묘하게 변했다. 마치 자신을 기다리고 있는 것 같다는 생각이 들었던 것이다. 그러나 자신의 생각에 어이없는 웃음이 나왔지만, 이상한 생각이 드는 것은 어쩔 수 없었다. 그에 호열은 혹시나 하는 생각으로 사십 장 앞에 은신해 있는 사람들이 누구인지 확인해 보기로 했다.

'열세 명이라… 응? 이 기운은, 설마……?'

사람들의 인기척을 살펴보던 호열은 깜짝 놀랐다. 꽤 익숙한 기운이 전방에 있었던 것이다.

현원덕호.

호열은 전방에서 현원덕호의 기운을 감지할 수 있었는데, 순간적으로 어떤 상황인지 짐작할 수가 없어 눈만 멀뚱멀뚱 뜬 상태로 서 있었다.

"어서 오시게. 그렇지 않아도 기다리고 있었네."

"흐으음."

호열은 현원덕호의 전음을 듣고서 정신을 차릴 수 있었다. 또한 확실히 자신을 기다리고 있었다는 것도 알 수 있었다. 그에 자신도 모르게 침음이 입가로 흘러나왔다. 하지만 크게 걱정하는 마음이 들지는 않았다. 뒤에서 따라오고 있는 오십 명과 전방에 은신해 있는 열두 명으로는 자신을 어찌할 수 없다는 것을 알고 있었기 때문이다. 비록 현원덕호가 강하다고 해도, 그것은 일반 사람들의 기준일 뿐이었다.

'마침 잘됐군. 어떻게 알았는지 모르지만, 이렇게 되었으니 현원덕

호의 얼굴이나 보고 갈까? 후후!'

자신감.

호열은 현원덕호가 기다리고 있는 곳으로 당당하게 걸어갔다. 아니, 걸어가는 것처럼 보였다. 하지만 호열의 발바닥은 지면과 반 자 정도 떨어져 있었고, 호열의 앞을 가로막고 있는 나무들은 호열이 지나가기 전에 옆으로 쓰러지며 길을 만들어주었다.

드드드드, 쿠웅~!

쿵! 쿠우웅~!

삼십 장.

호열이 어의섬을 시전한다면 눈 깜짝할 사이에 불과한 거리였지만, 호열은 일부러 천천히 움직여서 현원덕호의 삼 장 앞에 멈췄다.

현원덕호가 호열을 기다리고 있던 곳은 산 정상에서 조금 밑으로 내려와 있는 곳이었다. 바로 호열이 절경이라 생각하고 있던 계곡의 시작 지점이었다.

현원덕호는 호열이 도착해 있는 것을 알고도 고개를 돌리지 않고 절벽을 바라보며 찬사를 터뜨리고 있었다.

"아~ 절경이로다! 세상에 이름도 알려지지 않은 산에, 이런 절경이 숨겨져 있었다니……."

"……."

"오늘 개안을 하는구나. 가히 용천벽(龍天壁)이라 이름을 붙인다고 해도 손색이 없구나!"

"흠!"

"응? 아~ 허허, 이거 미안하게 되었네. 임 대인이 왔다는 것을 알고 있었지만, 절벽의 경치가 너무도 절경이라 시선을 놓을 수가 없었구려!"

"사람의 시선을 잡아끌 정도의 절경이긴 합니다. 그나저나 연합맹을 상대하고 있어야 할 천승검께서 이곳엔 어인 일입니까? 마치 본인을 기다리고 있었던 듯하군요."

"그렇네. 하지만 임 대인과 만나기 위해 일부러 이곳을 찾기는 했지만, 마침 이러한 절경을 보게 되니 잘 왔다는 생각이 절로 드는구먼. 아마도 이런 절경은 다른 곳에선 쉽게 볼 수 없을 것이네. 그렇지 않은가?"

"절경은 절경이지요. 가히 백 장이 넘는 절벽이 마치 항아리처럼 이어져 있으니, 이런 절경을 어디서 구경할 수 있겠습니까?"

"그러고 보니 본좌가 임 대인에게 고맙다고 해야겠구려! 허허!"

"그렇게 말해 준다면 기꺼이 받겠습니다."

"허허허!"

현원덕호는 호열의 말에 인자한 웃음을 보였지만, 속마음은 심하게 놀라고 있었다. 자신이 시전한 기운을 호열이 너무도 담담하게 받아들이고 있었기 때문이다. 자신이 은근히 내뿜고 있는 천룡패기(天龍霸氣)를 호열은 너무도 담담하게 받아들이고 있었기 때문이다. 아니, '천룡패기를 과연 시전했던가?' 할 정도로 호열의 표정은 전혀 변화가 없었다. 이에 현원덕호는 천룡패기를 거두고 감탄스럽다는 표정으로 호열을 바라보았다.

'실로 직접 대면하지 않았다면 몰랐겠구나. 어찌 무림에 이와 같은 자가 있었단 말인가? 승이가 걱정할 만했었구나. 흐으음……'

"그런데 어떻게 본인이 이곳을 지나갈 것을 알고 기다린 것입니까?"

"허허, 다행히 본 가엔 지략이 뛰어난 총관이 있었네. 임 대인이 무한으로 간다는 정보를 듣고는 본좌에게 몇 곳을 지정해 주더구먼. 대로와 상당히 떨어져 있어 만나지 못하면 어쩌나 했는데, 운이 좋아서 그런지 다행히 본좌의 발걸음이 이곳으로 향하더구먼. 아무래도 본좌와 임 대인의 만남을 하늘도 원하고 있는가 보네."

"하늘이 원하는 만남이라… 그것도 나쁘진 않군요. 어차피 본인도 한번쯤 만나보고 싶었으니 말입니다."

"그런가? 허허, 임 대인이 본좌를 만나고 싶었다니, 영광이구먼! 자, 이쪽으로 오시지 않겠는가? 절경이 한눈에 들어오는 자리라네."

"그렇게 하지요."

호열은 현원덕호로부터 기운이 전해지지 않자, 이내 서로에 대한 일차적인 탐색이 끝났음을 알고는 현원덕호가 안내한 자리로 걸어갔다.

현원덕호가 안내한 곳엔 미리 주변 정리를 했던지 깨끗하게 잘린 통나무 의자와 탁자가 놓여 있었다. 더불어 주변 오 장에 있던 나무들은 짧게 잘려져 있었는데, 절단된 면이 일정해서 검에 상당한 조예가 있는 무인이 잘랐다는 것을 알 수 있었다.

"무슨 일로 본인을 만나고자 이곳까지 온 것입니까? 지금으로서는 만날 이유가 없을 텐데요?"

"어찌 만날 이유가 없겠는가? 오히려 이렇게 임 대인의 도습을 보니, 그동안 왜 만날 생각을 하지 못했는가 하는 생각을 할 정도네."

"그렇습니까? 무슨 이유 때문에 천승검께서 그런 생각을 했는지 모르겠지만, 호의로 생각하지요. 고맙군요."

"호의로 생각해 준다니 고맙구먼. 그나저나 독고신검은 만나보았는가? 오랫동안 보지 못해서 그런지 잘 있는지 모르겠구먼!"

'홋, 어젯밤에 연합맹에 들어간 것을 알았나 보군.'

"보기는 봤는데, 나이에 맞지 않게 아직 펄펄하더군요."

호열은 악록산에서 보았던 독고신검을 떠올렸다. 하지만 어디서 만났는지 현원덕호에게 굳이 말할 필요가 없었기에, 호열은 독고신검에 관한 것만 살짝 언급했다.

"그… 런가? 그거 잘되었구먼. 나중에 얼굴이나 한번 봐야겠구먼."

'역시 연합맹에 있었군. 그렇다면 오늘 일이 무엇보다 중요하겠구나. 독고신검과 연수를 하게 할 수는 없지.'

"그렇게 하시지요. 뭐, 오랜만에 만나는 것이라면 술 한잔하는 것도 좋겠지요."

"허허, 그러고 보니 그렇군. 그런 자리에 술이 빠지면 안 되겠지. 고맙네."

"벌써 고맙다는 말을 여러 번 듣는군요."

"허허."

호열의 말이 이어질수록, 현원덕호의 표정은 조금씩 굳어졌다. 대화가 진행될수록 빈틈을 찾을 수 없는 것도 이유가 되었지만, 대화 속에서 자신에게 좋은 감정이 없다는 것을 확인할 수 있었던 것이다. 하지만 아직 본론조차 꺼내놓지 않았기에, 현원덕호는 은신해 있는 수하들이 섣부른 행동을 하지 않도록 주의를 주었다.

"그나저나 꽤 많은 수하들을 대동하고 다니는군요. 특히 은신해 있는 열두 명은 웬만한 문파의 장문인 정도 되는 실력을 갖추고 있군요. 열둘이라… 훗, 혹시 현원세가에 절진이라도 있는 것입니까? 저번에 패혈맹에 들렀던 일이 있었는데, 절진의 위력이 상당하더군요."

"절진이라… 허허, 패혈맹에서 무슨 절진을 만났는지 모르겠지만, 웬만한 무가엔 한두 가지씩 자파에 맞는 절진이 있네. 당연히 본 가에도 그런 절진이 있는 건 말할 것도 없고."

"그렇습니까? 그렇군요. 하긴, 절진이 구파일방과 오대세가의 전유물이 아니긴 하겠지요. 하지만 놀랍군요. 천승검께서 절진이라 인정할 정도면 대단한 위력이겠군요. 한번 견식할 기회가 있었으면 좋겠군요."

"워낙 위력이 강맹하여 그런 일이 일어나면 안 되겠지만, 혹시라도 기회가 된다면 보여주도록 하겠네. 그때 마다하지나 말게."

"하하, 여부가 있겠습니까. 그런데 어떻게 알게 되었습니까? 더구나 연합맹에 들어간 것은 쉽게 알지 못할 텐데요."

호열은 의구심이 들었다. 분명 주변엔 자신을 살피는 사람이 없었다. 있었다면 아침에 몇 명이 있었을 뿐이었다. 그 정도면 등왕각에 자신이 머물고 있다는 것 정도는 알 수 있었을 것이다. 그러나 그뿐이었다. 새벽에 연합맹에 들어갔다가 나온 것과 무한으로 향한다는 것을 알 정도는 아니었던 것이다.

"믿을지 모르겠지만, 점소이가 정보를 알려주더구먼. 그래서 알게 되었네."

"무한으로 간다는 것까지 말입니까?"

"그렇네. 웃기지 않은가? 점소이가 그런 정보를 알고 있고, 그것이 본좌의 귀에 들어올 정도로 세상은 녹녹하지 않은데."

'훗, 또 송 군사에게 당했군. 아니지, 이번엔 제갈 부맹주와 합작을 했겠군.'

호열은 현원덕호의 설명을 들으면서 입가에 쓴웃음이 머달릴 수밖에 없었다. 송 군사의 계략에 두 번이나 당한 것이다.

"본좌도 이곳까지 오는 동안 많은 생각을 해봤네. 그래서 임 대인과 그들이 협상을 했다면 그런 정보가 본좌의 귀에 들어올 수 없다는 결론을 내릴 수 있었네. 그렇지 않은가? 어떻게 생각하는가?"

"협상이라……."

'역시 내가 거절을 해서 이런 만남이 이루어진 것인가? 그렇다고 해도 쉽지 않았을 텐데, 정말 용하구먼!'

호열도 현원덕호의 말에 고개가 끄덕여졌다. 자신이 생각하기에도 그만한 답이 없었던 것이다.

"흠! 임 대인! 아무래도 연합맹을 찾아갔던 일은 뜻대로 되지 않았나 보군. 그렇지 않은가?"

"글쎄요. 반은 맞았다고 할 수 있겠군요."

"반은 맞았다? 허허, 듣기에 따라서 어떤 결과가 나왔는지 유추할 수 없는 상당히 애매한 답변이구먼. 그러나 한 가지는 분명하군. 여하튼 임 대인과 독고신검의 협상이 좋게 끝나지 않았다는 것 말이네."

"어떤 협상을 말하는지 모르겠지만, 아마도 그럴 것입니다."

"그럼 어떤가? 본좌와 손을 잡을 생각은 없는가?"

"현원세가와 말입니까? 하하하, 농담으로 받아들이겠습니다."

자신을 바로 공격하지 않는 현원덕호를 보면서, 호열은 어느 정도 예상하고 있었다. 그러나 막상 자신이 예상하고 있던 말이 현원덕호의 입에서 나오자, 호열은 어이없다는 반응을 보이며 크게 웃었다.

"본좌는 임 대인이 무림에서 편하게 활동할 수 있도록 해주겠네. 물론 세력을 키워도 상관하지 않겠네."

"……."

"그러나 본좌와 본 가를 위해 힘을 써달라는 것은 아니네."

"그럼……?"

"단지! 임 대인이 중립을 지켜주기만 하면 되네. 알겠는가? 이번 싸움에 연합맹의 손을 잡지 않고, 그저 방관만 해주면 오늘 본좌가 말한 모든 것을 지켜주겠네. 어떠한가? 도와달라는 것은 맞지만, 도와주는 것이 중립이라면 임 대인에게도 피해가 없는 것 아닌가?"

"그렇지요. 중립이라……."

호열은 현원덕호의 제안에 귀가 솔깃했다. 그러나 이내 자신이 무슨 생각을 하고 있는지 깨닫고는 피식 웃음이 나왔다. 은거를 결심한 마당에, 무림에서 활동이 보장된다고 해도 아무런 소용이 없었던 것이다.

"잘 생각해 보게. 그리 나쁘지 않은 조건일 것이네."

"꽤 구미가 당기는 조건이군요. 그러나 그 역시 못 들은 것으로 하겠습니다. 하지만 걱정하지 않아도 될 것입니다. 제안에 동의하는 것은 아니지만, 연합맹에 힘을 보태고 싶은 마음은 없으니까요."

"그럼……?"

"미래란 모르는 것이지만, 현재 본인은 무림에 아무런 미련이 없습니다. 그러니 현원세가와 연합맹의 결전은 상관하지 않겠다는 것입니다."

"그 말이 정말인가?"

현원덕호는 호열의 말에 반색을 하며 되물었다. 정말 생각하지 못한 말이 호열의 입에서 나온 것이었다.

"이미 말했습니다. 한 번 한 말은 지킵니다. 비록 약속은 아니지만, 입 밖으로 내뱉은 말을 다시 주워담지는 않습니다."

"허허! 정말 고맙구먼! 허허허~"

현원덕호는 오늘 호열을 잘 만났다는 생각이 들었다. 귀찮은 걸음을 하긴 했지만, 그것이 지금은 전혀 귀찮게 느껴지지 않았다.

"고마울 것은 없습니다. 이미 생각했던 일이기에 그것을 실천하려고 할 뿐이니까요."

"역시 소문대로 명나라에 미련이 없구먼! 이런 말을 하긴 뭐하지만,

혹시 조선인이라서 그런가?"

"조선인이라… 하하, 그것이 무슨 문제겠습니까? 다만 세상을 살아가는 데 주관이 뚜렷이 서 있으면 되는 것 아닙니까?"

"오해를 했다면 미안하네. 다만 본좌는 임 대인의 무관심이 그것에 기인한 것이 아닌가 하는 생각을 했기에 그랬네."

"흐으음."

"본좌의 말이 귀에 거슬렸다면 이해해 주게. 사실 본좌가 임 대인에게 이런 말을 하는 것은 일종의 동질감을 느꼈기 때문이네."

"동질감이라고 했습니까?"

"허허, 그렇네. 본좌의 생각이 맞는지 모르겠지만, 임 대인이 무림에 대해 무관심하려고 한다면 본좌는 임 대인과는 반대로 적극적인 정복을 택했다고 할 수 있지."

"……."

"역사적으로 한인들은 자신들이 세계의 중심이라는 생각을 가지고 있지. 그래서 스스로를 한인이라 하기보다는 중원인이라고 칭하기를 주저하지 않네. 그리고 예로부터 중원이 한인들에 의해 통일되면 주변국들을 정복하지. 정복이 아니라도 엄청난 조공을 요구하네. 중원인들에겐 자랑일지 모르겠지만, 당하는 입장에서는 굴욕적인 일이지. 물론 옛날 우리 몽골인들도 그랬었지만, 아마도 조선 역시 별반 다르지 않을 것이네. 그렇지 않은가?"

"흐음……."

"다행히 약 백사십 년 전에 몽골이 하나로 통일되었고, 그 힘은 중원을 넘고 서장과 티벳을 넘어 서쪽 끝까지 이르렀었네. 비록 그 세월이 백 년도 못 갔지만, 그 세월은 그동안 중원인들로부터 핍박받았던 통한의 세월을 모두 보상받기엔 턱없이 부족한 세월이지. 그러나 원나라가 북쪽으로 물러난 후, 본좌는 모든 것을 잊고 조용히 살고 싶었네. 하지만 마음처럼 그 일은 쉽지 않더군. 그래서 본 가가 봉문을 하게 됐지. 비록 본좌가 죽음을 위장하게 되었지만."

현원덕호는 호열을 앞에 두고 자신이 살았던 세월을 간략하게 설명하기 시작했다. 그러나 자세히 들어보면, 호열에게 들으라고 하는 말이 아니라는 것을 알 수 있었다.

회상.

현원덕호는 호열을 만남으로 인해 자신의 삶에 대한 회상의 시간을 가질 수 있었던 것이다. 굳이 호열이 자신의 삶에 대해 부정적인 생각을 가지고 있다 해도, 호열이 한인이 아니라는 것을 생각하자 자신도 모르게 가슴속 깊이 자리하고 있던 회한이 입을 통해 빠져나온 것이다.

그러나 호열이 조선인이란 이유로 이런 말이 현원덕호의 입에서 나올 수는 없었다. 그것은 누구보다 현원덕호 자신이 더 잘 알고 있는 사실이었다. 말을 하면서도 '나에게 이런 면이 있었나?' 하는 생각에 웃음이 나왔다. 그러나 자신은 지금 호열에게 살아온 세월을 허심탄회하게 말하고 있었고, 그것은 자신의 앞에 그 누구도 아닌 호열이 서 있었기에 가능하다는 결론을 얻었다.

호열은 현원덕호의 회고를 들으면서 고개가 절로 끄덕여졌다. 자신 역시 영락제와 중원의 많은 사람들을 통해 직접 경험했던 것이기 때문이다.

"본좌의 손에 수많은 사람들이 죽어갔지만, 그것을 결코 후회하지 않네. 어차피 세상은 힘있는 자의 의지로 흘러가게 되어 있음을 절실하게 깨달았기 때문이네. 무슨 말인지 알겠는가? 힘이 세상을 지배하는 것이네. 따라서 힘있는 자가 세상을 정복하게 되는 것이지."

"그럴 수도 있겠지요. 그러나 힘이 주어졌을 때, 그 힘이 자신을 상하게 할 수도 있는 것입니다. 그래서 너무 과한 힘은 없는 것보다 못할 때가 있지요. 물론 적당하다면 유용하겠지만 말입니다."

"과한 힘은 없는 것보다 못하다? 허허, 명언이로고. 명언이야……."

"고맙군요. 그리고 이야기 잘 들었습니다."

"……?"

"그럼 이만 가보겠습니다."

현원덕호는 호열이 자리에서 일어서자 깜짝 놀랐다. 호열의 의도가 어디에 있는지 알았지만, 그래도 이렇게 보내기에는 너무도 허무했다.

"아니, 벌써 가려는가?"

"굳이 더 있어야 할 필요가 있겠습니까?"

"흐흠! 사실 이런 말을 해도 될지 모르겠지만, 솔직히 늙은이의 주책이라 생각하고 들어주게."

"……?"

"본좌와 검을 섞어주지 않겠는가? 단 한 수라도 상관없네. 아! 다른 뜻은 전혀 없네. 그저 임 대인의 검이 어떤 검인지 몸으로 느껴보고 싶을 뿐이네."

'아직까지 승부욕을 버리지 못한 것인가? 정말 대단한 사람이군.'

호열은 현원덕호의 말에 새삼 자신의 앞에 앉아 있는 그를 바라보았다. 아무리 백팔십 년을 살아온 사람이라고 해도, 사람이 한 가지 일에 평생을 매달려 살다 보면 충분히 있을 수 있는 일이었다. 그에 호열은 천천히 고개를 끄덕여 주었다.

"정말인가? 고맙구먼, 정말 고맙네. 허허~"

현원덕호는 호열의 승낙에 기쁜 표정을 드러내며 자리에서 일어나 호열과 오 장을 격하고 섰다.

이에 호열도 자세를 잡고서 현원덕호를 마주했다. 하지만 현원덕호와 길게 겨룰 생각은 없었다.

"본좌는 준비가 됐네. 공격하게."

"아닙니다."

"응? 아니라니……?"

"단 한 수로 하겠습니다. 공격은 본인이 하고, 천승검께선 본인의 검을 막으시면 됩니다. 만약 본인의 공격을 별 무리 없이 막아낸다면 천승검께서 이긴 것이고, 그렇지 않다면 본인이 이긴 것으로 하지요."

"흐음~ 좋네, 그렇게 하겠네."

"……."

현원덕호가 승낙한 이상, 호열에게 다른 말은 필요없었다. 이제 무공을 시전하기만 하면 되었다. 다만 현원덕호를 향해 어떤 것을 시전하느냐가 문제였다.

'마음 놓고 하는 공격이니 어의붕으로 할까? 흐음… 아니지, 그건 천승검에 대한 예의가 아니지. 그래, 어의파로 하자. 그 정도는 막을 수 있겠지.'

마음을 정한 호열은 현원덕호가 대비할 수 있는 시간을 주기 위해 천천히 어의파를 시전하기 시작했다. 그에 호열의 전신에 푸른 뇌전이 일렁이기 시작했고, 주변의 기들이 호열을 중심으로 빠르게 회전하기 시작했다.

현원덕호는 호열의 변화를 눈으로 확인하면서 놀라움을 감출 수 없었다. 실로 막대한 기가 느껴지기 시작한 것이다. 절로 침음이 입 밖으로 흘러나왔다. 그러나 마냥 입만 벌리고 있을 수는 없었다. 그에 자신이 가장 믿을 수 있는 적룡현신을 시전하기 시작했다.

'적룡현신이라면 충분히 막을 수 있을 것이다. 그러나……'

현원덕호의 전신은 붉게 물들었는데, 마치 붉은 용이 또아리를 틀고 승천하기를 기다리는 듯한 모습이었다.

호열은 현원덕호의 변화를 본 후 고개를 끄덕였다. 현원덕호의 모습에서 최선을 다하고 있음을 느낄 수 있었던 것이다. 비록 원하지 않았던 비무였지만, 호열은 현원덕호가 자신과의 비무를 어떻게 생각하고 있는지 알 수 있었다. 그에 호열은 더 이상 기다리지 않고 현원덕호를 향해 어의파를 시전했다.

"어의, 파아~!"

콰아아아앙―

"적룡현신~!"

푸아앙―

콰아앙―!

"크윽! 끄으으으~"

"……."

휘이이이잉―

격돌로 인해 하늘로 비산했던 흙과 먼지들, 그리고 나뭇잎들이 천천히 땅으로 내려왔다. 더불어 현원덕호와 호열의 모습도 서서히 보이기 시작했다.

이미 은신하고 있던 곳에서 모습을 드러낸 열두 명의 장로의 시선은 빠르게 현원덕호를 찾았다. 그러나 이들이 현원덕호를 찾았을 때, 모두 입을 다물 수 없었다.

호열은 아무런 변화를 보이지 않고 있었다. 현원덕호에게 향했던 오른손이 지면을 향해 내려져 있는 것이 변화라면 변화라고 할 수 있었다. 그러나 현원덕호는 달랐다.

호열의 공격을 방어하는 데 총력을 기울였지만, 현원덕호의 입에선 연신 붉은 핏물이 토해지고 있었다. 또한 원래 서 있던 곳에서 오 장이나 뒤로 밀려나 있었으며, 한쪽 무릎이 지면에 붙어 있는 것과 더불어 오 장에 걸쳐 두 개의 깊은 골이 만들어졌다. 모두 호열의 공격을 막기 위해 현원덕호가 버텨서 만들어진 것이지만, 그 모습을 지켜보고 있는 장로들의 눈은 더 이상 커질 수 없을 정도로 부릅떠져 있었다.

"태, 태상가주님!"

"크흠, 괜찮다. 물러나거라."

"하오나……."

"괜찮다고 그러지 않느냐. 어서 물러나거라."

"…예, 알겠습니다."

장로들이 주변에서 물러나자, 현원덕호는 천천히 일어서며 아직 자리를 떠나지 않고 있는 호열을 향해 시선을 주었다.

"크흐음, 임 대인의 모습을 보니 최선을 다하지 않은 듯한데, 그러한가……?"

"어차피 생사를 결하는 것이 아니라 일종의 비무가 아닙니까. 천승검께서 무엇을 말하고자 하는지 알겠지만, 굳이 그럴 필요가 없지요. 그렇지 않습니까?"

"그렇군. 알겠네, 그리고 고맙네."

"별말씀을."

"아니네. 오늘 본좌는 하늘 위에 또 다른 하늘이 있음을 알게 되었네. 더불어 손에 사정을 둔 것도 고맙네."

현원덕호는 입가에 흥건히 묻어 있는 핏물을 소매로 닦으며 호열을 향해 포권을 취해 고마움을 표했다. 현원덕호는 핏물이 입 밖으로 토해짐과 동시에 가슴이 시원해지는 것을 알 수 있었다. 그것은 다시 말해 호열이 손에 사정을 두었다는 것이다. 충격은 컸지만, 그와 더불어 내상을 최소로 해주는 배려를 보여준 것이다.

"이제 가봐야 할 것 같습니다. 더 이상 이곳에 있을 이유가 없군요."

"흠! 아니네, 바쁜 사람 잡아서 미안하구먼. 허헛, 그나저나 다음에 다시 만나면 좋은 술을 준비하겠네. 그때 만나서 술 한잔 같이 하세나."

어느새 호열의 곁에 다가온 현원덕호는 인자한 웃음을 흘리며 호열을 향해 자신의 생각을 농담 섞어 전했다.

이제는 더 이상 호열을 잡아둘 이유가 없었다. 그러나 막상 보내야 한다고 생각하니 서운한 감정이 들었다. 절대자의 고독감에서 벗어났다는 생각에 절로 해탈에 가까운 웃음이 나왔지만, 그와 더불어 마치 오래된 지기처럼 느껴지는 호열을 보내야 한다는 안타까움이 들었다. 그러나 어쩔 수 없었기에 현원덕호는 다음을 기약할 수밖에 없었다.

"기회가 된다면 그렇게 하지요. 그럼 이만……."

현원덕호에게 작별을 고한 후 통나무 의자에서 일어서려고 하는데, 갑자기 뒤쪽에서 오십 명의 인영이 자신을 향해 거침없이 돌진했다.

"이제야 움직이는군. 아마도 연합맹에서 보낸 자들일 것 같네."

"그럼?"

"본좌의 수하들은 아니라네. 그럼 누가 보냈겠는가?"

"그렇군요!"

현원덕호를 수행하기 위해 왔다 생각하고 있던 호열은 현원덕호의 말을 듣고서 자신의 생각이 틀렸음을 알 수 있었다. 더불어 호열은 다시 한 번 송 군사의 계략에 놀라움을 감출 수 없었다. 뒷일까지 철저하게 계획하는 송 군사의 머리가 얼마나 대단하게 느껴졌는지, 나중에 기회가 되면 확인하고 싶다는 생각까지 들 정도였다.

그러나 초유의 시간이 흐르는 동안 호열을 향해 돌진하던 오십 명의 신형은 불과 오 장 안까지 이르러 있었다. 하지만 그들 앞에 현원덕호 뒤에 은신해 있던 열두 명이 가로막으면서 치열한 접전이 벌어졌다.

창! 차창, 차차차창~!

"감히! 죽어라~!"

"모두 최선을 다해라, 우리의 죽음이 헛되지 않을 것이다. 하앗!"

"죽어~!"

"크윽, 어림없다!"

"창룡십팔검!"

"컥! 으아아~!"

십이 대 오십 명의 접전은 생각보다 쉽게 끝날 것 같지 않았다. 분명히 실력 차이가 났지만, 목숨을 도외시한 저돌적인 돌진에 놀라 뒤로 물러서기를 반복하고 있었다. 자칫 동패구상을 당할 수도 있었기 때문이다.

하지만 이들의 싸움을 바라보고 있던 현원덕호와 호열의 표정엔 변함이 없었다. 굳이 자신들이 나서지 않아도 시간이 흐르면 제압될 것 같았기 때문이다.

"곧, 끝날 것 같군요."

"그렇겠군!"

"그러나 좀 이상하군요. 결과가 뻔한 일인데, 이렇게 무모한 행동을 한다는 것은……."

"처음부터 저들이 임 대인의 뒤를 따라온 것부터 무모한 행동이었네. 아마도 누군가 책임질 상황이겠지."

"……."

현원덕호의 말에 호열은 송 군사의 얼굴이 떠올랐다. 굳이 말은 하지 않았지만, 현원덕호의 말처럼 책임질 사람이 있다면 아마도 송 군사일 것이기 때문이었다.

"훗, 그래도 상관을 위해 목숨을 버릴 줄 아는 녀석들이군!"

"그렇군요. 그리 좋은 모습은 아닌데……."

얼마나 자신들의 목숨을 내놓고 싸움에 임했는지, 호열은 오십 명의 전신이 피로 범벅이 되었음을 확인할 수 있었다. 그러나 그들의 목적이 어디에 있어서 계속 현원덕호에게 접근하려는 것인지 모르겠지만, 거의 성공했다고 말할 수 있을 정도로 접근해 있었다.

삼 장.

멀다면 멀게 느껴지는 거리였지만, 그렇다고 고수들에게 있어서 삼장은 코앞이라 할 정도로 가까운 거리기도 했다.

"더 이상 물러서지 마라."

오십 명의 처절한 의지가 조금씩 실력을 발휘되면서 현원덕호의 이 장앞까지 접근할 수 있었다. 더욱이 호열은 현원덕호보다 반 장 정도 앞에있었기에 사방으로 피가 튀는 장면을 눈앞에서 생생하게 보고 있었다.

하지만 계속 물러서던 열두 명이 현원덕호의 전음을 들었는지 한차례 움찔하더니, 더 이상 뒤로 물러서지 않으려고 노력하는 모습이 역력했다.

"크아아! 같이 죽자~!"

"죽어! 죽어~!"

"컥!"

"모두 물러서지 마라!"

창, 차창! 차아앙~!

"커윽, 으~"

"허흑! *끄으으.*"

"죽더라도 한 놈씩 데리고 가라! 혼자 가기 섭하지 않느냐! 어서~!"

오십 명의 뒤에서 연신 목청을 높이고 있는 자가 있었다. 온몸을 검은 의복으로 감싸고 있었지만, 호열은 그가 누구인지 알 수 있었다.

"악남수……?"

포형도천 악남수.

한때 녹림삼천으로 불리던 자였으며, 호열도 악남수의 얼굴을 본 일이 있어 기억하고 있었다. 얼굴 표정이 예전에 비하여 많이 굳어 있었지만, 아무리 보아도 오십 명을 지휘하고 있는 자가 악남수임은 확실했다.

"아는 자인가?"

"악남수라는 자로, 녹림삼천 중 일인입니다."

"녹림삼천? 아~ 그렇군. 왜 저자가 이토록 기를 쓰고 본좌에게 접근하려고 하는지 알겠구먼. 얼마 전 본좌의 손에 녹림삼천 중 두 명이 죽었지. 허헛! 아마도 그 복수를 하려고 그러는가 보구먼!"

"그렇군요. 그러나 이런 방법으로는……."

"앗! 이, 이런……!"

"……?"

호열은 갑자기 현원덕호의 표정이 급박하게 변하며 신형을 뒤로 빼는 것을 볼 수 있었다. 그에 호열은 무슨 일인가 하여 다시 악남수가 있는 곳으로 시선을 돌렸다. 악남수가 온몸에 피칠을 하며 빠르게 접근하고 있었다. 오십 명이 만들어준 순간의 빈틈을 놓치지 않고 파고든 것이다.

'목표가 나였던가? 웃기는군.'

호열의 손이 악남수를 향했다. 그와 동시에 호열의 손에서 어의광이 시전되었다.

팟!

"크억! 끄으으~"

"응?"

호열은 어의광에 맞은 악남수가 쓰러지지 않고 더욱더 빠르게 자신을 향해 돌진해 오자 어이가 없었다. 마치 죽음을 두려워하지 않는 듯 보였기 때문이다. 평소의 악남수가 아니었다. 아니, 자신이 알고 있던 악남수의 모습이 아니었다. 하지만 분명 자신의 앞에서 쇄도해 오고 있는 자는 악남수였다.

어의광에 왼쪽 어깨를 맞은 악남수는 눈앞이 어지러워 하마터면 쓰러질 뻔했다. 그러나 그럴 수가 없었다. 무슨 일이 있어도 자신이 해야 할 일이 있었던 것이다. 악남수는 죽을힘을 다해 이를 악물고 허물어져 가는 신형을 곧추세웠다. 하지만 온몸으로 지금 움직이지 않으면 안 된다는 위기의식이 느껴졌다. 그에 악남수는 현원덕호를 향해 신형을 날렸고, 그러면서 빠르게 소매 속에 있던 물건을 꺼낸 후 전면을 향해 던졌다.

악남수의 목표는 호열이 아니라 현원덕호였다. 또한 소매 속에서 나온 물건은 호열에게 던져진 것이 아니라 막 신형을 움직이려고 하는 현원덕호를 향해 날아갔다.

이 모든 것이 초유의 시간보다 더 짧은 시간에 이루어졌다.

"크하하하! 어디를 가느냐, 현원덕호! 형님들의 원수를 갚겠다. 죽어라~!"

"피, 피해~!"

"응? 무슨……."

쾅! 콰아아아앙―!

"나는 악남수다! 녹림삼천의 악남수란 말이다~! 크어어어억~"

"컥! 끄으으으~"

"죽어라~!"

쾅! 콰앙! 쾅쾅쾅―! 콰아아앙―

"끄아아악!"

"커어억~!"

"크아아아~"

우르르르르릉―!

악남수의 자폭을 시작으로 이제는 서른여덟 명으로 줄어든 연합맹 사람들 모두 악남수처럼 소매 속의 천뢰구를 터뜨렸다. 악남수가 터뜨린 광천뢰와 천뢰구의 폭발에 의해 사람들의 비명이 울려 퍼졌지만, 그와 더불어 악남수의 절규에 가까운 비명이 산에 메아리쳤다.

한 사람이 지니고 있던 천뢰구의 개수는 열 개였다. 하지만 하나만 터뜨려도 폭발력의 영향을 받는 곳에 있는 천뢰구는 함께 폭발을 한다. 따라서 열두 명이 자신의 힘으로 천뢰구를 폭발시키지 못했다고 해도, 결과적으로 오십 개에 이르는 천뢰구가 한꺼번에 폭발한 것이다. 더불어 악남수는 천뢰구보다 열 배 이상의 위력을 지닌 광천뢰 다섯 개를 동시에 폭발시켰다. 그것도 자신이 목표로 삼았던 인물과 근거리에서.

상상을 초월한 폭발이 끝났음에도 불구하고, 그 여파는 반 시진이 흘렀어도 아직 진정되지 않고 있었다. 또한 한번 무너지기 시작한 절벽은 한동안 작은 진동을 거듭했으며, 생각하지 못한 큰 충격으로 인해 지탱할 수 없었는지 수많은 돌 조각들을 절벽 밑으로 내려보내고 있었다.

쿠쿠우우우웅― 쿠웅―!

한동안 계속되던 절벽들의 힘겨운 몸부림이 멈추었다. 또한 예전의 빼어나던 절경은 아니지만, 절벽도 안정을 찾았다. 그리고 광천뢰와 천뢰구의 폭발로 인해 사방으로 날렸던 먼지들도 바람에 의해 조금씩 사라졌다. 그러나 드러난 광경은 실로 처참했다.

폐허.

맑은 날에 날벼락이 따로 없었다. 호열이 서 있던 절벽은 이미 그 형체를 알아볼 수 없을 정도로 많이 허물어져 있었고, 주변 곳곳에는 형체를 알아볼 수조차 없는 시체가 즐비했다. 하지만 그 어디에도 호열의 모습은 찾을 수 없었다. 다소 신음 소리를 내며 꿈틀거리는 사람이 몇 있었으나, 그들은 현원덕호와 현원세가의 장로 두 명이 전부였다.

그러나 살아남은 장로 두 명 중 몸이 성한 사람은 없었다. 한 명은 한 팔이 완전히 사라져 있었고, 나머지 한 명은 다리가 큰 바위로 인해 바스러져 있었다. 뼈가 완전히 가루가 되었기에, 형체조차 온전하지 못했다. 다만 생전 금강불괴를 이룩한 현원덕호만이 이따금씩 신음 소리를 내며 자신이 살아 있음을 세상에 알리고 있었다.

산은 침묵을 되찾았고, 악남수의 복수가 이루어진 흔적만 남았다. 누구를 향한 복수였는지 세상 사람들은 알 수 있겠지만, 복수의 대상은 조금씩 생명의 불꽃이 살아나고 있었다. 서서히…….

『호열지도』 15권으로…